MARKUS BRUCKNER

Wenn es
eng wird

ERZÄHLUNGEN

Bibliografische Information der Deutschen Nationalbibliothek:
Die Deutsche Nationalbibliothek verzeichnet diese Publikation
in der Deutschen Nationalbibliografie; detaillierte bibliografische
Daten sind im Internet über dnb.dnb.de abrufbar.

© 2020 Bruckner, Markus
Herstellung und Verlag: BoD – Books on Demand, Norderstedt

ISBN: 9783750420250

Lektorat: Julia Gilcher, Words in flow
Gestaltung und Satz: Anke Enders, alles mit Medien

„Daß wir erschraken, da du starbst, nein,
daß dein starker Tod uns dunkel unterbrach
das Bisdahin abreißend vom Seither;
das geht uns an; das einzuordnen wird
die Arbeit sein, die wir mit allem tun."

(R. M. RILKE)

DANK

Mein ganz besonderer Dank gilt meinen beiden
geduldigen Testleserinnen Petra und Karin,
deren konstruktive Kritik mich ermutigt hat,
dieses Buch fertigzustellen.

INHALT

Wenn es eng wird

Vor der Tür hörte er geschäftiges Rumoren und konnte durch die mit Rollos verdunkelten Fenster das Flackern von Blaulicht wahrnehmen. Seit er sich vor mehr als einer halben Stunde mit gezogener Pistole im Ausstellungsraum des ersten Stocks verbarrikadiert hatte, hatte die Polizei ihm eine Stunde Bedenkzeit eingeräumt. Die sollte er nutzen, um zu einer Entscheidung zu kommen.

Zu Beginn seines Überfalls auf die Ausstellung hatte er mit seiner Waffe in der Luft herumgefuchtelt und die wenigen Besucher zur Mittagszeit aufgeschreckt, die er anschließend mit seinem Geschrei aus dem Saal gejagt hatte: „Raus hier! Hauen Sie endlich ab! Na los, raus!" Wütend und mit hochrotem Kopf hatte er die Türe hinter ihnen zugeknallt.

Mit zwei Stühlen hatte er versucht, eine wenigstens kurz wirksame Barrikade zu errichten.

Er fand, dass es eine sehr gute Idee gewesen war, an der Eingangskasse seine Visitenkarte hinterlassen zu haben mit dem Hinweis, dass die Kassiererin heute noch danach gefragt werden würde. Er wusste auch, dass die Unsicherheit der Polizei, ob nicht vielleicht doch noch Geiseln bei ihm wären, ihn im Moment vor einem Angriff schützte. Deswegen hatte er sich für diese Art der chaotischen Räumung des Saales entschlossen. Nur: Wie lange würde dieser Burgfrieden noch dauern?

Seine Frau saß ihm unbewegt gegenüber. Zwischen beiden befand sich nur dieser kleine hölzerne Beistelltisch. Sie schaute ihn nicht an. Ihr Blick war starr auf das vor ihr liegende Schachspiel gerichtet, wobei ihre rechte

Hand wie ein permanent drohendes Versprechen über der Figur des weißen Königs schwebte. Die Finger skelettiert, gespreizt.

Auf seiner Seite des Tisches, zu dem er sich den letzten verwaisten Stuhl – den der geflohenen Saalaufsicht – gezogen hatte und auf dem er jetzt saß, lagen Handy und die Gaspistole, mit der er nun schon für so viel Aufregung hier in der Ausstellung ‚Welten der Körper' gesorgt hatte.

„Ob sie sich wohl an die Absprache halten, Heike?", fragte er sein Gegenüber halblaut und fuhr fort, ohne eine Reaktion abzuwarten.

„Du weißt ja, dass alles irgendwann einmal zum Ende und zur Ruhe kommen muss. Wenn nicht du, wer sonst sollte das wissen?" Es folgte ein kehlig raues Lachen, das in einen kurzen, trockenen Husten überging.

Danach herrschte wieder diese bedrohliche Ruhe im Raum. „Die Ruhe vor dem Sturm …", dachte er.

Nervös rutschte er auf seinem Stuhl hin und her, bevor er sich erneut eine Zigarette anzündete.

In einer Mischung aus Abscheu und Wut betrachtete er seine Frau.

Er empfand die verletzliche, zur Schau gestellte Nacktheit von Heike, mit der er fast dreiundzwanzig Jahre verheiratet gewesen war, als starken Kontrast zur Grobheit ihrer plastifizierten Sehnen und Muskeln, die ihr ganzes Erscheinungsbild stark maskulin wirken ließ. Und wären da nicht die weiß schimmernden, aufgesetzten Brüste gewesen, die ihm größer und symmetrischer als früher vorkamen, hätte man diese Person eher für einen Mann halten müssen. So aber musste sich niemand unter den

Tisch beugen, um zu erkennen, welchen Geschlechts dieser schachspielende Mensch wirklich war.

Allein dieser Gedanke war schon wieder Anlass genug, seinen Blutdruck in ungesunde Höhen zu treiben.

„Wo bleibt denn hier die Würde?", brüllte er in die Stille, erhob sich und ging zwei Schritte in Richtung der Eingangstür. „Oder gibt es Menschenwürde nur für Lebende? He? Nicht mal Haare –", da überschlug sich seine Stimme und in einem erneuten Hustenanfall verstummte er wieder.

Seine Worte hallten nach in dem großen Raum.

„Wenigstens kann man dich so nicht erkennen, Heike", sprach er jetzt wieder in normaler Lautstärke zu seiner Frau. Er hatte sich von der Tür abgewandt und war auf ihre Seite des Tisches getreten.

Zu erkennen war sie wirklich nicht. Natürlich, es war der Anblick eines Menschen, das ja, und aufgrund dieser sonderbar künstlich wirkenden Brüste erahnte man auch eine Frau. Aber sie war eben nicht mehr identifizierbar als die Frau, die er vor genau vier Jahren unter so tragischen Umständen verloren hatte.

Und trotzdem war sie es!

Hätte er nicht die ID-Nummer an ihrem rechten Schulterblatt überprüft, wäre selbst er sich nicht sicher gewesen, ob das da vor ihm wirklich früher einmal seine Frau gewesen war. Was hatte dieser perverse Plastifizierungsprofessor nur aus ihr gemacht?

Inzwischen stand er genau hinter seiner Frau, während ihre rechte Hand immer noch über dem Spielbrett schwebte. Diese intime Situation berührte ihn. Er musste irgendetwas tun. In seiner Hilflosigkeit fuhr er ihr mit der Hand über den nackten Schädel und erschrak über dessen Kälte. Spontan zog er sein Jackett aus und hängte es ihr über die Schultern. Mit einer Geste der Entschuldigung griff er in die seitliche Jacketttasche und nestelte eine weitere Zigarette aus dem darin verborgenen Päckchen.

Ja, es war Heikes eigene Entscheidung gewesen, sich vor inzwischen mehr als zwanzig Jahren, als damals noch junge Ärztin, der Medizin verpflichtet zu sehen. Das war ihnen damals beiden stimmig erschienen. Sie hatte den Vertrag ihrer Körperspende gerne unterschrieben. Da waren an mindestens zwanzig Stellen im Text Begriffe zu finden gewesen wie: Wohl der Medizin, Forschung, Ausbildung und Wissenschaft.

Heike und er hatten damals noch über den Tod gelacht und nicht nur gehofft. Nein, sie waren sich eigentlich sicher gewesen, dass der Zeitpunkt, an dem die Körperspende zum Wohl der Medizin fällig würde, erst im hohen Alter einträte.

„Aber, was in aller Welt …", dachte er jetzt. „Was hat eine Körperspende zum Nutzen der Ausbildung in der Medizin mit den obszönen Posen einer abgehäuteten Schachspielerin in einer Wanderausstellung zu tun?"

Doch Fakt war: Er hatte diesen Zirkus bisher nicht stoppen können! Trotz hoher Anwaltskosten hatte er bis heute nicht verhindern können, dass seine Heike nun seit über drei Jahren, dem Fliegenden Holländer gleich, die gruselnde Sensationsgier der Betrachter befriedigend, ruhelos durch die Hallen dieser Welt tingeln musste.

War das vielleicht den besonderen Umständen ihres Todes geschuldet? Lastete etwa ein Fluch auf ihrem Tod?

In diesem Moment klingelte sein Telefon.

Er musste sich konzentrieren, um aus seinen Gedanken ins Gespräch zu finden.

„Ich bin es wieder, Mühlstein, von der Einsatzleitung des SEK. Spreche ich mit Herrn Maurer? Hartmut Maurer?"

„Ja, das bin ich."

„Sind Sie allein?"

„Ja, nur ich, meine Frau und die anderen."

„Okay … und, was haben Sie sich überlegt? Was können wir tun?"

„Also," eine kurze Hustenattacke unterbrach ihn. „Ich muss meine Frau endlich erlösen, verstehen Sie? Sie hier rausholen …"

„Hören Sie, wollen wir das nicht das Gericht entscheiden lassen?"

„Nein, verdammt noch mal! Sie wissen, dass ich das bereits versucht habe."

„Bleiben Sie ruhig. – Ich höre Ihnen zu." Die Stimme des Polizisten klang betont gleichmäßig, ja geradezu sonor.

„Holen Sie diesen Scheißprofessor her, dieses Arschloch, der mit seiner Frau diesen Schandzirkus hier unter dem Deckmantel der Wissenschaft betreibt. Und dann geht es hier um Unterschrift gegen Unterschrift."

„Was soll das heißen?"

„Die alte Unterschrift meiner Frau wird durch die neue Unterschrift dieses Kerls für ungültig erklärt."

„Und woher soll ich wissen, dass Sie den Professor unverletzt lassen, dass Sie sich nicht an ihm rächen?"

„Weil ich Ihnen das verspreche."

„Gut, beruhigen Sie sich. Ich melde mich in 30 Minuten erneut. Brauchen Sie etwas? – Ein Glas Wasser? Haben Sie vielleicht Hunger?"

„Nein, Mann! Schaffen Sie diesen Plastifizierungs-
professor her und alles wird gut! Der muss noch in der
Stadt sein."

Hartmut Maurer drückte die rote Taste des Handys
und legte es wieder vor sich auf den Tisch neben die
Gaspistole.

„Meinst du, das Ganze hier war eine gute Idee, Heike?",
fragte er seine Frau. Doch ihr Blick blieb mit den zu weit
aufgerissenen Augen, die in zwei absurd anmutenden
Hautinseln schwammen, unverändert auf das Schach-
spiel fixiert.

„Mit dieser Truppe bist du jetzt wirklich schon zu
lange unterwegs. Aber glaube mir bitte: Ich habe alles
versucht, dich nach Hause zu holen!", sprach er in betont
ruhiger Tonlage weiter. Er zündete sich die nächste Ziga-
rette an.

Er inhalierte hörbar und blies den Rauch betont laut
in Richtung des No-Smoking-Piktogramms neben der
verbarrikadierten Ausgangstür.

Heute hatte er sich beim Verlassen seiner Wohnung
besondere Mühe gegeben, gut und gepflegt auszusehen.
Perfekt rasiert hatte er sein dunkelblaues Jackett über
ein frisches weißes Hemd gezogen und den feierlichen
Eindruck durch das Anlegen der ehemaligen Lieblings-
krawatte seiner drei inzwischen volljährigen Kinder ver-
stärkt. Er hatte einen Moment innegehalten, um dann mit
voller Überzeugung zu entscheiden, dass bei dem, was er
heute vorhatte, das Motiv mit den drei kleinen Elefanten
richtig gewählt war.

Dann hatte er den doppelten Windsorknoten mit Sorg-
falt festgezogen und sein teuerstes Aftershave aufgelegt.

Hatte die Gaspistole in seine Brusttasche gesteckt und das voll aufgeladene Handy in der rechten Seitentasche des Jacketts versenkt. Hatte im Spiegel eine entschlossene Miene geprobt.

Zum Schluss hatte er den Brief behutsam neben das Zigarettenpäckchen in die linke Außentasche des Jacketts geschoben, den er zuvor in einen schwarz umrandeten Trauerumschlag gefaltet hatte.

Er hatte sich den Text lange überlegt und bis zu seiner Endversion schon mehrfach überarbeitet. Ja, er hatte ihn inzwischen so oft neu geschrieben, dass er den Text schon auswendig kannte. Auf die Interpunktion hatte er auch geachtet. Er wollte sich als Verwaltungsbeamter bei einer Krankenkasse schließlich nicht noch durch plumpe Fehler blamieren.

Gedanklich war er das Geschriebene noch einmal durchgegangen.

Liebe Kinder,

Ihr kennt meinen Kampf um Heikes Totenruhe bis heute und hierher.

Deswegen hoffe ich, dass Ihr mein aggressives Handeln versteht. Sollte mir etwas zustoßen, so wünsche ich mir, dass Ihr Folgendes wisst: Ich habe Euch immer geliebt. Auch Eure Mutter habe ich geliebt, und doch habe ich ihren Tod leider nicht verhindern können.

Und bis jetzt konnte ich ihr nicht zu ihrer ersehnten Ruhe verhelfen.

Ihr Tod hat auch mich heimatlos gemacht.

Deshalb will ich es auch nicht weiter ertragen müssen, Eure Mutter durch die Hallen der Welt irrlichtern zu sehen.

Dieser Fluch muss ein Ende haben!

Ich war nie ein so künstlerisch begabter Mensch wie Eure Mutter. Aber ihre große Sympathie für Rainer Maria Rilke habe auch ich geteilt.

Deswegen soll er hier auch das letzte Wort haben.

Euer Vater

„Daß wir erschraken, da du starbst, nein,
daß dein starker Tod uns dunkel unterbrach,
das Bisdahin abreißend vom Seither:
das geht uns an; das einzuordnen wird
die Arbeit sein, die wir mit allem tun." (R. M. Rilke)

Dann hatte er sich auf den Weg gemacht – in diese gottverdammte Ausstellung. ‚Welten der Körper'! Für ihn ein riesiges Horrorkabinett der organisierten Würdelosigkeit von Mensch und Tier. Und mittendrin hockte er jetzt, fest entschlossen, hier und heute eine Entscheidung zu erzwingen.

Er hatte eine vage Ahnung, aber eigentlich keine klare Angst davor, dass alles schnell vorbei sein könnte. Wie rasch ein menschliches Leben beendet sein konnte? Mit seinen vierundfünfzig Jahren hatte er zu diesem Thema keine Illusionen mehr. Nur im Film oder im Theater starb es sich noch romantisch langsam und mit viel Zeit. Aber hier und heute, im Jahr 2017, würde es unter Umständen sehr schnell gehen, vielleicht sogar nur noch den Bruchteil einer Sekunde dauern.

Doch, er hatte Angst. Aber er war vorbereitet. Ja, er hatte inzwischen genug Erfahrungen mit dem Scheitern machen müssen.

Sein jetziger Gesundheitszustand, den ihm die Ärzte der Klinik für Diagnostik vor drei Wochen noch mit den verschiedenen Möglichkeiten erläutert hatten, ließ ihn heute überhaupt erst so risikobereit sein.

Er hatte seitdem auch wieder mit dem Rauchen angefangen. Vor vier Jahren, bis zum Tod seiner Frau, hatte er mit allem noch so richtig im Leben gestanden!

Und dann starb seine Frau. Out of the blue! – Wirklich? Na ja, eigentlich war der heimische Himmel schon einige Jahre vor Heikes Tod nicht mehr wirklich heiter gewesen. Deswegen hätte er eigentlich gewarnt sein müssen. Aber nein! Heikes Tod hatte ihn aus allen Wolken fallen lassen.

Die Kaskade der sich anschließenden Ereignisse hatte ihn geradezu überrollt.

Nein! Er hatte ihr Lebensende nicht kommen sehen. Verdammt, er hatte es noch nicht einmal geahnt.

Eigentlich hatte er den Tod bis zu dem Zeitpunkt der Endgültigkeit erfolgreich verdrängt, die drohenden Zeichen einer möglichen Katastrophe standhaft ignoriert. In diesem Grundgefühl unterschied er sich heute fundamental von dem Menschen, der er damals gewesen war.

Weiter kam er nicht mit seinen Gedanken. Die Wucht der Blendgranate brachte ihn dazu, vom Stuhl emporzuschnellen und instinktiv die Arme nach oben zu reißen.

Da waren die beiden schwarz gepanzerten Gestalten auch schon herangeflogen und hatten ihn im Sprung nach hinten umgerissen. Das Letzte, was er noch spürte, war ein scharfer Schmerz im linken Knie und dann – war es dunkel.

* * *

„Alles okay, Mann?"

„Ja, alles in Ordnung. Sie können losfahren."

Hartmut Maurer beantwortete den neugierigen Blick des Fahrers im Rückspiegel mit einem Kopfnicken, das er auch noch beibehielt, als es schon schwungvoll um die erste Kurve ging. Sie hatten ihn ohne Handschellen mitgenommen. Seine Knieverletzung relativierte die bestehende Fluchtgefahr. Mit seinen Unterarmgehhilfen hantierte er auch ohne Fesseln immer noch recht unbeholfen.

„Wir sind etwas spät dran zum Haftprüfungstermin", murrte der Fahrer.

„Ja, dann zeig doch mal, ob du auch fahren kannst", provozierte der uniformierte Beamte, der auf der Rückbank rechts neben Hartmut saß, und klopfte auffordernd mit der Hand auf die Nackenstütze vor ihm.

„Das kann ich dir zeigen", knurrte der Fahrer und trat auf das entsprechende Pedal des Kombis.

Fünf Tage war sein spektakulärer Auftritt jetzt her. Vor zwei Tagen erst war Hartmut Maurer (mit diagnostiziertem Bänderriss im linken Knie und nach klinisch folgenlos überstandener Gehirnerschütterung) vom Krankenhaus in die Untersuchungshaft überführt worden. Seitdem war er mit einem entsprechend dicken Verband und zwei Gehhilfen durch seine Gefängniszelle gehumpelt.

Für heute hatte sein Anwalt einen Haftprüfungstermin durchgesetzt und Hartmut hoffte inständig, möglichst bald wieder nach Hause zu dürfen.

„Sagen Sie, ich will ja nicht neugierig sein", begann der Polizist neben ihm das Gespräch.

„Aber stimmt es, dass Ihre Frau den Freitod gewählt hat?"

„Wo in aller Welt haben Sie das denn her?"

„Nun ja, ich habe einiges über Sie gehört."

„Das meine ich nicht! Ich meine dieses Scheißwort von Freitod!"

„Äh, wie bitte? Ich versteh nicht."

„Freitod! Das klingt doch nach: selbstbestimmt und freiwillig vom Planeten gegangen, oder nicht? So richtig frei und auch noch willig, was?" Hartmuts Stimme hatte einen unüberhörbar aggressiven Unterton.

„Entschuldigung, ich wollte nur..."

„Ja, und deshalb erkläre ich Ihnen ja auch nur, wie ich zu diesem Begriff stehe. Glauben Sie im Ernst, dass irgendein Mensch *freiwillig* ein Drama inszeniert, das für ihn alles beendet? Dass irgendwer seine Angehörigen wirklich so schwer bestrafen will?"

Der Blick auf seinen uniformierten Nebenmann verdeutlichte ihm, dass dieser nicht in der Lage war, seinen Gedanken zu folgen. Deshalb setzte er nach.

„Schauen Sie: Freitod klingt einfach beschissen, weil das Wort selbst keinen Sinn macht!"

„Ja, aber ..."

„Nein, hören Sie: Ich habe in den langen Jahren der Erkrankung meiner Frau – meine Frau litt an schwerer Depression – lernen müssen, dass sich in diesen Menschen Dämonen breit machen, die mit Angst und Panik den Lebenswillen aushöhlen. Da gibt es diese innere Stimme, die eine gequälte Seele ohne Selbstvertrauen immer wieder und wieder vor sich hertreibt in Richtung Abgrund. Verstehen Sie das?"

„Äh, nun ja, ich, ich –"

„Sie haben ja keine Ahnung! – Woher auch?"

Hartmut atmete zwei Mal hörbar durch.

„Hören Sie: Diese zweite Stimme in diesen Menschen verursacht einfach lähmende Angst. Und sie treibt diese Menschen in einer Art sich selbst erfüllender Prophezeiung immer weiter vor sich her. Die Angst vor dem möglichen eigenen Tod wird so immer wieder angefacht! Glauben sie mir: Alle Betroffenen sind vor ihrem eigentlichen Tod vorher schon tausend Tode gestorben. Freiwillig passiert da gar nichts!"

Hartmut holte tief Luft und es entstand eine kurze Pause.

„Entschuldigung, ich wollte Sie nicht verletzen. Aber, wie nennen Sie denn, äh, also will sagen: Was sagen Sie denn anstatt Frei...?"

„Selbstmord. Ja, ich verwende das brutale Wort Selbstmord! Denn genau das ist es: ein Mord! Das klingt nach Täter und meint auch das Opfer! Ja, und wenn beide in ein und demselben Körper stecken, dann rede ich eben von Selbst-Mord!"

Hartmut wandte den Kopf von seinem Nebenmann ab und blickte nun durch sein Seitenfenster in das sie umgebende Verkehrsgewühl.

„Äh, Herr Maurer, gestatten Sie mir noch eine Frage? Was macht das denn für einen Unterschied? Ob ich es Selbstmord oder anders nenne. Das, äh, sagen wir mal: Das Ergebnis bleibt doch das gleiche."

Ohne seine Blickrichtung zu verändern, gab Hartmut die Antwort, wobei sich seine beiden Hände zu Fäusten krampften.

„Ja, für Sie, der Sie nicht betroffen sind, ist die Wortwahl natürlich egal. Aber, wissen Sie, ich habe den Selbstmord meiner Frau nicht verhindern können, und so verwende ich *den* Begriff, der das Handeln meiner Frau noch wenigstens zum Teil rechtfertigt und damit vielleicht auch ein Stück weit mir die Mitschuld nimmt."

Mit scharfem Bremsmanöver kam der Wagen vor einem großen Gittertor zum Stehen.

„Na also, wir sind schon da. *Ich* bin zumindest nicht schuld, wenn ihr jetzt noch zu spät kommt", frohlockte der Fahrer.

„Okay, dann wollen wir mal ...", stöhnte Hartmuts interessierter Beifahrer. Hartmut meinte, auch eine gewisse Erleichterung in seiner Stimme zu vernehmen.

* * *

„Wir sind also heute hier zusammengekommen, weil ich im Namen des Volkes zu entscheiden habe, ob ich Sie, Herrn Hartmut Maurer, bis zu Ihrem endgültigen Gerichtsverfahren wieder auf freien Fuß setzen kann oder ob Sie weiterhin eine Gefahr für sich und Ihre Umwelt darstellen." Der Mann in schwarzer Robe fuhr mit einem bedeutungsvollen Gesichtsausdruck fort: „Ihr anwesender Anwalt hat dem Gericht im Vorfeld mitgeteilt, dass Sie sich zur Sache äußern wollen. Ich frage Sie aber zunächst, ob die Angaben zu Ihrer Person so stimmen, wie ich sie verlesen habe."

„Ja, Herr Vorsitzender: Name und Adresse stimmen. Es entspricht auch der Wahrheit, dass ich vierundfünfzig Jahre alt bin und seit dreizehn Jahren als Verwaltungsangestellter in ungekündigter Stellung bei der Zentrale der allgemeinen Ortskrankenkasse in Friedrichsdorf im Taunus beschäftigt bin. Es stimmt auch die traurige Tatsache, dass ich seit vier Jahren verwitwet bin. Aus meiner Ehe mit Heike Maurer sind, wie verlesen, drei inzwischen volljährige Kinder hervorgegangen. Der Älteste heißt Anton, geboren 1988, dann folgten im Abstand von drei und vier Jahren zwei Mädchen: Katja, 1991, und Lisa, 1995. Bisher bin ich bin nicht vorbestraft."

„Möchten Sie sich jetzt zu Ihrer Tat von vor fünf Tagen äußern?"

„Ja, Herr Vorsitzender, und zuerst einmal möchte ich sagen, dass es mir sehr leidtut, wenn ich unschuldige Menschen so stark erschreckt habe. Ich weiß, dass es eine unrechtmäßige Aktion war, ja! Aber ich war in einer Notlage."

„Dann schildern Sie doch bitte einmal Ihre besondere Situation, aber möglichst kurz bitte."

„Ja, also vor vier Jahren ist etwas passiert, womit ich eigentlich nicht gerechnet hatte. Will sagen: eigentlich nicht zu diesem Zeitpunkt! Meine Frau Heike, selbst Ärztin, litt zu dieser Zeit schon mehrere Jahre immer wieder an schwerer Depression. Ja, und dann hat sie sich plötzlich umgebracht. Dabei schien es ihr eigentlich gerade einmal wieder besser zu gehen …

Heute weiß ich, dass diese Besserungsphasen oft besonders tückisch sind, ja, aber … das ist jetzt egal hier. Ja, jetzt können Sie einwenden, dass man bei diesem Krankheitsbild immer mit dem Schlimmsten rechnen muss. Das stimmt, zumindest theoretisch. Und vielleicht tut man es sogar, aber bis zu einem gewissen Punkt hatte ich diese Tatsache eben auch immer wieder verdrängt. Selbstmord war bis zu diesem Zeitpunkt für mich etwas,

was mehrfach täglich, aber eigentlich nur auf den letzten Seiten der Zeitungen passierte.

In all den Jahren dieser tückischen Erkrankung habe ich zunehmend auf die Widerstands- und Selbstheilungskräfte meiner Frau vertraut. Vielleicht auch vertrauen wollen ... ‚Die Depression schafft uns nicht!‘, haben wir uns gebetsmühlenartig immer und immer wieder versprochen. Und dann ist er doch passiert, dieser – Selbstmord.

Dabei war er so unnötig, so völlig sinnlos. Ein Opfergang, der die Welt nicht besser gemacht hat, ein Tod, der in Deutschland so oder ähnlich jedes Jahr circa zehntausend Mal passiert. Doch für uns, die Angehörigen, die wir ungewollt Mitspieler in solch einem Drama werden, erschüttert es den Glauben an die Regie." Hartmut musste sich kurz räuspern.

„Ich will mich kurzfassen. Also: Dann kam diese schlimme Zeit, in der wir schon die Vorbereitungen für die Beerdigung getroffen hatten. Bis heute betreuen wir übrigens immer noch unser leeres Familiengrab. Ja, und bis heute steht da nur ein schlichtes Holzkreuz mit dem Namen meiner Frau drauf. Oh ja, und dann kam plötzlich die von mir völlig verdrängte Sache mit der Körperspende auf den Tisch. Und das alles nur wegen des Testaments meiner Frau. Ich habe damals versucht, noch alles abzuwenden; ich habe viel Geld geboten, aber der Professor hat sich auf nichts eingelassen. Wegen eines Schriftverkehrs, den er mit meiner Frau vor Jahren schon geführt hatte, wurde auch mein Antrag auf einstweilige Anordnung zu diesem Thema abschlägig beurteilt.

Und dann wurde alles immer schlimmer und unerträglicher. Wir alle in der Familie waren entsetzt, als wir zum ersten Male hörten, was die Plastifizierung aus unserer Heike machen würde. Ich glaube, Sie können sich nicht vorstellen ... Egal!" In seiner Erregung unterbrach eine Hustenattacke seinen Redefluss und Hartmut Maurer musste danach erst einmal für einige Atemzüge pausieren.

Danach fuhr er mit gepresster Stimme fort.

„Aber, was bitte, hat es denn mit Forschung und Wissenschaft zu tun, wenn meine Frau als Schachspielerin grauenvoll entstellt durch die Welt reisen soll? Nein, das Ganze ist ein Fluch, der auf ihr und unserer Familie lastet, und genau den wollte ich jetzt beenden!" Wieder musste er kurz pausieren.

„Bedenken Sie doch", seine Stimme hatte jetzt fast einen flehenden Unterton erreicht. „Meine Frau hat sich aus einem einzigen Grund umgebracht ... um zur Ruhe zu kommen, um nicht mehr angstvoll gehetzt, geplagt und getrieben zu sein ... Verdammt! Ich fühle mich doppelt schuldig. Ich habe ihren Tod nicht verhindern können und jetzt kann ich ihr nicht einmal die Totenruhe, nach der sie sich so gesehnt hat, garantieren." Ein letztes Durchatmen, bevor er seine Stellungnahme mit den Worten schloss: „Ich danke Ihnen, Herr Vorsitzender."

Es entstand ein Moment der absoluten Stille im Raum, die nur von den gedämpften Außengeräuschen des Stadtverkehrs durchbrochen wurde.

„Sagen Sie", der vorsitzende Richter räusperte sich kurz. „Ich habe den Unterlagen entnommen, dass Sie nach dem Tod Ihrer Frau eine Gesprächstherapie gemacht haben. Ist das richtig?"

„Ja, das stimmt, Herr Richter."

„Und, äh, gibt es diesen Therapeuten noch?"

„Das nehme ich an."

„Gut, dann ergeht im Namen des Volkes hiermit folgender Beschluss." Das kleine Grüppchen der im Raum anwesenden Personen erhob sich, um den Richterspruch anzuhören.

„Mit dem heutigen Nachmittag werden Sie, Herr Hartmut Maurer, unter folgenden Auflagen aus der U-Haft entlassen: Sie haben sich einmal pro Woche bei der Polizei zu melden und dürfen bis zu Ihrem endgültigen Prozess Deutschland nicht verlassen. Ihren Reisepass müssen Sie für diesen Zeitraum abgeben. Die von Ihnen illegal verwendete Schreckschusswaffe bleibt von der Justiz eingezogen. Zusätzlich werden Sie verpflichtet, erneut eine Gesprächstherapie bei einem Therapeuten Ihrer Wahl aufzunehmen. Dem Professor dürfen Sie sich bis auf Weiteres nicht nähern."

Das Raunen seines Verteidigers hörte Hartmut noch, bevor er sich, von einem plötzlichen Weinkrampf geschüttelt, kraftlos auf seinen Stuhl fallen ließ.

* * *

Hartmut war wieder zu Hause. Obwohl er erst vor fünf Tagen und ziemlich genau sechs Stunden seine Wohnung in Richtung Ausstellung verlassen hatte, kam es ihm vor, als sei er monatelang nicht mehr in seinen eigenen vier Wänden gewesen. Er war überrascht, wie sauber und aufgeräumt es bei ihm aussah. Er humpelte durch die große Wohnküche und ließ sich auf einen Stuhl fallen.

Gerade hatte ihn Anton, sein Ältester, aus der Untersuchungshaftanstalt abgeholt, in die er nach seinem bewaffneten Eindringen in die Ausstellung ‚Welten der Körper' nach seinem Umweg über das Gefängniskrankenhaus eingewiesen worden war. Seine beiden Töchter Lisa und Katja hatten seinen Lieblingskuchen gebacken und er war froh, endlich wieder alleine mit seinen Kindern sprechen zu können.

Nur hatte sich in seinem Haus irgendetwas verändert. Nichts Bauliches oder irgendwelche Äußerlichkeiten betreffend. Nein, es war die Stimmung seiner Kinder, die die Atmosphäre in der Küche verändert hatte. Er fühlte sich stark an den Moment erinnert, in dem er damals die Kinder in derselben Küche über den Tod ihrer Mutter hatte informieren müssen.

Die Begrüßung der Kinder vorhin war durchaus herzlich gewesen, aber trotzdem irgendwie verkrampft, und das Schulterklopfen sowie die Umarmungen hatten sich angestrengter als sonst angefühlt, vielleicht sogar ein wenig distanziert. Besonders bei Anton war ihm das aufgefallen.

Schon in frühesten Kindertagen hatte Hartmut ein untrügliches Gespür für angespannte Situationen entwickelt. Die Angst vor Eskalationen zwischen seinen Eltern war zu seiner Triebfeder geworden, unbedingt zu versuchen, die Folgen eines aufziehenden familiären Gewitters abzumildern.

Als Einzelkind hatte er von niemandem Hilfe erwarten können. Alleine, aber mit der Kraft all seiner Fantasie ausgestattet, war er damals als kindlicher Bombenentschärfer im Minenfeld der elterlichen Beziehung umhergetapst, mit der einzigen Aufgabe, die drohende Explosion zu verhindern.

Später, als Jugendlicher, hatte er für sich eine Skala definiert, die von ersten atmosphärischen Schwingungen (Stufe 1) bis hin zu einem Gefühl von „brennender Luft", in der der Sauerstoff zum Atmen knapp wird (Stufe 5), reichte. Diese Erfahrungen hatten ihn geprägt.

Zu viele dieser spannungsgeladenen Situationen hatte er miterleben müssen, als dass er seine Sensibilität dafür jemals wieder hätte verlernen können. Rückblickend war er heute, selbst Vater von drei fast erwachsenen Kindern, immer wieder erstaunt über die Tatsache, mit wie wenig Scham oder wenigstens Rücksicht auf ihn seine Eltern damals ihren Streit vor ihm ausgetragen hatten.

Die Eifersucht des Vaters war das latent immer vorhandene Streitthema zu Hause gewesen, das über die Jahre die immer heftiger werdenden Auseinandersetzungen auslöste. Zunächst hatte Hartmut als Fünfjähriger versucht, mit schrillem Schreien, sich selbst die Ohren zuhaltend, die anschwellende Lautstärke im Streit der Eltern zu übertönen. Doch hatte er die Erfahrung machen müssen, dass er damit die allgemeine Hysterie und Aggression nur anheizte mit dem Ergebnis, dass die Eltern zunächst ihn und erst danach einander prügelten.

So hatte er umgeschwenkt und fortan versucht, mit Clownerien brenzlige Situationen möglichst früh im Keim zu ersticken. Wenn er schon am lauernden Tonfall in der Stimme seines Vaters Gefahr witterte, gab er sich alle Mühe, durch lustiges Herumhampeln oder Erzählen von aberwitzigen Geschichten Ablenkung und damit eine Entspannung der Situation herbeizuführen. Dank seiner Sensibilität und seines komödiantischen Talents gelang ihm das sogar relativ oft. Doch häufiger, als ihm lieb war, musste er trotz seiner bühnenreifen Auftritte die Detonation der angestauten Wut miterleben.

Dann flogen zunächst Gegenstände (mit unkalkulierbaren Kollateralschäden). Der darauffolgende, unvermeidbare Nahkampf endete fast immer damit, dass seine Mutter verletzt (zwei Mal sogar blutend) und weinend in einer Ecke kauerte und der Vater unter lautem Türschlagen und Ausstoßen von Flüchen, Verwünschungen und Drohungen die Wohnung verließ.

Heute also wurde Hartmut, seit längerer Zeit wieder einmal und überraschend stark, von diesem Gefühl ergriffen. Instinktiv begann er, das Ausmaß dieser präexplosiven atmosphärischen Spannung zu taxieren. Er entschied sich für Stufe drei bis vier (dunkle Wolken, erste Blitze!). Es wurde Zeit für ihn, zu handeln.

Seine Kinder wirkten nachdenklich, angespannt und die Mienen verkrampfter, als er es sonst von ihnen gewohnt war. Er musterte sie aufmerksam, wie sie eines nach dem anderen am Tisch Platz nahmen.

Sein Ältester hatte sich am Kopfende des Tisches platziert, an dem eigentlich er zu sitzen pflegte. Zu Antons linker Seite hatten sich die Mädchen auf zwei Stühlen in einer Reihe postiert (wo üblicherweise gar keine Stühle standen). Ein wenig empfand Hartmut das schon als Auflehnung gegen ihn, gegen bestehende Familienstrukturen.

„So Kinder, ich freu mich, dass ich als euer alter Vorturner wieder hier zu Hause sein darf", begann er das Gespräch, von dem er gewusst hatte, dass es notwendig und schwierig sein würde und vor dem er sich deswegen seit seiner Inhaftierung gefürchtet hatte.

„Papa, du Idiot! Von wegen Vorturner!" Sein Sohn war zornig aufgesprungen. „Warum hast du uns nicht wenigstens in deinen Scheißplan eingeweiht?"

„Weil ihr mir abgeraten hättet, und außerdem ist das nur eine Sache zwischen mir, Mama und diesem Arsch von Professor!", antwortete er in einer Stimmlage, die Selbstsicherheit vortäuschen sollte.

Anton baute sich vor ihm auf. „Das ist es eben *nicht*! Wir haben da wohl auch ein Wörtchen mitzureden, oder war es dir völlig egal, ob du uns zu Vollwaisen machst?" Seine Stimme bebte vor Zorn. „Das war eine richtige scheiß Egonummer, du Depp!"

„Hey!", mischte sich die Jüngste ein. „Jetzt krieg dich mal wieder ein, das bringt doch so nix!" Anton drehte ab und nahm wieder auf seinem Stuhl Platz.

„Mensch Papa, was Anton, nein, was wir alle dir sagen wollen, ist: Du hast uns wirklich richtig geschockt mit deiner Aktion! Und – ehrlich – keiner von uns hätte dir so was zugetraut! Weißt du, ich bin grade einfach nur froh, dass wir dich überhaupt noch haben. Anton ist, auch wenn er sich eben echt im Ton vergriffen hat, zu Recht wütend darüber, dass du uns so was Unüberlegtes antun konntest. – Mensch Papa!"

Lisa fixierte Hartmut mit einem Blick, den er nur schwer auszuhalten vermochte. Lisa schüttelte leicht ihren Kopf. Doch Hartmut hielt diesem Augenblick stand.

„Die Polizei hat uns übrigens dein Jackett gebracht, das wir dann auch mal haben reinigen lassen. Und in der Tasche haben wir natürlich neben deinen Zigaretten auch deinen Abschiedsbrief gefunden, der uns gezeigt hat, wie verzweifelt du warst." Die Stimme der Jüngsten bekam jetzt doch ein leichtes Zittern. „Du hast – nein – wir alle haben letztendlich großes Glück gehabt, dass dir bis auf deine Gehirnerschütterung und den Bänderriss nichts Schlimmeres passiert ist!"

Anton ergriff erneut das Wort, diesmal in gemäßigter Tonlage.

„Seit dem verdammten Selbstmord von Mama habe ich mich nicht mehr so schlecht gefühlt, Papa. Okay, ich wusste um deinen Rechtsstreit mit diesem Professor, aber dass du so austickst, damit habe ich wirklich nicht gerechnet. Nur im Gegensatz zu Mama hast du uns wenigstens einen Abschiedsbrief hinterlassen. Was hattest du eigentlich genau vor?"

Es entstand eine Stille und Hartmut bemerkte erneut, dass die Blicke seiner Kinder bohrend auf ihm ruhten. Sie wollten Antworten und Erklärungen, die nur er ihnen geben konnte.

Stille ist manchmal schwer zu ertragen und so durchbrach Hartmut diesen Moment durch das laute Zurückschieben des Stuhles, von dem er sich, an den Unterarmgehhilfen abstützend, langsam erhob und auf den Tisch zuging.

„Übrigens Papa", schaltete sich Katja in das Gespräch ein. „Seit wann rauchst du eigentlich wieder? Zuletzt habe ich dich vor vier Jahren rauchen gesehen. Und ausgerechnet jetzt fängst du wieder an, wo du erst vor ein paar Wochen eine Lungenentzündung hattest. Bitte, hör wieder damit auf. Sonst stinkst du hier nur wieder alles aus."

„Keine Angst, ich rauche nicht in der Wohnung", versuchte Hartmut eine Rechtfertigung, aber die Gesichter seiner Kinder wirkten weiterhin abweisend, wie beim Warten auf die letzten Worte des Angeklagten vor dem Verkünden eines Urteils.

„Ich hatte vor, eine medienwirksame Aktion zu starten, bei der ich eigentlich niemanden so richtig gefährden wollte. Aber ich wollte den Scheißprofessor endlich zum Handeln zwingen!"

„Na, diese beiden Ziele hast du ja geradezu grandios verfehlt!" Antons Stimme hatte einen sarkastischen Unterton angenommen. „Du hast dich, und damit auch uns, in große Gefahr gebracht – und behaupte jetzt nicht, du hättest das nicht gewusst! Aber dein eigentliches Ziel, das hast du nicht erreicht! Und welche Folgen dein Überfall noch haben wird, ist auch noch nicht raus!"

„Da sitzen sie zusammen, eine Jury von Geschworenen, und ich bin heute zu Recht der Angeklagte", ging es Hartmut durch den Kopf. Oder sollte er eher sagen: „Eine Jury von Verschworenen?" Hatten sie sich *gegen* ihn verschworen?

Er verwarf diesen Gedanken. Wenn er ehrlich zu sich selbst war, hatte er mit dieser Reaktion seiner Kinder gerechnet. Und sie hatten ja auch irgendwie recht damit. So unterschiedlich sie alle drei waren: Er musste versuchen, ihnen alles zu erklären. Jetzt und heute! Unter Ausschluss der Öffentlichkeit.

In den vier Jahren seit Heikes Tod hatten sie schon ein paar Mal Gespräche in der Kernfamilie zu wichtigen Themen einberufen. Und heute war es wieder einmal so weit. Nur war er heute der Angeklagte!

Seine Stimme klang etwas krächzend, als er erklärte: „Wohl Zeit für ein paar Wahrheiten. Ich bin gleich wieder da." Mit diesen Worten humpelte er aus der Küche.

Knapp fünf Minuten später kam er mit einem DIN-A4-Ordner unter dem Arm zurück, bereit, sich dem Kreuzfeuer der Emotionen zu stellen.

* * *

„Alles Schlimme fing mit der Nacht an, in der eure Mutter damals verschwand. Du, Anton, warst zwar schon 25 Jahre alt und Katja 21, aber Lisa war doch gerade erst 18 Jahre alt.

Ich habe damals versucht, euch, so gut es ging, vor der ganzen brutalen Wahrheit zu schützen. Aber heute sollt ihr aus gegebenem Anlass einige Zusatzinformationen zum Tod eurer Mutter bekommen."

Er öffnete den Ordner mit der Beschriftung „Tod A.1" und begann ihn durchzublättern. Nach drei Seiten entnahm er eine Klarsichtfolie, in der ein zerknittertes Papier steckte, das offensichtlich mit Bleistift beschrieben war.

„Das hier ist der Abschiedsbrief eurer Mutter."

„Waas?" Die drei Kinder schauten ihn entsetzt an.

„Und den hast du uns all die Jahre vorenthalten? Ich glaub's nicht!", stöhnte der Älteste.

„Ich, äh, ich hatte in mir das starke Gefühl, dass es für euch besser wäre, diesen Brief erst mit etwas Abstand zu ihrem Tod verkraften zu müssen ..."

„Und da hast du das einfach mal für uns entschieden, was? Na klar, du hast wie immer geglaubt, alles besser zu wissen ... ich fasse es einfach nicht!" Die Stimme des Sohnes hatte wieder diesen gefährlich aggressiven Unterton angenommen, den Hartmut schon von mehreren Streitgesprächen kannte.

„Ja. Mein Therapeut hat mir übrigens auch gesagt, dass es falsch war, euch den Brief nicht gleich gegeben zu haben. Doch da war es schon passiert … Aber er hat mir wenigstens das Versprechen abgenommen, den Brief nicht zu vernichten und ihn euch bei einer passenden Gelegenheit zugänglich zu machen, was ich heute –"

„Vielleicht bist du auch nur zu schlecht in dem Brief weggekommen und hast uns vielleicht aus Schamgefühl …", unterbrach ihn der Älteste, jedoch ohne den Gedanken zu Ende auszusprechen.

„Ja, vielleicht auch das", antwortete Hartmut kraftlos und reichte seinem Sohn die Folie.

Seitdem er vor vier Jahren den verknitterten Abschiedsbrief aus den steifen Fingern seiner Frau gezogen hatte, war sein Leben aus den Fugen geraten.

Mitten in der Nacht war Heike mit ihrem Auto verschwunden.

Voller negativer Ahnungen und Angst, die sich über den folgenden Tag steigerte, hatten sie lange nach ihr gesucht, bis Spaziergänger das Auto nach der Beschreibung im Radio erkannt und die Polizei informiert hatten.

Dabei hätte er damals den Ort des Geschehens ahnen können. Aber in einer von Panik getriebenen Ausnahmesituation ist eben nicht die Zeit für blasse Ahnungen. Da dominieren die grellen Farben!

Dem entgegen stand das blasse Schwarz ihrer letzten Zeilen. Ja, er hatte seinen ganzen Mut gebraucht, um diese Zeilen zu lesen! Jedes Mal, wenn er diesen verknitterten Zettel nur in die Hand nahm, entwickelte er echte körperliche Symptome. Sein Mund wurde trocken, er spürte sein Herz schneller schlagen und musste gegen aufkommende

Übelkeit ankämpfen. Und bis heute, wenn diese verdammten Symptome auftraten, führte er Atem- und Konzentrationsübungen durch, die er in der Therapie erlernt hatte.

Wenn er ehrlich zu sich selbst war, musste er zugeben, dass es eigentlich diese Panikattacken gewesen waren, weswegen er sich schweren Herzens zu einer Therapie entschlossen hatte. Ja, dieser Entschluss zur Therapie war für ihn anfänglich einer absoluten Kapitulation gleichgekommen. Das Eingeständnis der eigenen Schwäche und des Unvermögens.

Sein Therapeut hatte ihn dann aber über posttraumatische Belastungsstörungen aufgeklärt. Ihm war es eigentlich nur wichtig gewesen, möglichst nie wieder in solche Panik und Hilflosigkeit zurückzufallen.

Er kam zurück in die Gegenwart. „Also, zu meiner Verteidigung will ich sagen, dass mich der Tod eurer Mutter überfordert hat. Ich habe vielleicht rückblickend mit dem Brief falsch entschieden, aber das habe ich nur gemacht, weil ich euch schützen wollte. Sie hat übrigens den Brief schon eine Woche vor ihrem Tod geschrieben!

Und erst *nach* diesem Brief wurde mir klar, dass ich eine Therapie würde machen müssen. Und ihr wisst – wenn ihr euch erinnern wollt – um meine ablehnende Haltung zu Therapien. Für Mama war das seinerzeit absolut notwendig gewesen, aber doch nicht für mich! Und eigentlich hatte ich auch gehofft, euch davor bewahren zu können. Aber heute bin ich froh, dass ich mit meinem Therapeuten Zeile für Zeile durchgegangen bin. Erst dann konnte ich den Brief einordnen und annehmen."

Hartmut holte tief Luft und fragte dann: „Anton, meinst du, du könntest den Brief einmal vorlesen?"

Sein Sohn schaute ihn an und begann dann vorsichtig, den Brief aus der Folie zu ziehen.

„Oje, die Mama." Er atmete tief durch. „Künstlerisch bis in den Tod!"

Er schüttelte den Kopf und begann langsam – Zeile für Zeile – mit dem Vorlesen.

„Rilke irrte …
Nein, Rilke log, als er schrieb:
‚Ich lebe mein Leben
In wachsenden Ringen,
die sich über die Dinge ziehn
ich werde den letzten vielleicht nicht vollbringen
aber versuchen will ich ihn.'

Ich lebe im Tunnel der Isolation.
Meinen Mann kümmert es wenig,
Er ist überfordert.
Ihr Kinder löst Euch
Nun langsam vollständig von mir.
Ihr Eltern, Geschwister und Freunde belastet mich
mit Worten,
Deren Gewichtung ich nicht mehr ertragen kann.
Mein beruflicher Selbstwert
Wird auf Krankenschein ausgesetzt …
Mein Therapeut stößt mich – hilflos –
auf mich zurück.
Mein Gebet verhallt …

Hier, wo alle Therapie einst begann,
Vor dem Haus der langen Stunden des Redens,

Muss ich mich,
Da alle Hoffnung verloren,
Der endgültigen Befreiungstherapie unterziehen.
Denn – ich bin am Ende.
Der Kreis schließt sich ...
Anfang und Ende aber gehören einander
Zugefügt – sollen die ewige Hetze,
Die Unruhe und die Panik
Zu einem Ende
Gebracht werden.

Ich habe mein Leben
Zuletzt
In den immer enger werdenden Kreisen
Des Angsttunnels,
Der Todesspirale
Gelebt.
Alles aushalten müssen und nichts ändern können –
Aber versuchen kann und will ich
Nichts mehr."

Anton ließ ganz langsam seine Hände mit dem Brief sinken und legte ihn geradezu sanft neben sich auf den Tisch. Wie ein leiser Wind wehte als einziges Geräusch Lisas Weinen durch den Raum. Nach einiger Zeit räusperte Anton sich und als hätte sie auf ein Signal gewartet, schnäuzte nun auch Katja in ein Taschentuch. Hartmut rappelte sich vom Stuhl hoch und humpelte die drei Schritte zu Anton.

Sein Versuch, den Sohn zu umarmen, wurde erst zögerlich, dann aber zunehmend fester von Anton erwidert. Die zwei Mädchen fühlten sich vom Beispiel der beiden angesteckt. Ohne ein Wort, aber in selbstverständlicher Einigkeit erhoben auch sie sich. Indem sie eine Art äußeren Ring um die beiden Männer bildeten, der nicht komplett zu schließen war, umfassten sie mit ihren Armen den männlichen Teil ihrer Restfamilie.

Für lange Sekunden legten sie dazu ihre Köpfe auf den Schultern von Hartmut und Anton ab. So verharrten sie für gefühlte Minuten, obwohl es in Echtzeit nicht einmal eine ganze Minute dauerte.

Katja war die Erste, die sich wieder aus der kleinen Menschentraube löste. „Das hat gut getan", flüsterte sie. Danach nahm sie Heikes Brief vom Tisch und, ohne ihn erneut zu lesen, bemerkte sie: „Verdammt, sogar mit ihrem Rilke hat Mama gebrochen. Dann war sie wirklich total isoliert und verzweifelt."

Das schrille Klingeln des Telefons schallte vom Flur in die Küche. Lisa war als Erste aufgesprungen und ging in Richtung Flur. Der Rest der Familie verblieb stumm in der Küche.

„Ja, hier bei Maurer", hörten sie sich Lisa melden.

„Ach, guten Tag, Herr Talbach." Pause.

Hartmut zog beide Augenbrauen nach oben.

„Ich glaube, dein Chef ist dran", zischelte Katja in Richtung ihres Vaters, der zustimmend nickte und seinen rechten Zeigefinger vor den Mund führte.

„Nein, tut mir leid, aber mein Vater ist noch nicht zu Hause." Kurze Pause.

„Stimmt, er wird heute noch nach Hause kommen. Soll ich ihm etwas ausrichten?" Lange dreißig Sekunden Pause, nur unterbrochen von zwei kurzen Ahas von Lisa.

„Das ist schön, ich werde es ihm ausrichten. Er wird sich freuen, vielen Dank." Pause.

„Okay, Herr Talbach, er wird sich morgen Vormittag bei Ihnen melden." Kurze Pause.

„Ja, vielen Dank noch mal." Erneute Pause.

„Ja, auf Wiederhören."

Drei Augenpaare verfolgten erwartungsvoll Lisas Rückkehr in die Küche.

„Und?" In angespannter Erwartung kam nur dieses eine Wort von Hartmut.

„Na, ihr habt ja mitgekriegt, dass das dein Chef war, Papa. Er hat gesagt, dass du dir keine Sorgen machen sollst um deinen Job. Er ist von der Polizei informiert worden."

„Hast du mal wieder Dusel, Papa!", sah Anton sich genötigt, in den Raum zu stellen.

„Der Betriebsrat hat wohl auch schon getagt und will an dir festhalten, weil du dir noch nie hast etwas zu Schulden kommen lassen", fügte Lisa hinzu. „Aber du sollst Herrn Talbach morgen früh bitte noch mal anrufen."

„Gott sei Dank!", meldete sich Hartmut spontan zu Wort. „Vielen Dank Lisa, das hast du übrigens prima gemacht eben. Oh, bin ich froh über dieses Signal aus der Firma."

Hartmut pustete zweimal tief durch.

„Das wär's dann aber auch gewesen! Wenn ich auch noch meinen Job verloren hätte ..." Eine Hustenattacke unterbrach seinen Redefluss.

„Schmeiß halt deine Kippen wieder weg", bemerkte Anton lakonisch. „Ich für meinen Teil habe jetzt Hunger. Wie wär's denn mal mit Kaffee und eurem Kuchen, den ich in der Küche gesehen habe? Sieht lecker aus."

Der Vorschlag fand breite Zustimmung und wenige Minuten später saßen sie alle wieder um den Tisch, fast wie früher. Automatisch hatte Hartmut auch wieder am Kopfende Platz genommen.

„Ich muss doch noch Einiges loswerden", begann Hartmut erneut, nachdem sie sich bei Tee, Kaffee, Kakao und Kuchen in der letzten halben Stunde zur Erholung nur über aktuellen Familientratsch (wie sie es immer nannten) unterhalten hatten. Lisa trank immer noch am liebsten Kakao, Katja ihren Tee und nur die Männer hatten auf schwarzem Kaffee bestanden (weil der ja schön machen soll …).

„Ich bin echt froh, meine Arbeit nicht verloren zu haben. Daran habe ich bei meiner Aktion gar nicht gedacht. Das hätte mich …" Hartmut sprach den Satz nicht zu Ende. Nach einer kurzen Pause fuhr er fort.

„Aus der Bahn geworfen war ich das erste Mal so richtig nach dem Tod eurer Mutter! Ich wollte aber diesen trostlosen Satz nicht akzeptieren, dass nach einem solchen Ereignis nichts mehr so ist wie vorher."

„Aber so ist es doch!", kam von Anton die Gegenrede.

„Ja, klar, Anton. Du hast ja recht, aber ich habe zunächst krampfhaft versucht, mir mein bisheriges Leben nicht nehmen zu lassen. Ich habe geklammert –"

„Aber du hast doch alles ganz gut –", wollte Lisa tröstend einwenden, aber Hartmut unterbrach sie schroff.

„Nein, nichts war gut. Um ehrlich zu sein: Ich habe mich gefühlt wie in einem Tsunami. Da herrschte am Anfang nur diese große, ungläubige Ruhe und Leere in mir. Aber nach ein paar Tagen, als ich gerade wieder angefangen hatte, mich den neuen Verhältnissen trotzig, ja sogar mit einer gehörigen Portion Wut im Bauch ent-gegenzustellen, erwischte mich die Monsterwelle und riss mich einfach um! Ich verlor buchstäblich den Boden unter den Füßen. Eine Mischung aus verschiedensten Ängsten und dem Erkennen des ganzen Ausmaßes der Katastrophe veränderten auf einen Schlag all meine Standpunkte. Meine Mitverantwortung am Geschehen erschütterte meinen Glauben nachhaltig und kappte Wurzeln, die ich noch Tage zuvor für unverbrüchlich gehalten hatte. Die Stellen, an denen ich vorher meinen Platz behauptet hatte, konnte ich nicht mehr ausmachen."

„Mensch Papa, warum erzählst du uns das jetzt? Uns allen ist es damals doch ähnlich wie dir gegangen." Katja machte den Eindruck, als wolle sie das Thema nicht wei-ter vertiefen, aber Hartmut fuhr unbeirrt fort.

„Ich komme darauf zurück, weil ich das alles nicht wieder in den Griff bekommen hätte ohne die Therapie. Und ich bin froh, dass ihr euch alle mittlerweile auch für eine Gesprächstherapie entschieden habt. Und jetzt will ich endlich auch auf den Punkt kommen, Anton, den du vorhin zu Recht angesprochen hast! Ich muss euch klar-machen, worin eigentlich mein persönliches Versäumnis bestand, meine Mitschuld an Heikes Tod."

Eine Hustenattacke unterbrach seinen Redefluss.

„In all den Jahren der tückischen Erkrankung eurer Mutter habe ich mich zunehmend weniger um den Kampf gegen dieses Übel gekümmert. Ich habe diese hirnfres-sende Krake namens Depression zu sehr akzeptiert, ihr Platz eingeräumt, der ihr eigentlich nicht zustand! Mich zu wenig eingemischt. Zu oft nicht mehr nachgefragt. Die Krankheit nach außen vertuscht! Erst nach dem

Kentern ist mir so richtig klar geworden, dass Mamas Therapeut mich nicht mit ins Rettungsboot genommen hatte."

„Ja, aber du hattest doch –", wollte Katja einwenden, aber Hartmut unterbrach sie.

„Stopp, Katja, lass mich bitte erst einmal meinen Gedanken zu Ende bringen. Diese Gedanken übrigens, wie ich sie heute formulieren kann, habe ich erst in meinen Therapiestunden ordnen können. Ja, also, wo war ich stehen geblieben?

Ach ja, es war für mich natürlich auch von Vorteil gewesen, dass Mamas Therapeut mich nicht in die Behandlung einbezog. So kostete es mich keine Zeit, die ich sowieso nicht glaubte zu haben. Mamas Seelenklempner wird die Dinge schon richten, dachte ich. Es gibt ja auch für die eigene Ehefrau eine Privatsphäre … Damals hatte ich noch Vertrauen zu Dr. Wachsmut. Es war für mich ja auch leichter, Verantwortlichkeiten abzugeben, als mich immer und überall einmischen zu müssen. Schließlich bin ich auch kein Arzt. Und beruflich hatte ich ja auch genug um die Ohren."

Die Blicke von Hartmuts Kindern waren gesenkt, aber sie hörten aufmerksam zu.

„So habe ich aber in der ganzen Zeit nicht gemerkt, dass Heike mich missbraucht hat. Ja, so hart will ich das heute formulieren! Ich muss euch aber erklären, wie ich das meine.

Eure Mutter hat in all den Jahren ihre Erkrankung nie akzeptiert. Akzeptiert, als das, was sie war. Als eine Erkrankung, die eben nicht nur *ihre* Privatsache war, sondern auch die ganze Familie zu Mitbetroffenen gemacht hat. Mir ist leider zusätzlich die Rolle des Komplizen zugefallen. Sie hatte mir sogar ausdrücklich verboten, mit ihrem Therapeuten Kontakt aufzunehmen.

Und *das* meine ich mit Missbrauch! Sie hat mich zu einem gemacht, der leider stillgehalten hat, der mit verheimlicht hat und selbst nicht den Mut fand, ihr weitergehende Therapien und notwendige Veränderungen ihres Lebens abzufordern. In meinem Bestreben, eure Mutter in ihren wichtigen Rollen wieder zu stabilisieren und sie auch wieder als Gegenüber auf Augenhöhe zurückzugewinnen, war ich blind geworden für echte Notwendigkeiten.

Ich war viel zu lange Mitspieler im ewigen Weiter-so!

Zu naiv habe ich mitgemacht bei Mamas permanentem Bestreben, sich aus der Krankheit herauszustehlen, sie klein zu reden! Ihr könnt euch sicher noch an diesen Scheißsatz erinnern: ‚Die Depression schafft uns nicht!'

Wut und Trotz mögen solch ein Mantra vielleicht formulieren, aber in Mamas Fall hat es leider so gar nicht zu intelligenten Therapieansätzen geführt. Ich bedaure heute, dass mir das alles erst viel zu spät so richtig klar geworden ist!"

Hartmut ließ sich auf seinem Stuhl nach hinten fallen und atmete tief durch.

„Warum eigentlich hat Dr. Wachsmut sich nicht mit *dir* in Verbindung gesetzt, Papa?", fragte Katja nach.

„Gute Frage", antwortete Hartmut, wobei sein Körper wieder Spannung annahm, mit der er sich sitzend aufrichtete.

„Diese Frage habe ich nach dem ganzen Drama auch an Dr. Wachsmut gerichtet. Aber ich muss vorweg noch etwas erwähnen. Erinnert ihr euch noch an das Abendessen etwa vier Wochen vor Mamas Tod, als sie ganz euphorisch von der Therapie kam und erzählte, dass sie eine Therapiestunde von Dr. Wachsmut begleiten durfte und dass der hinterher mit ihr spazieren gegangen sei und sie über den Fall gesprochen hätten?"

„Oh ja, daran kann ich mich noch gut erinnern – weil du so laut geworden bist", antwortete Anton. „Ich habe damals bei mir gedacht: So kenne ich den Papa gar nicht. Der ist doch sonst nicht eifersüchtig. Ja, ehrlich, ich hatte an diesem Abend den Eindruck, dich zum ersten Mal richtig eifersüchtig erlebt zu haben. Vor allem, weil Mama dir noch erzählt hat, dass sie sich mit Dr. Wachsmut zu einem Konzert verabredet hatte."

„Genau, das Konzert haben sie dann auch besucht, waren als Therapie noch ein paar Mal gemeinsam spazieren und haben irgendwann sogar auch gemeinsam einen Gottesdienst besucht." Hartmut machte eine Pause.

„Geholfen hat das alles letztendlich nichts", bemerkte Lisa mit einem Seufzer.

„Nicht nur das!" Hartmuts Stimme wurde lauter, als er beabsichtigt hatte.

„Mein eigener Therapeut hat mich später darüber aufgeklärt, dass mein Bauchgefühl mich nicht betrogen hatte! Ich war wirklich nicht eifersüchtig, aber ich habe gefühlt, dass irgendetwas aus dem Ruder lief.

Mama hatte sich selbst bei ihrem Therapeuten mit Erfolg aus der Rolle der Patientin herausgemogelt! Und das Schlimme daran war, dass dieser so erfahrene Arzt und geschulte Psychologe den Ausbruchsversuch aus einer vernünftigen Therapie in dieser Art überhaupt zugelassen hatte.

Wo war die Distanz zwischen den beiden geblieben? Wo die therapeutische Autorität? Die notwendige Hierarchie zwischen Therapeut und Patientin war durch den gemeinsamen Konzertbesuch, durch quasi gemeinsames Therapieren von Dritten, durch Spaziergänge und Kirchenbesuch, also einfach durch zu große Nähe, zumindest kurzfristig ausgehebelt! Wobei die Betonung auf *kurzfristig* liegt! Vielleicht waren das kurze Glücksmomente für Heike, die Augenhöhe vorgetäuscht haben – die sie aber später im Erkennen der eigenen hilflosen Situation umso härter in den Abgrund der Aussichtslosigkeit haben stürzen lassen."

„Oh Gott, so habe ich das Ganze noch gar nicht gesehen", wandte Katja ein. „Und was hat Dr. Wachsmut auf deine Frage geantwortet?"

„Ja, Katja, wie ihr wisst, hatte ich ein halbes Jahr nach Mamas Tod und nach meiner eigenen Therapie erstmals ein Gespräch mit Dr. Wachsmut. So ein Idiot! Selbst nach dem Tod von Mama sah er eigentlich keine Notwendigkeit, mit mir zu reden. Er unterliege schließlich immer noch der Schweigepflicht …

Die Tatsache, dass Heike diese Scheißtabletten auf dem Parkplatz vor *seiner* Praxis eingenommen hat, bezog er nicht auf sich. Er habe halt eine besonders zugewandte Therapie versucht, aber leider erleben müssen, dass diese Art der Therapie eben manchmal nicht von Erfolg gekrönt sei. Er sei auch enttäuscht von Heike, aber alle Fachleute wüssten: Wenn sich jemand wirklich umbringen wolle, dann sei es eben auch schwer, das zu verhindern …

Er habe auch auf die Wirkung der Medikamente gesetzt. Und: Heike habe ihm schließlich untersagt, mit mir zu reden, und daran habe er sich letztendlich halten müssen. Dieser grenzenlos übergriffige Vollidiot!"

Hartmut machte eine kurze Pause und atmete hörbar durch. Eine folgende Hustenattacke zwang ihn zur Verlängerung der Unterbrechung seiner Ausführungen. Die Kinder reagierten auf seine Atemlosigkeit nur mit kollektivem Stirnrunzeln, aber sie verkniffen sich den jeweils auf der Zunge liegenden Antiraucherkommentar.

Nach einigen beruhigenden Atemzügen fuhr Hartmut fort.

„Ich muss euch ehrlich sagen, dass ich an mich halten musste, diesem ach so enttäuschten Psycho nicht doch noch eine reinzuhauen! Drei Mal in diesem Gespräch hat er mich außerdem noch darauf hingewiesen, dass es keinen Zweck hätte, ihn zu verklagen. Oh, Mann! Ich bin dann einfach wortlos gegangen."

„Na also, Papa, das hast du wirklich gut gemacht", kommentierte Lisa seine Erzählung.

„Ich weiß nicht, ob der Typ nicht doch eine von mir gefangen hätte, wenn ich an deiner Stelle gewesen wäre", warf Anton ein.

Katja erhob sich von ihrem Stuhl und dehnte die Arme. Mit müde klingender Stimme sagte sie dann: „Ich brauche jetzt erst mal eine Pause – und auch ein bisschen frische Luft. Wer kommt mit?"

Lisa und Anton stimmten dem Vorschlag spontan zu.

„Wir setzen uns sicher nach dem Abendessen noch mal zusammen", sagte Lisa, bevor sie ihren Geschwistern in Richtung Terrassentür folgte.

Hartmut konnte den Vorschlag gut verstehen, hatten sie doch heute den ganzen Tag nur in der Wohnung gehockt. Aber seine Knieverletzung zwang ihn heute noch zur Untätigkeit.

Eine Tatsache zu Dr. Wachsmut hatte er seinen Kindern übrigens nie verraten. Er hatte diesen Doktor in Verdacht, drei Jahre lang immer zwei Wochen vor dem eigentlichen Todestag von Heike einen kleinen Handstrauß mit drei weißen Rosen auf dem bis heute noch leeren Grab abgelegt zu haben. Beigefügt war jeweils ein Trauerumschlag ohne Beschriftung, das heißt ohne Anrede oder Absender, in dem dann jeweils eine Kopie der Traueranzeige steckte, die er, Hartmut, damals selbst aufgegeben hatte. In dieser Anzeige war dann jeweils der Satz mit roter Farbe unterstrichen: „Wir werden Dich nie vergessen.“

Dann war Dr. Wachsmut sehr plötzlich verstorben. Und seitdem war auch diese anonyme Geste des Gedenkens ausgeblieben.

***

Hartmut humpelte mit einer Flasche Bier bewaffnet in sein Wohnzimmer und ließ sich erschöpft in seinen Fernsehsessel fallen. Er hebelte den Kronkorken von der Flasche, wischte, einer alten Gewohnheit folgend, mit der Innenseite der rechten Hand über die Flaschenöffnung, als hätte die eine Säuberung nötig. Dann setzte er die Flasche an und leerte sie in einem Zug bis weit über die Hälfte. Beim Absetzen ließ Hartmut einen kurzen, aber unüberhörbaren Rülpser zu. Spätestens, als er jetzt keine Stimme des Protestes wahrnahm, wusste er, dass er allein war.

Er kippte die Lehne des dunkelbraunen Monsters (die Bezeichnung seiner Kinder für seinen Fernsehsessel) nach hinten, was zur Folge hatte, dass seine Beine bequem angehoben wurden. Die Fernbedienung des großen Flachbildschirms an der gegenüberliegenden Wand hielt er jetzt in der Hand, ohne sich aber entschließen zu können, eines der zahlreichen Programme zu starten. Bei seinen Kindern war er gefürchtet für sein angeblich grenzenloses Channel-Hopping.

Er schloss die Augen. In der Zeit seiner massiven Schlafstörungen nach dem Tod seiner Frau hatte er viele Nächte in diesem Sessel verbracht.

Anfangs hatte er noch geglaubt, dass aufkeimende Existenzängste ihm fast drei Montage lang den Schlaf raubten. Doch diesen Irrglauben, dass er wegen der Sorgen um Kinder, Beruf und Geld nicht die gewohnte Nachtruhe finden würde, hatte er mit der Zeit als Täuschung entlarvt. Denn er hatte unterscheiden gelernt: Seine Zukunftsängste waren das Schaudern am Tage. Seine Schweißausbrüche kamen, wenn er *wach* war. Nur dann schienen sich, Gewitterwolken gleich und erstmalig in seinem Leben, die Aufgaben des Tages vor ihm aufzutürmen. Arbeiten, vor denen er neuerdings Angst hatte, sie in der ihm verbleibenden Zeit vielleicht nicht mehr erledigen zu können. Die Endlichkeit eines einzelnen Tages wurde ihm plötzlich drohend bewusst. Wie in dem bekannten Märchen von Tolstoi, in dem gefragt wird, wie viel Erde der Mensch braucht. Aber diesen täglichen Versagensängsten konnte er sich, unterstützt von seinem Therapeuten und mit aller Macht des Willens, zunehmend erfolgreicher entgegenstemmen.

Was aber war es dann gewesen, was ihm damals die Ruhe *des Schlafes* geraubt hatte? Es war nicht, wie er lernen musste, die Angst oder Verzweiflung des aktiven, wachen Sisyphos gewesen. Nein, diese Schlaflosigkeit war verursacht durch die gefühlte Mitschuld am Tod seiner Heike. Das waren die Albträume mit der Fratze des ohnmächtigen Versagers.

Doch wenigstens *das* hatte er damals gut gemacht. Er hatte sich Hilfe geholt und den Tod analysiert, *ihren* Tod. Genauer gesagt: die Umstände und Folgen des Todes seiner Frau.

Mit seinen Kindern hatte er damals sogar ein Trauerseminar besucht. Dabei hatten sie gelernt, dass allein die Tatsache, dass jemand verstorben ist, nicht ausreichen darf, diese Person auf ein überhöhendes Podest zu heben. Dass es für alle wichtig und gesünder ist, die Verstorbene für sich auf Augenhöhe zu behalten. Denn nur so kann es gelingen, dieser Person später auch einen gebührenden Platz im Herzen einzuräumen.

Dank der professionellen Hilfe normalisierten sich seine Träume mit der Zeit. Mit zunehmendem Abstand vom tragischen Ereignis fand für ihn kein nächtlicher Wettlauf mehr um Hilfe für seine am Abgrund stehende Heike statt.

Er konnte sich – trotz seiner im Schlaf immer noch hilflosen Hände am Sicherungsseil zu seiner Frau – mit seiner nächtlichen Beobachterrolle abfinden. Nach und nach wurde er stark genug, auch wieder andere Träume zuzulassen.

Denn dann kam, für sein Umfeld viel zu früh, die Zeit, in der er sich damals von heute auf morgen auf Linda einließ. Ja, nur vier Monate nach dem Tod seiner Frau hatte er sich blitzartig in ein Abenteuer gestürzt, von dem er noch vierzehn Tage vorher nicht einmal zu träumen gewagt hätte.

Er konnte sich und anderen lange nicht die Frage beantworten, ob er damals wirklich in Linda verliebt gewesen war. Natürlich war es ihm am Anfang so vorgekommen, aber rückblickend würde er diese Tatsache heute doch eher für eine typisch männliche Schutzbehauptung halten.

Heute wusste er es besser. Er konnte sich inzwischen eingestehen, dass die Triebfeder seines Handelns damals die enorme sexuelle Anziehungskraft dieser Frau gewesen war, die er seinerzeit vielleicht noch für Verliebtheit gehalten hatte oder auch hatte halten wollen. Alles um Linda war ihm aber spätestens sechs Monate später klar geworden, als die Affäre auch schon wieder vorbei war und er die Trennung ohne großes Herzreißen verschmerzen konnte.

Er hatte die knapp achtzehn Jahre jüngere Frau beim Mittagessen in der Kantine seiner Firma kennengelernt. Sie sah aus wie die jüngere und noch hübschere Schwester von Andie MacDowell und hatte ihn sofort elektrisiert. Ihre grünen, leuchtenden Augen kontrastierten mit den langen dunkelblond gesträhnten Haaren, die sie stets herausfordernd offen im Stil einer Löwenmähne trug. Ihr eng geschnittener Hosenanzug betonte ihre Figur und ihr Gang auf den High Heels wirkte lasziv. Von beidem war er beeindruckt, und er hatte sich erst gar keine Mühe gegeben, seine Bewunderung für diese Frau zu verbergen. Ein halbes Jahr eher hätte ihn diese Art von zur Schau gestellter, geradezu provozierender Weiblichkeit eher abgestoßen, aber in Lindas Fall trat jetzt genau das Gegenteil ein.

Da die Diskussion am Mittagstisch der Kantine um Filme gegangen war (ihr Lieblingsfilm: „Der letzte Tango in Paris") hatte er die junge Frau zum Erstaunen aller Kollegen damals spontan für das kommende Wochenende in den Kinofilm „Fack ju Göthe" eingeladen. Und zur Überraschung aller, die glaubten, dass Linda noch mit ihrem Ralph zusammen sei, hatte die auch sofort die Einladung angenommen und mit einem zugeworfenen Handküsschen besiegelt.

Es war ja nicht so, dass ihn seine Abteilung nicht vor diesem Vamp gewarnt hätte, aber eigentlich waren ihm damals alle mahnenden Stimmen egal gewesen. Er hatte nicht hören wollen! Besonders die Frauen in seiner Abteilung hatten sich später schon ihr Mundwerk über seine Affäre mit Linda zerrissen. Seine loyale Sekretärin hatte ihm das in Auszügen mitgeteilt.

Hartmut lag noch immer unverändert im Sessel, mit Erinnerungen an diese wilde Zeit, die ihm auch heute noch Kopfschütteln abnötigte.

Linda hatte (angeblich?) keine Ahnung von seinem Schicksalsschlag, und so war Hartmut eigentlich auch froh darüber, dass sie mit oberflächlichen Antworten auf oberflächliche Fragen immer schnell zufriedenzustellen war. („Meine Frau hat sich von mir getrennt, aber die Kinder wohnen noch bei mir.") Beide schienen irgendwie eine unausgesprochene Vereinbarung zu haben, keine unbequemen weiteren Fragen bezüglich ihres Vorlebens zu stellen.

Wie zwei Verdurstende waren sie nach dem Kinobesuch, bei dem sie zusammen herzlich gelacht hatten und sich auch schon haptisch nähergekommen waren, in seinem Auto noch auf der Heimfahrt gierig übereinander hergefallen. Ohne Rücksicht auf Zeit und Raum erlebten sie in einem Waldstück in der Nähe ihrer Wohnung zwei Stunden lang animalisch wilden Sex. Sein bester Sex seit – ja, seit wann eigentlich? Gefühlsmäßig konnte er sich damals gar nicht mehr an Sex, geschweige denn guten Sex erinnern.

In dieser Nacht blieb er bei Linda (obwohl er den Kindern versprochen hatte, dass er heimkommen würde). Nach reichlich wenig Schlaf war er am nächsten Morgen total übermüdet, aber entspannt und zufrieden und trotzdem mit schlechtem Gewissen zum Duschen vor der Arbeit nach Hause zurückgekehrt. Für fast zwölf Stunden hatte er sich in einem Paralleluniversum befunden. Und er hatte es damals ohne Reue genossen!

Auf seiner Arbeitsstelle fühlte er sich wohl. Da war er am richtigen Platz. Sein Beruf war für ihn wie ein Fixstern, der ihm Orientierung und Halt gab. Hier ging, selbst nach Heikes Tod, das normale Leben fast unverändert weiter – die Kollegen waren eigentlich nur während seiner Affäre mit Linda verändert. Der berufliche Erfolg war wichtig für sein Selbstwertgefühl.

Rückblickend war es daher für ihn logisch: Nur aus dieser ihn aufbauenden Situation an seinem Arbeitsplatz heraus hatte er überhaupt den Mut aufbringen können, um sich auf sein, wie er es nannte, Paralleluniversum einzulassen. Er hatte für sich damals so etwas wie ein Menschenrecht auf Sex neu definiert, das er eigentlich auch nicht mehr aufgeben wollte. Aber wie hätte er das seinen Kindern gegenüber kommunizieren sollen?

Er spürte deutlich (nein, eigentlich ließen seine Kinder ihn spüren), dass er ihre Loyalität zu Heike einer schweren Probe unterzog, die unweigerlich zum Krach über sein Verhalten führen musste! Unausgesprochen hätten seine Kinder ihre Mutter verraten, wenn sie zu diesem frühen Zeitpunkt eine neue Frau an seiner Seite akzeptiert hätten. Aber er konnte einfach nicht anders handeln. Besonders sein Verhältnis zu den beiden Mädchen litt in dieser Zeit enorm. Er war schon froh gewesen, dass Anton sich nicht groß zu Linda äußerte oder zusätzlich stresste.

Aber wegen der Kinder war er letztendlich erleichtert gewesen, als Linda, die er in der ganzen Zeit überhaupt nur zweimal nach Hause mitgebracht hatte, ihm schon nach sechs Monaten wegen Mikael den Laufpass gab und er damit auch eine Art Versteckspiel beenden konnte.

„Papa, hey, wo steckst du denn?"

„Hier, ich bin zu Hause. Ich bin doch für euch da!" Leise und vorsichtig, fast mit entschuldigendem Unterton kam seine Antwort im Halbschlaf. Er schreckte auf.

„Oh, Entschuldigung, Papa, ich wusste nicht, dass du hier liegst und schläfst." Lisas Stimme nah an seinem rechten Ohr riss ihn endgültig aus seinen Erinnerungen. „Wir sind wieder da und machen jetzt mal was zum Abendessen. Du kannst noch was liegen bleiben." Seine Jüngste machte die kleine Leselampe am Beistelltisch an.

„Wie spät ist es denn schon?", brummelte er vor sich hin.

„Ist schon fast halb sieben." Mit diesen Worten war die Kleine auch schon wieder in die Küche verschwunden.

Er hörte, dass seine Kinder sich lebhaft unterhielten, aber wegen der Musik aus dem Radio konnte er den Gesprächsinhalt nicht verstehen.

„Sag mal Papa, kommt eigentlich deine Honey-Bee heute noch? Wir haben schon lange nichts mehr von ihr gehört." Katja steckte ihren Kopf ins halbdunkle Wohnzimmer. Mit Sabine, die neben ihrem Beruf als Lehrerin für Biologie und Geografie begeisterte Hobbyimkerin war, war er jetzt fast ein Jahr zusammen (gewesen?) und hatte das Glück erfahren, dass sie wegen ihrer zurückhaltenden und empathischen Art von den Kindern schnell akzeptiert worden war.

„Zu Honey-Bee erzähle ich euch nachher noch etwas." Hartmut räkelte sich in seinem Sessel und begann die Lehne aufzurichten. Gerade war er noch in Gedanken bei Linda gewesen. Sollte jetzt wirklich auch Sabine schon wieder Geschichte sein? Das mit seiner Trennung von Sabine (nein, eigentlich hatte *sie* sich von *ihm* getrennt) hatte er ja seinen Kindern noch gar nicht erzählt. Würde er heute auch noch mit dieser Wahrheit herausrücken?

Ja, beschloss er, denn heute war so ein Tag, an dem die Zeit reif war für den Austausch von Wahrheiten. Er, Hartmut Maurer, wollte zu seinen Kindern nicht so ein Scheißverhältnis haben wie dieser arme Willy Loman im „Tod eines Handlungsreisenden". „Obwohl", dachte er für einen Moment. „Obwohl ich eines mit dem guten Willy gemeinsam habe. Könnte sein, dass mein Gastspiel auf diesem Planeten auch nicht mehr lange dauert ..."

„Ich mache mich ein wenig frisch und komme dann zu euch", rief er seinen Kindern zu. Er selbst bewegte sich mühsam in Richtung seines Badezimmers.

* * *

Zum ersten Mal seit Wochen betrachtete Hartmut sich wieder einmal genauer im Spiegel über seinem Waschbecken. Er beugte sich leicht nach vorn. Die ausgedehnte warme Dusche hatte ihm gutgetan. (Natürlich hatte er danach die Armaturen trockengerieben, bevor er vorsichtig herausgestiegen war und sich vor dem Spiegel positioniert hatte.) Die nassen Haare wirkten dunkler als sonst und mit der grauen Einfärbung seiner Schläfen hatte er sich in den letzten vier Jahren vermehrt anfreunden müssen. Aber für seine vierundfünfzig Jahre war er mit seinem Haarwachstum immer noch sehr zufrieden.

Er schloss die Augen. Unter Verwendung der mittleren drei Fingern beider Hände rieb er langsam mehrfach kreisförmig mit Druck über seine Augen, zog die Finger dann langsam nach unten und öffnete dabei durch Herabziehen der Unterlider mit fixierendem Mittelfinger zögerlich erneut seine Augen.

Nach kurzer Gewöhnung an die Helligkeit konnte er sich durch zusätzliches Augenrollen davon überzeugen, dass seine Skleren noch richtig weiß und die Innenseiten der Unterlider an beiden Augen rosig und gesund durchblutet wirkten. Da sollte eigentlich der Lungenbefund, den ihm die Ärzte mit so ernster Miene erläutert hatten, doch letztlich nicht ganz so schlimm sein? Na, er würde abwarten müssen, was die OP, von der er noch nicht wusste, wann er sie würde durchführen lassen, an Diagnosen für ihn bereithielt.

Er bleckte die Zähne, kontrollierte das Zahnfleisch; wendete den Kopf von rechts nach links und putzte sich danach vorbildlich sein „Esszimmer". Nach dem üblichen gründlichen Nassrasieren föhnte er sich die Haare

zu seiner seit Jahren vertrauten Kurzhaarfrisur mit ange-
deutetem Scheitel auf der rechten Seite. Zum Schluss
streckte er sich noch mit einem gurgelnden „Ah" die
Zunge heraus (an der Zunge sollten sich schwere Krank-
heiten eigentlich nachweisen lassen), was ihm heute zum
ersten Mal ein leichtes Lächeln abrang.

„Alles völlig normal", befand er.

Zum Ende seines Auftritts vor dem Spiegel rieb er
sich selbst beidhändig leicht ohrfeigend noch sein teures
Aftershave auf Wangen und Halsregion.

„So, jetzt kann ich mich wieder unter Menschen
wagen", murmelte er vor sich hin, während er sich anzu-
ziehen begann.

Apropos unter Menschen wagen. Er erinnerte sich
daran, wie Heikes Tod ihn damals hatte menschenscheu
werden lassen. Die Angst davor, Dinge erklären zu sollen,
die er selbst nicht verstand, verbunden mit einer großen
Portion Scham führten dazu, dass er gerade im ersten Jahr
nicht mehr allein unter Menschen ging. Vor allem, wenn er
annehmen musste, dass diese um seinen Schicksalsschlag
wussten. Auch mit Linda mied er Partys und Treffen.

Es war eine Zeit, in der sich das ausgelassene Feiern auf
lustigen und geselligen Partys seiner Meinung nach von
selbst verbot. Er wollte es vermeiden, flächendeckend als
Stimmungskiller zu Anlässen jeglicher Art aufzutauchen.
Für Freunde und auch für den größten Teil der Familie war
er somit plötzlich unsichtbar geworden. Bei vielen hatte sich
das übrigens bis zum heutigen Tag nicht mehr geändert.

Denn da gab es die, von denen Hartmut erwartet hätte,
dass sie mit ihm und seiner Trauer würden umgehen
können. Die wenigstens einmal nachfragen würden …

Aber auch von denen blieben plötzlich zu viele auf der Strecke. Zum Trost gab es aber auch die anderen, von denen er das oft gar nicht erwartet hätte, die einfach da waren, auf ihn und die Kinder zugingen und sie mit emotionalen Streicheleinheiten überraschten.

Obwohl er irgendwie schon früh geahnt hatte, dass das erste Jahr allein zu Hause die schwierigste Zeit sein würde, war er doch froh, wenigstens mit seinem Therapeuten darüber reden zu können. Denn das emotional Belastendste im ersten Trauerjahr bestand im Aushalten von bereits Erlebtem. Ein schmerzhaftes Entlanghangeln an der Jahresreihe der Erinnerungen. Mit allen Höhepunkten, Gedenk- und Feiertagen, ja, einfach auch mit jener erdrückenden Last an Ritualen und Gewohnheiten, die sich im Zeitraum von fast dreißig gemeinsam gelebten Jahren angesammelt hatten. Der Therapeut erklärte Hartmut geduldig, dass er sich von diesen lähmenden Momenten der Trauer Stück für Stück lösen musste, um das neue, veränderte Leben auch zulassen zu können.

Im direkten Kontrast dazu stand seine Parallelwelt mit Linda.

So hatte er angefangen, zu Hause die Böden zu schrubben und die Wohnung umzugestalten. Er gab den Zimmern neue Funktionen (er tauschte Schlafzimmer mit Arbeitszimmer). Er erntete einen ersten Sturm der Entrüstung bei seinen Kindern, als er damit begann, Kleider und Schuhe von Heike aus seinem Schrank zu entfernen. Obwohl er es war, der wieder mit dem Rauchen angefangen hatte und nach Meinung der Kinder damit die Wohnung verpestete, so war gerade er es, der sich zunehmend über die abgestandene, muffige Luft im Haus beschwerte. Er desinfizierte das Bad und vernichtete selbst mikroskopische Geruchsspuren, die vielleicht noch an Heike hätten erinnern können. Er entsorgte jedwede Art osmischer Erinnerung; vom billigsten Deoroller bis zum teuersten Parfum. Es war die Zeit, in der die Duftstäbchen bei ihm Einzug hielten.

Hartmut hatte dazugelernt. Trauer war wie das Meer. Ein permanent wellenförmiger Vorgang, der sich nur langsam beruhigte und mit überraschenden Aufs und Abs einherging. Hartmut erinnerte sich daran, wie er zwei Jahre nach Heikes Tod mit seinen Kindern den Film „Der letzte schöne Tag" mit Wotan Wilke Möhring in der Hauptrolle geschaut hatte. Er liebte Wotan für diese Rolle! Aber dieser berührende Film zum Thema Selbstmord hatte seinerzeit die Restfamilie wieder in ein so tiefes Tal der Tränen zurückgeführt, von dem sie alle schon geglaubt hatten, es in dieser drastischen Form eigentlich überwunden zu haben.

Natürlich gab es manchmal auch heiter-tröstliche Aspekte. Kurz nach dem Tod seiner Frau ertappte Hartmut sich zum Beispiel dabei, wie er neuerdings die Armaturen nach dem Duschen trockenrieb, was er früher schon aus Trotz nie getan hätte. Bis heute hatte er diese Eigenheit beibehalten; vielleicht unbewusst in einer Art postmortaler Anerkennung der vielfachen pädagogischen (und leider so oft frustranen) Bestrebungen seiner Heike, aus ihm in kleinen Schritten doch noch einen besseren Menschen zu machen.

„Hey, Papa, hörst du mich? Alles okay bei dir?" Kräftiges Pochen an der Badezimmertür und Antons Stimme rissen Hartmut aus seinen Gedanken. „Wir sitzen unten und warten auf dich."

„Ja, ich bin sofort da!" Hartmut griff die Unterarmgehhilfen, öffnete die Tür und hinkte eilig los.

***

Der reich gedeckte Tisch zum Abendessen erwartete ihn. Seine Kinder waren ins Gespräch vertieft und hatten ihm seinen angestammten Platz am Kopfende freigehalten.

„Da bist du ja endlich!", begrüßte ihn seine Jüngste. „Ich bin am Verhungern."

„Ich habe halt doch ein bisschen länger gebraucht, um mich wieder salonfähig zu bekommen", gab Hartmut zur Antwort.

„Aha, dann erwartest du doch noch Damenbesuch heute Abend, was?"

Hartmut legte die Krücken zur Seite und schaute zu Anton.

„Nee, mein Lieber, da hast du falsch kombiniert. Heute habe ich mich nur für euch schön gemacht."

„Das wäre aber wirklich nicht notwendig gewesen", bemerkte Katja ironisch. „Reichst du mir bitte mal die Butter, Lisa?"

„Ja, also zu Sabine, da muss ich euch was erzählen ..."

„Oje, wenn Papa schon so rumdruckst, dann ist doch wieder irgendwas schiefgelaufen", warf Anton in die Runde.

„Na ja, ich sag mal so", Hartmut räusperte sich. „Sabine und ich haben uns vor vier Wochen getrennt."

„Wusst ich's doch!" Anton verschränkte die Arme und lehnte sich demonstrativ auf seinem Stuhl zurück.

„Waas? Ihr habt euch wirklich getrennt?" Lisa war überrascht und in ihrer Stimme klang Enttäuschung mit.

„Lasst ihn halt ausreden", ergriff Katja Partei für ihren Vater, wobei sie sich fast verschluckte. „Also vor vier Wochen war ich bei einem Röntgendoktor …"

„Nee, nee, jetzt lenk mal nicht ab. Du warst gerade noch dabei, von Sabine zu erzählen", fiel ihm Anton erneut ins Wort.

„Hört mir doch einfach mal zu und lasst mich bitte ausreden." Hartmut machte eine kurze Pause und schaute in die Runde.

„Also: Vor vier Wochen war ich zum Röntgen, weil ich meinen Husten nicht losbekommen habe, und Sabine hat mich letztendlich dahingeschickt. Ja, also, zur Befundbesprechung ist sie dann auch mitgekommen."

„Oh, Scheiße!", zischelte Lisa dazwischen. Alle Kinder hatten das Essen inzwischen eingestellt und schauten erwartungsvoll auf ihren Vater.

„Die Ärzte haben mich dann darüber aufgeklärt, dass es da einen sogenannten Rundherd in meiner Lunge gibt, den man operativ abklären muss. Die konnten mir aber noch nicht sagen, ob der gut- oder bösartig ist."

„Ja, und wann hast du jetzt diesen Termin zur Abklärung?", fragte Katja dazwischen.

„Na, im Moment bin ich ja krank, und wenn ich wieder fit bin von meinem Bänderriss her, dann mache ich auch einen Termin dafür aus."

Die Kinder schauten einander ratlos an.

„Verstehe ich dich richtig, Papa, dass du noch keinen Termin vereinbart hast für diesen wirklich wichtigen Befund?"

„Ja, Anton, ich habe die Ärzte gefragt, ob ich Bedenkzeit hätte, und die haben sie mir zugestanden."

„Das glaube ich jetzt nicht!" Anton stöhnte auf.

„Doch, es stimmt. Ihr könnt ja Sabine fragen. Sie war dabei. Aber, um ehrlich zu sein, sie hat sich über mein Abwarten so aufgeregt, dass es in ihrer Aussage gipfelte, sie werde erst wieder bei mir vorbeikommen, wenn ich ihr einen Termin für diese abklärende OP vorlegen könne. Punkt. Ende. Sendepause!" Hartmuts Stimme hatte einen ärgerlichen Unterton angenommen.

„Und seitdem hast du nichts mehr von ihr gehört?", fragte Lisa nach.

„Nein! Das heißt: Ja, sie hat sich wirklich nicht mehr gemeldet. Und ich weiß, dass sie seit zehn Tagen auf einem Kongress für Amateurimker in Portugal ist. Ihre Schule und der Amateurimkerverband, dem sie angehört, haben sie dorthin geschickt. Wenn ich es richtig in Erinnerung habe, kommt sie morgen oder übermorgen zurück."

„Und ich habe mich schon gewundert, warum wir von ihr trotz deiner Aktion in der Ausstellung so gar nichts gehört haben", warf Lisa in die Runde.

„Darüber habe ich mit ihr ja auch nicht geredet. Sabine war in nichts eingeweiht ..."

„Das glaube ich gern. Aber wann endlich willst du denn diesen Lungenbefund abklären lassen? Willst du abwarten, bis es zu spät ist? Du weißt doch selbst, dass Menschen, die Schweres erleben mussten, viel eher an Krebs erkranken als andere." Lisa gab ihren Worten einen bittenden Unterton.

„So ein Quatsch!" Anton fuhr seiner kleinen Schwester rigoros in die Parade. „Es gibt es keinerlei Beweise für diese Theorie, Lisa. Papa muss sich aber eigentlich selbst um seine Gesundheit kümmern. Das können wir nicht für ihn tun! Wenn er nicht will, sind wir halt eher Vollwaisen, als uns lieb ist!"

„Mensch Anton! Damit macht man keine Späße." Lisa wurde laut und Tränen stiegen ihr in die Augen.

Das Abendessen drohte aus dem Ruder zu laufen. Hartmuts Sturmwarnsystem meldete sich. Nach seiner Definition war schon wieder klar Stufe drei (tiefdunkle Gewitterwolken) erreicht. Er musste etwas tun.

„Moment mal, Ruhe bitte!" Inmitten des aufbrandenden Stimmengewirrs schlug Hartmut mit der rechten flachen Hand fest auf den Tisch.

„Ich werde morgen vor dem Gespräch mit meinem Chef einen Termin zur Abklärung des Befundes in meiner Lunge ausmachen. Das dauert dann eh nur zwei Tage und das Ergebnis mit seinen eventuellen weiteren Folgen werde ich dann mit euch besprechen. Ist das so okay?"

Das allgemeine nachdenkliche Kopfnicken signalisierte breite Zustimmung. Mit der Aufforderung: „Dann reich mir doch bitte mal eine Scheibe Brot, Katja", versuchte Hartmut, vom Abend zu retten, was vielleicht noch zu retten war. Er musste es zugeben: Seine Kinder waren schon zu eigenen Persönlichkeiten gereift. Vielleicht ein wenig schneller, durch den Lauf der Dinge …

Die würden ihr eigenes, neues Zuhause sicher bald gründen. Ihr Kompass zeigte schon jetzt mit dem Rücken zu seiner Haustür. Aber zum ersten Mal seit geraumer Zeit überfiel Hartmut jetzt plötzlich eine neue Lust darauf, seine Kinder doch noch möglichst lange begleiten zu können.

***

Lieber Papa,

jetzt ist es schon wieder zwei Monate her, dass wir nach Deiner Entlassung aus dem Gefängnis zusammengesessen haben.

Ich gehe davon aus, dass Du noch auf der Intensivstation liegst und daher kein Handy benutzen darfst. Deswegen schreibe ich diesen Brief (richtig altmodisch!), um Dir ein wenig von hier zu erzählen und natürlich auch, um Dir gute Besserung zu wünschen.

Sabine hat uns informiert, dass der Tumor gar nicht in Deiner Lunge war, sondern irgend so ein seltenes Ding im Mediastrinun oder Mediastinum (ist das richtig so?) gewesen ist. Trotzdem war die OP wohl aufwendig und kein Spaziergang für Dich ... Deswegen lassen die Dich wohl auch so schnell nicht wieder raus ... Aber Hauptsache kein Krebs! Ich kann für uns alle sprechen, wenn ich Dir sage: Wir freuen uns wirklich riesig mit Dir und sind unendlich erleichtert! Ich bin mit den Geologen jetzt noch eine Woche auf Exkursion in Südfrankreich unterwegs. Wir haben dabei einen Infoblock über den Abbau und die Verarbeitung von Ocker hier in der Region um Roussillon (Provence). Aber ich will Dich nicht mit Einzelheiten langweilen. Ja, Frederik (!!) ist auch mit dabei ... Und überhaupt sind wir hier eine lustige Truppe.

Mich freut übrigens auch sehr, dass Dein Knie nicht operiert werden musste und Du somit bald wieder ganz der Alte sein kannst!

Aber der Hammer unter den guten Nachrichten (!!)
ist ja echt, dass dieser Professor von Hassel Deine
Entschuldigung angenommen hat und Mama endlich
aus der Ausstellung nimmt!
Sabine hat mir den ganzen Schriftverkehr gemailt.
Ich glaube, dass letztendlich doch das mediale Echo
auf Deine Verzweiflungstat seinen Sinneswandel
herbeigeführt hat. Hast Du sein Interview in der
Landesrundschau gesehen? Wie mitfühlend er sich
da gegeben hat. Dieser Heuchler! Er will übrigens
in allen Fällen, in denen Angehörige Widerspruch ein-
legen, sich "finanziell vergleichen", wie er es nannte.
Er hat in etwa gesagt: "Ich habe einsehen müssen,
dass es immer noch Menschen gibt, die aufgrund
von veralteten Pietätsgefühlen die Entscheidung ih-
rer Angehörigen, der Wissenschaft zu dienen, nicht
mitttragen können und wollen." Dieser arrogante Idiot!
Sein Totentanzzirkus ist aber zumindest ganz schön
ins Gerede gekommen. Doch am Ende zieht es nur
noch mehr Neugierige in diese elende Show!
Egal, Hauptsache, wir können Mama noch im Juli
beerdigen. Sabine hat mir erzählt, dass vorher noch
einige Dinge mit dem Krematorium zu klären sind.
Anton hat vorgeschlagen, die Beisetzung von Mama
mit einem Fest am 31.07. zu kombinieren (Mamas
Geburtstag!!). Was hältst Du davon? Ich finde es gut!
Keine Feier in schwarz, keine depressive Stimmung!
Nein, ein Fest zu Ehren unserer Mutter, eine Ge-
burtstags- und Gedenkfeier in allen Farben, würde-
voll, aber trotzdem fröhlich, das fände ich super!
Mama wird uns dabei von oben zuschauen und bei

uns mitlachen, denn dann hat sie endlich ihre Ruhe gefunden!

Habe übrigens vor zwei Wochen in der Zeitung gelesen, dass Angehörige von bei Flugzeugabstürzen Verstorbenen manchmal auch darunter leiden, dass sie ihre Verwandten nicht beerdigen können ... Wie ich das verstehen kann! Aber das wird sich bald für uns ändern! Ich freue mich darauf!

So, Papa, das war's für heute. Gibt hier gleich Abendessen. Werde Du jetzt erst mal wieder schnell gesund! Wir sehen uns in einer Woche wieder.

Wenn wieder Mail oder WhatsApp funktionieren, dann melde Dich.

Dicken Kuss heute mal auf diesem Weg
von Deiner Jüngsten
LISA

PS Soll Dich auch von Freddy grüßen.

* * *

In der Wohnung von Familie Maurer herrschte trotz der späten Stunde am Abend immer noch ein quirliges Treiben.

Hartmut saß mit hochgelegtem Bein in seinem Fernsehsessel. Um ihn herum hockten mehrere Personen auf den verschiedensten Sitzgelegenheiten. Seine Sabine saß am Fußende des Sessels.

Die Kinder und weitere Gäste von Jung bis Alt waren auf Küche und Wohnbereich verteilt, und ein ziemlich lauter, aber mit Lachen versetzter, heiterer Geräusch-pegel erfüllte die Wohnung.

„Also Hartmut, ich fand das heute Nachmittag eine der ungewöhnlichsten und auch irgendwie schönsten Beerdigungen, die ich je erlebt habe. Wenn man diese Wortwahl für Beisetzungen überhaupt zulassen will", äußerte sein Schwager Gerd, ein schlanker, hochgewach-sener Mann Mitte fünfzig mit angegrautem Vollbart. Er saß rechts neben Hartmut.

„Wie meinst du das?", fragte Hartmut zurück.

„Na ja, die Stimmung auf dem Friedhof und die ganze Zeremonie waren einfach außergewöhnlich. Von der Auswahl der Musik bis zu den Reden. Das hat mir richtig gut gefallen."

„Schon das große, schöne schwarz-weiß Bild von Heike neben der Urne hat mich beeindruckt", schaltete sich Gerds Frau Monika in das Gespräch ein, die auf der anderen Seite von Hartmut auf einem Küchenstuhl saß. „Und alle Trauergäste waren so bunt gekleidet, echt unge-wöhnlich", fügte sie noch hinzu.

„Ja, darum hatten wir in der Einladung ja auch extra gebeten", wandte Hartmut ein.

„Ja, die meisten haben sich auch darangehalten!", mischte sich Hartmuts Nichte Luise ins Gespräch ein, die direkt hinter Hartmut auf einem Hocker kniete. Sie fuhr fort. „Katja hat mir erzählt, dass ihr eigentlich die Beisetzung an Heikes Geburtstag selbst machen wolltet. Warum habt ihr es letztendlich doch anders gestaltet?"

Hartmut versuchte, sich zu ihr umzudrehen, was aber nur halb gelang. „Ganz einfach, Luise, die Fried-hofsverwaltung hatte nur noch diesen Termin am

30. Juli anzubieten. Und so haben wir uns dann entschlossen, heute Abend in Heikes Geburtstag hineinzufeiern."

„Das finde ich gut!" Die junge Frau klopfte bestätigend mit ihrer Hand auf die Rückenlehne von Hartmuts Sessel.

„Die ruhige Instrumentalmusik mit der Gitarre hat mir persönlich besonders gut gefallen." Schwager Gerd meldete sich wieder zu Wort und fügte hinzu. „Auch die kurze Rede eures Pfarrers hat mich beeindruckt, wie er das so sagte mit der ‚Kammer für den Herrgott' und so. Er wollte Heike nicht für die Kirche vereinnahmen, aber er gab zu bedenken, dass die meisten Menschen, die sich als kirchenfern bezeichnen, trotzdem in einem Winkel ihres Herzens auch eine kleine Kammer für den Herrgott bereithalten. Seine Worte haben mich angerührt."

Es entstand eine kleine Pause, in die Lisa mit der Ankündigung platzte, dass ihr Vater jetzt kurz vor Mitternacht noch eine kleine Rede halten wollte.

„Und hier ist auch ein Sekt für alle, die ein Glas zum Anstoßen haben möchten."

„Oje, ist es schon so weit?" Hartmut erhob sich mühsam aus seinem Sessel.

„Liebe Familie, liebe Freunde und Kollegen,
ich möchte mich zunächst einmal ganz herzlich bei euch allen bedanken, die ihr uns heute bei Heikes Beerdigung begleitet habt. Heute Heikes Beerdigung – endlich! – und morgen, das heißt in wenigen Minuten feiern wir ihren Geburtstag. Da spürt man, wie eng Anfang und Ende zueinander gehören. Eng, ja, das ist mein Stichwort.

Also: Wenn es eng wird im Leben, dann rast die Zeit.

Was will ich damit sagen?

In guten Zeiten kann man den Eindruck gewinnen, dass das Leben ein langer, ruhiger Fluss ist. Eine geordnete Abfolge von Tagen und Dingen, die man beherrscht, den Kopf immer schön über Wasser. Natürlich gibt es da auch Ereignisse, die herausfordern. Aber der Verstand herrscht über die Emotion und hilft uns, kleine Wellen zu bewältigen."

Hartmut atmete tief durch und schaute in die Runde.

„Doch dann gibt es Tage, an denen die verlässliche Bandbreite unserer Selbstbeherrschung droht, uns verloren zu gehen. Dann wird es plötzlich eng! Und genau an dieser Engstelle nimmt die Geschwindigkeit zu. Die Strömung der Ereignisse wird zunehmend rasanter und mitreißender! Ja, die Dinge fangen an, sich zu überschlagen. Und unsere Reaktion?

Schrecken, Angst und Lähmung! Dadurch beginnt sich eine schwindelerregende Spirale zu drehen. Der Boden unter den Füßen wankt. Schicksalsschläge und Veränderungen beschleunigen die Zeit, während wir immer langsamer werden, unfähig, der Sogwirkung etwas entgegenzusetzen …

Da reißt es einen kopfüber nach unten mit einem Gefühl der Atemnot, das sich in kürzester Zeit zur Panik aufschaukelt! Keine Zeit mehr zum Luftholen, keine Zeit mehr für klare Gedanken. Mit dem Rücken nach oben ab in die Schlucht … Wenn die Panik endlich nachlässt, weicht die Untergangsstimmung einer Schockstarre, gefühlt die letzte Station vor dem Ende, eine Art

Nahtoderfahrung, doch so ganz ohne Lichtblicke und Erkenntnis, ganz nah am Rande des Schwarz."

Im Zimmer war es still geworden. Hartmuts Anspannung lockerte sich. Seine Schultern sackten nach unten.

„Bleibt zum Schluss meiner kurzen Rede die Frage: Wer oder was also hilft, wenn es eng wird? Habt ihr euch auch schon einmal diese Frage gestellt?"

Die entstandene Pause wurde nur durch ein Hüsteln unterbrochen.

„Wenn es eng wird, braucht man Hilfe, von wem auch immer! Man darf es nicht allein überstehen wollen! Versteht ihr? Familie, Freunde, Therapeuten oder wer sonst auch immer. Ich kann euch nur ermutigen. Geht auf diese Menschen zu.

Bittet selbst um Hilfe, wenn ihr sie benötigt! Scham und Scheu führen in die falsche Richtung.

Ich selbst habe länger gebraucht, um das zu beherzigen. Der Stolz, meine Probleme allein bewältigen zu wollen, war auch für mich leider ein schlechter Ratgeber.

Also, ich will zum Ende kommen. Wo stehe ich heute? Wo steht meine Familie? Diese Fragen kann ich auch jetzt noch nicht beantworten.

Ich hoffe vor Gericht auf eine Bewährungsstrafe.

Meine Arbeitsstelle durfte ich behalten. Das ist toll, dafür bin ich besonders dankbar!

Auf meine Kinder bin ich stolz! Die haben sich schon bewährt.

Sabine gibt mir Kraft und Ruhe.

Heike hat zu *ihrer* Ruhe gefunden!

Ja, es war manchmal verdammt eng in den letzten Jahren!

Darum lasst uns jetzt die Gläser erheben. Trinken wir auf die Ruhe!"

Im Klingen der Gläser ging sein letzter Satz fast unter. Halblaut hatte Hartmut ihn wohl eher zu sich selbst gesprochen.

„Irgendwie hatte ich trotz allem auch Glück …"

ZAUBERHAFTES HOLZ

Benommen und unfähig, sich noch weiter zu wehren, wankte Eva mit steifen Knien ins Schlafzimmer. Sie schloss die Tür hinter sich, brachte diese raue Abschottung aus gekalktem Echtholz zwischen sich und die restliche Welt. Erschöpft lehnte sie sich mit dem Rücken gegen die Tür, die Innenflächen ihrer Hände flach gegen die kühle Oberfläche gepresst, an der sie nun, den Kopf nach hinten gelehnt, mit geschlossenen Augen, langsam nach unten glitt.

Sie liebte die Haptik von kühlem Holz mit der typisch rauen Oberflächenstruktur seit dem Moment vor knapp mehr als vierzig Jahren, als sie zum ersten Mal in den großen, beruhigenden Schlafzimmerschrank von Tante Ruth geflüchtet war.

Damals hatten sie die schneidenden Worte von Trennung schon zum zweiten Mal wie ein Fallbeil getroffen. Zuerst die Trennung der Mutter vom Vater. Und dann: die Abreise der Mutter im Sommer. Ja, es sollte nur eine Trennung auf Zeit sein, aber für Eva als siebenjähriges Mädchen war die Spanne von sechs Wochen ohne die geliebte Mutter damals gefühlt so endlos und unüberschaubar wie ein ganzes Jahr! Da halfen auch die knappen Appelle der Mutter an ihre Vernunft nicht weiter.

Warum aber durfte sie dann nicht wenigstens zu Papa? Diese Frage wurde damals schneidend scharf von Mama beantwortet. „Weil dein Vater ein für alle Mal weg ist!"

Seit seiner Schlägerei mit dem neuen Freund der Mutter war ihr Vater leider komplett aus dem Leben des kleinen Mädchens verschwunden. Für ihre Mutter war ihr Vater gestorben.

Aber doch nicht für sie, und vor allem nicht jetzt, wo sie sich so allein fühlte! Papa hätte sie sicher getröstet. Trösten war nicht gerade Mamas Stärke. Bei ihr dominierte die Vernunft, oder besser das, was sie dafür hielt: „Eva, das Leben ist hart und ungerecht. Da ist es besser, du gewöhnst dich gleich daran!"

Mit dem Versprechen, dass sie nur kurz bei ihrer Tante bleiben sollte, hatte ihre Mutter sie dorthin begleitet. Nur kurz! Und bei Ruth kam dann die ganze, ungeschminkte Wahrheit ans Licht.

„Ich werde für die Sommerferien mit deinem künftigen Stiefvater in dessen Heimat nach Sizilien fahren. Ich möchte noch einmal heiraten. Und der liebe Gott will nicht, dass ich dich dorthin mitnehme. Da kann ich nicht einfach mit einem Kind auftauchen. Hier, bei Ruth, hast du es wirklich gut. Du musst jetzt vernünftig sein!"

Damals war Eva zum ersten Mal vor der strengen und unnachgiebigen Schärfe der Worte in Tantchens Schrank geflüchtet, in dem diese sie erst entdeckte, als die Mutter schon lange weg war. Auf Geheiß der Tante, die Mitleid für dieses verängstigte Kind empfand, hatte sie sich danach jeden Tag vor dem Zubettgehen zehn Minuten in den warmen, dunklen Schrank mit seinen rauen Holzwänden gesetzt.

Die mitfühlende Tante hatte Eva dazu einen Zauberspruch an die Hand gegeben, der helfen sollte, den Trennungsschmerz zu überwinden. Jeden Tag wurde so auf wunderbare Weise die Not des Kindes mehr und mehr gelindert.

Immer und immer wieder musste sie sich den Reim der Tante halblaut in den Spalt zwischen Holz und Hand sprechen, während sie, langsam begreifend und dabei ruhiger werdend, beidhändig über die raue Oberfläche tasten sollte.

„All die Zeit im Holz – wie schön, alle Tränen dann vergehn, wenn wir uns bald wiedersehn."

Die bei nur grob bearbeiteten Holzflächen spürbar offen liegenden Jahresringe, die sie bis heute, wenn möglich, bei jedem Holz stets mit Ehrfurcht betastete, hatten von diesem Zeitpunkt an für Eva den seltsamen Zauber entwickelt, sie in Verbindung mit dem Spruch ihrer Tante in Krisensituationen zu beruhigen.

Ihr zweiter Ehemann hatte bei ihrem Wunsch nach rauen, nur gekalkten Echtholztüren für ihre Wohnung mit ebendieser Begründung nur gelacht. Doch ihre immer wieder geäußerte Ablehnung gegenüber Furnier hatte ihn letztendlich dazu gebracht, dem Kauf dieser deutlich teureren Echtholzversionen zuzustimmen.

Inzwischen kniete Eva hinter der Schlafzimmertür, die heiße Stirn gegen die Fläche gepresst, die Hände beidseits neben ihrem Kopf, immer wieder langsam von oben nach unten über die Platte gleitend. Die schlanken, langen Finger hielt sie weit gespreizt, wie um die Kontaktfläche zu vergrößern, als könnte sie damit – Saugnäpfen gleich – den erhofften Zauber ihrer gebetsmühlenartig wiederholten Worte dem Holz schneller entlocken; die lähmende Trennungsangst besser auf Distanz halten, sie nicht weiter an sich herankommen lassen. Mit geschlossenen Augen weinte sie leise vor sich hin.

Sie wandte ihren Kopf zur rechten Hand und flüsterte ihr Mantra erneut in die Handfläche: „All die Zeit im Holz – wie schön, alle Tränen dann vergehn, wenn wir uns bald wiedersehn."

Heute musste sie länger als gewöhnlich auf den Zauber des Holzes warten; hatte sie doch bisher Holz als geradezu verlässliches Bollwerk gegen die wiederkehrenden schmerzhaften Stoßwellen ihrer Angst- und Panikattacken erlebt.

Mit keinem ihrer zahlreichen Partner hatte Eva jemals über ihre Trennungsängste gesprochen. Niemals hatte auch nur einer der Männer, von denen Eva immer angenommen hatte, dass sie ihr nahe stünden, von ihrer Not erfahren.

Im Gegenteil! Eva betonte stets ihre intellektuelle Seite und wirkte daher auch in Krisen selbstbeherrscht. Ihre erlernte Vernunft überzeugte. Nicht, dass sie keine Gefühle gehabt hätte, aber diese zu zeigen, empfand sie als Schwäche.

Wenn sie für sich das Gefühl gewann, nicht mehr ausreichend geliebt und geachtet zu werden, dann war auch immer sie es, die sich von ihrem Gegenüber trennte. Das nannte sie dann eine vorbeugende Entscheidung der Vernunft. Ein Besser jetzt unter Schmerzen, als ein später sowieso mit Panikattacken!

Den Kontakt zu ihrem leiblichen Vater hatte ihre Mutter von Anfang an zu unterbinden gewusst.

Mit demonstrativer Abwendung hatte die Mutter auf flehentliche Bitten des Kindes wie „Bitte, bleib bei mir!" oder „Verlass mich nicht!" reagiert und ihm dieses Verhalten Schritt für Schritt abtrainiert. Eigene Wünsche oder Bedürfnisse zu äußern hatte Eva danach auch nie mehr neu erlernt.

Zwischen dem dreizehnten und dem sechzehnten Lebensjahr durfte Eva in den Sommerferien mit nach Sizilien. Dort musste sie ihre Mutter aber mit „Tante" ansprechen und „auf Distanz gehen". Sie wurde als Nichte und Patenkind in die neue Familie eingeführt. Sie zeigte sich talentiert in der Königsdisziplin der Schauspielerei, der Verleugnung ihrer eigenen Emotionen. Dafür wurde sie gelobt.

Niemand bemerkte damals, dass ihr Kompass des Vertrauens nicht nur im Süden Italiens, sondern auf Dauer und überall aus dem Ruder lief.

Als sie siebzehn Jahre alt wurde, erklärte ihre Mutter sie für erwachsen und blieb alsbald für immer auf der fernen Insel.

„All die Zeit im Holz – wie schön ..."

Doch Eva selbst blieb in Deutschland, wurde erwachsen, setzte sich beruflich durch und beugte dem Schmerz durch häufig wechselnde Partner vor. Die Beziehungen beendete immer sie. Und das meist völlig überraschend für Partner und Umwelt. Sie war hart geworden. Die Dicke der vermeintlich schützenden Rinde um ihre Seele hatte sich mit den Jahren der einer Korkeiche angenähert.

Ihre erste Ehe mit dreißig war nach nur zwei Jahren schon wieder zu Ende. Zwei gehetzte Jahre, nach denen sie das Wort Kinderwunsch aus ihrem Sprachgebrauch getilgt hatte. Wegen der ihrer Meinung nach mangelnden Kooperation ihres Ehemannes zu diesem Thema hatte sie ihn während des Sommerurlaubs in Spanien überstürzt verlassen und war vorzeitig alleine nach Hause gereist.

Doch heute waren Evas Gedanken bei Ehemann Nummer zwei.

Sie kniete noch immer – unempfindlich für körperlichen Schmerz – an der Tür, jetzt schon fast eine halbe Stunde. Aber heute ließ die Wirkung ihres Mantras zu lange auf sich warten. Sollte es gar seine Wirkung verloren haben? Die Tränen liefen ihr unverändert über das eigentlich hübsche Gesicht, das der Schock der Erkenntnis und die aufkommende Panik momentan so hässlich verzerrten.

Ihr zweiter Ehemann hatte ihr soeben, nach einem erneuten heftigen Streit, mitgeteilt, dass er sich nach jetzt sieben Jahren noch heute von ihr trennen werde.

Natürlich hatte sie ihn mit ihrer Aktion verletzen wollen! Aber – eigentlich hatte sie noch an ihn geglaubt. Auch an ihre Beziehung, die sich doch noch hätte beweisen können ... Aber er konnte auch manchmal so gemein zu ihr sein.

Wieso hatte sie das Scheitern nicht kommen sehen? Wieso den Zeitpunkt, an dem sie die Reißleine hätte ziehen müssen, nicht bemerkt?

Vor drei Monaten hatte er sie massiv gedemütigt, vor Freunden lächerlich gemacht mit seiner Aussage: „Meine Frau ist so ängstlich, dass sie sogar meinen vergreisten, zahnlosen Hund braucht, um sich zu Hause nachts allein sicher zu fühlen." Das hämische Lachen der Meute hatte in ihr nachgehallt.

„Warum erzählst du das?", hatte sie herausschreien wollen, aber stattdessen die Situation weggelächelt. Ja, die Risse in ihrer Beziehung hatten sich spätestens seit dieser Zeit deutlicher gezeigt. So hatte Eva seit genau diesem Abend keinen körperlichen Kontakt mehr mit ihrem Mann zugelassen. Nicht nur keinen Sex mehr, nein, selbst kleine Berührungen, Umarmungen oder einfaches Anfassen hatte sie seitdem gelernt, geschickt zu vermeiden.

In ihrer Bank hätten sie diesen Zustand einen „Stresstest" genannt. Aber trotz allem: Eigentlich hatte sie noch an ihn geglaubt! Er hatte sich auch noch nie direkt beschwert. Und jetzt das!

„Eva, du bist gar nicht in der Lage, Liebe oder auch nur Zuneigung zu zeigen! Ich verlasse dich auch nicht wegen einer anderen", war es aus ihm herausgeplatzt. „Aber deine Gefühlskälte hat geradezu sibirische Ausmaße angenommen! Sie hat meine Liebe erfrieren lassen! Wie konntest du nur meinen geliebten Hund, der dir nichts getan hat, im Wald aussetzen? Ich dachte sogar, du magst ihn auch! Ich habe den ganzen Nachmittag überall nach ihm gesucht, ihn aber nicht mehr finden können. Warum nur hast du das gemacht?" Danach war er kopfschüttelnd in seinem Arbeitszimmer verschwunden.

„All die Zeit im Holz – wie schön …"

Doch heute wollten der Schmerz, der Schock und die Angst bei ihr nicht kleiner werden.

Warum wirkte der Zauber der sonst so beruhigenden Worte heute nicht? Wo blieb ihre Entspannung? Half denn wirklich gar nichts mehr?

Sie nahm Hände und Kopf von der Tür. Ihr getrübt suchender Blick wanderte durch das Schlafzimmer. Tränenblind tastete sie nach einem Taschentuch. Sie krabbelte auf allen vieren neben ihr Bett und öffnete die Schublade des Nachttischs.

Als Eva die Packung mit den Taschentüchern heraus-nahm, fiel ihr Blick auf die darunterliegende Pistole der Firma Chiappa – mit extra langem Holzgriff. Die hatte ihr jetziger Ehemann ihr damals zum Geschenk gemacht, als er in den Außendienst versetzt worden war. „Zur Beru-higung in einsamen Nächten", hatte er dazugesagt. Sie erinnerte sich noch genau.

„Dass ich daran nicht schon früher gedacht habe! Ja! Genau heute schlägt deine Stunde!", dachte sie. „Ich muss mich jetzt wirklich beruhigen. Und, verdammt noch mal: Obwohl ich ihn noch liebe, lässt er mich ein-sam zurück?"

Sie zog die Waffe am Holzgriff aus der Schublade und betrachtete sie in ihrer offenen Hand. Hinter Lauf und Abzug war das Holz glattgeschliffen, darunter der Griff aufgeraut. „Keine Jahresringe …", dachte sie. „Nicht einmal Jahresringe. Sieht eher aus wie – Narben, ja, alles kleine, hässliche Narben hier am Griff. Für jeden Schuss eine kleine Narbe."

Die Tränen waren versiegt. Kein Schluchzen mehr. Ihre Atmung schon fast wieder normal. Nur der Puls jagte noch adrenalingetrieben hektisch durch ihren Körper.

Sie lud die Waffe durch. Sie schloss beide Hände fest um den hölzernen Griff und streckte die Arme nach vorne. Mit langsamen, aber jetzt festen Schritten ging sie auf die Zimmertür zu.

„All die Narben im Holz – nicht schön", sprach sie halblaut vor sich hin.

Sie öffnete die Tür und trat mit der Waffe im Anschlag auf den Flur.

„All die Narben im Holz – so gar nicht schön!", rief sie jetzt. Beim Wiederholen des Satzes klang ihre Stimme vor Wut kehlig heiser.

Sie hatte noch eine Frage an ihren Ehemann.

Der merkwürdige Herr Rhein

Claudine hatte ihn einfach zu spät bemerkt. Vielleicht, weil sie, wie so oft, auch heute in Eile unterwegs war. Den Einkauf im Zentrum Neukauf, der wieder einmal größer ausgefallen war als geplant, wollte sie, wie immer mittwochs, rasch in ihrer Mittagspause erledigt haben. War doch dieses für sie perfekt gelegene Einkaufszentrum mit seiner großen Auswahl an Geschäften nur fünf Fahrminuten von ihrer Arbeitsstelle im Herzen von Münster entfernt. Und dann das:

Wie ein Phantom aus dem Nichts war er plötzlich hinter dieser dicken Säule aufgetaucht und dadurch in ihren Fahrweg geraten. Ein dumpf knirschendes Geräusch hatte den unvermeidbaren Aufprall von bis zum Rand gefülltem Einkaufswagen gegen Mensch begleitet und mit einem gedehnten „Aachhh!" war der ältere Mann zu Boden gegangen. Für eine knappe Sekunde hatte Claudine noch das überraschte Gesicht des Opfers vor sich gesehen, bevor es nach dem ruppigen Kontakt schmerzverzerrt hinter ihrem Wagen abtauchte.

„Oh mein Gott", entfuhr es ihr, und sie brauchte schon vollen Körpereinsatz, um ihr Gefährt zum Stand zu bringen. „Kann ich Ihnen helfen? Oh Mann! Wo kommen Sie denn auch so plötzlich her?"

„Von da drüben, aber Sie haben es ja wohl besonders eilig heute, was?", knurrte der alte Herr, der nun auf allen vieren versuchte, zu einem kleinen Handgepäck-Rollkoffer zu krabbeln, den er beim Sturz reflexartig von sich geschleudert hatte. Im Nu war die Szene von neugierigen Passanten umringt.

Eine dralle Frau Ende fünfzig in Camouflage-Hose begann schon in einer eher hilflosen Geste von Hilfsbereitschaft dem Unfallopfer die Krawatte zu richten, während zwei junge Männer noch dabei waren, dem Gestürzten aufzuhelfen und ihm sein Köfferchen wieder in die Hand zu drücken.

Doch der kleine rundliche Mann begann sich aus den helfenden Händen herauszuwinden und wehrte dankend jede weitere Unterstützung ab.

„Sollen wir einen Krankenwagen bestellen?", fragte der junge Helfer mit dem auffallend roten Vollbart.

„Oh, nein danke, ich glaube, mir ist nichts Schlimmes passiert. Vielen Dank! Aber ich muss mich doch erst mal einen Moment hinsetzen."

Langsam erwachte Claudine aus ihrer Schockstarre. „Da drüben ist ein kleines Café, da sind noch Stühle frei. Kommen Sie, da können Sie sich einen Moment ausruhen."

„Gute Idee", stöhnte der Mann, bedankte sich bei den Helfern und lief noch etwas unbeholfen los. Mit der rechten Hand hielt er sich an Claudines Wägelchen fest, während seine Linke das Köfferchen hinter ihm herzog. Schon nach wenigen Schritten erreichten die beiden das angesteuerte Ziel.

Der Kreis der Neugierigen war schnell verlaufen und bereits eine Minute nach dem Unfall herrschte auf dem Gang des Einkaufszentrums wieder normale Betriebsamkeit.

„Übrigens: Angermann, Claudine Angermann ist mein Name."

„Ach ja, danke, mein Name ist Rhein, wie der große deutsche Fluss, äh, Simon Rhein", antwortete der ältere Herr.

„Ich war nur schnell da hinten einkaufen und bin auf dem Weg zu meinem Auto. Wissen Sie? Mittagspause." Claudine versuchte möglichst entschuldigend zu klingen.

„Ja, das ‚nur schnell' habe ich soeben schmerzhaft erfahren", bemerkte Herr Rhein mit trockenem Humor und ließ sich auf einen freien Stuhl fallen.

„Soll ich wirklich keinen Krankenwagen ...?"

„Oh, nein danke, wirklich nicht nötig", wiegelte Herr Rhein ab. „Es ist nur so: Mit zweiundsiebzig Jahren stürzt man einfach nicht mehr so elegant", fügte er spitz-bübisch grinsend hinzu.

„Oh, da sehen Sie aber jünger aus", versuchte Claudine es mit einem Kompliment. „Was wollen Sie trinken? Vielleicht ein Wasser oder doch einen Kaffee? Geht natürlich auf mich", fügte sie noch hinzu.

„Ja, ich nehme gerne einen Cappuccino, aber den zahle –"

„Auf keinen Fall, das übernehme ich heute!", unterbrach ihn Claudine mit resoluter Stimme. Erst jetzt nahm sie sich Zeit, ihr Opfer zu mustern.

Simon Rhein war von untersetzter Figur, aber der schicke graue Anzug (bei *der* Figur sicher nicht von der Stange gekauft ...) mit modisch hellblauem Hemd und (wie Claudine sofort auffiel) mit Haifischkragen und dunkelvioletter Krawatte unterstrich sein seriöses, gepflegtes Äußeres. Sein sündhaft teures Rollköfferchen der Firma Nobil in schickem Eissilbergrau weckte die Neugier auf den Inhalt. Claudine kannte die bei Airlines beliebte Marke und deren astronomische Preise. Dagegen wirkten die Schuhe (Claudine achtete bei Männern immer genau auf die Schuhe), obwohl sie gut gepflegt und auch ausreichend sauber waren, ob des schon über lange Jahre bekannten Modells mit Lochmusters etwas bieder. Claudine wusste ihn einzuordnen: schick, aber eben etwas old fashioned.

Die Bedienung nahm die Bestellung auf.

Das glatt rasierte, füllige Gesicht des älteren Herrn wurde von zwei wachen Augen dominiert. „Dumm wirkt der nicht", blitzte bei Claudine der Gedanke auf, was ihr den Mann irgendwie sympathisch machte. Wenn sie etwas hasste, dann waren es dumme, ungebildete Menschen. (Sie liebte es, über dieses Thema zu diskutieren.)

Nur die Frisur, wenn man das Wort hier verwenden wollte, war nach ihrem Gefühl irgendwie verunglückt. Das komplette Haar war einfach zu kurz geschnitten, was den Kopf im Verhältnis zum eher massigen Körper unverhältnismäßig klein erscheinen ließ.

„So, jetzt geht es mir schon wieder besser", bemerkte Herr Rhein nach dem ersten Schluck seines Cappuccinos. „Und Schmerzen habe ich auch keine mehr." Wie um es sich zu beweisen, klopfte er sich nacheinander beide Schultern ab. „Sie sind wohl von hier, was?" bemerkte er dann.

„Ja, wir leben schon seit dreißig Jahren in Münster. Es ist echt schön hier und wir wohnen jetzt im Neubaugebiet direkt neben dem Freibad. Aber Sie, Sie sind nicht von hier, oder?"

„Nein, ich komme aus dem hohen Norden unserer Republik."

„Was verschlägt Sie denn hierher, zu uns nach Münster?", fragte Claudine aus Höflichkeit nach. Sie verkniff sich weitere Erklärungen zu ihrer Person. Sie wollte das Gespräch nicht unnötig in die Länge ziehen.

„Ich bin, obwohl ich schon so alt bin, noch im Außendienst für eine mittelständische Firma unterwegs. Wir produzieren Tankstellenelektronik. Und, wissen Sie, alle zwei Jahre findet hier in Münster die Messe ‚Tankstelle und Mittelstand' statt. Zur Vorbereitung der nächsten Veranstaltung im Mai des kommenden Jahres bin ich jetzt acht Tage lang in dieser schönen Stadt. Da sind im Vorfeld der Messe doch noch etliche Details zu klären."

„Aha, das klingt interessant", bemerkte Claudine etwas zögerlich. „Aber ich muss jetzt leider weiter. Die im Büro warten nur ungern auf mich." Sie bestellte die Rechnung und hörte den Ausführungen Ihres Gegenübers zu elektronischen Leiterplatten in Zapfstellen nur noch sehr halbherzig zu. Sie war am Überlegen, ob sie Herrn Rhein ihre Adresse geben sollte …

„Lieber Herr Rhein, ich entschuldige mich noch einmal ganz herzlich bei Ihnen und für den Fall, dass noch irgendetwas sein sollte, gebe ich Ihnen hier mal unsere Telefonnummer." Bereits stehend kritzelte sie ihre Festnetznummer auf die Rückseite der Quittung, wobei sie geflissentlich zwei Ziffern in der Mitte der Zahlenreihe änderte.

„Ja, dann machen Sie es gut und in Zukunft vielleicht mal etwas langsamer, Frau Angermann", antwortete Herr Rhein, wobei er mit seiner Linken den Handrücken der bereits gefassten rechten Hand von Claudine tätschelte. Die junge Frau schenkte ihm zum Abschied noch ein betretenes Lächeln und strebte, ohne sich noch einmal umzudrehen, mit ihrem Einkaufswagen in Richtung Tiefgarage.

„Mist, er hat sich sogar meinen Namen gemerkt", dachte Claudine. „Er ist halt kein Doofer!"

* * *

Zwei Tage später stand Claudine bei drückender Hitze am offenen Fenster ihres Hauses. Für den Nachmittag waren Gewitter vorhergesagt worden. Der trockene Frühsommer hatte in diesem Jahr zur vorzeitigen Öffnung des benachbarten Freibades geführt, was bereits seit den Mittagsstunden zu einem deutlichen Geräuschpegel im Garten der Angermanns führte.

„Schatzi, hier am Fenster ist es zu laut, aber der Empfang ist auch nicht besser. Wie bitte? Sven? Hallo?" Sie hatte ihre Lautstärke bei den letzten Worten deutlich angehoben. Sie sprach jetzt überdeutlich. „Neien, hier am Fenster ist es wirklich nicht besser." Sie drehte das Mobiltelefon bei ausgestrecktem Arm in den Garten, blickte kurz auf das Display, um es dann wieder an ihr Ohr zu pressen. „Und du hast da wirklich nur so mieses WLAN? – Wie spät ist es jetzt bei euch? – Wie bitte? Du gehst jetzt schon zum Abendessen? – Ja, also hier im Moment genau 14.57 Uhr. – Wollen wir später noch mal skypen? – Wie, dann schon im Bett? – Na gut, Sven, dann bis morgen. – Um wie viel Uhr? – Ich versteh dich nur so abgehackt ... Also plus fünf Stunden jetzt. – Nein, von Laura habe ich diese Woche auch noch nichts gehört. No news is good news. Ich verstehe nicht ... – Nein, die macht das schon!

– Jaa, auch dicken Kuss für dich und pass auf dich auf! Schick mir doch bitte noch einmal deine Flugdaten auf mein Handy. – Danke! Bis morgen. Tschüüs." Mit einem tiefen Seufzer beendete sie das etwas mühsame Gespräch.

Sie ließ das Fenster weit offen. Auf dem Weg in die Küche legte sie ihr Smartphone wie immer auf den kleinen Zeitungsstapel auf dem Esstisch. Wie oft hatte sie das Teil schon gesucht! Auf ihrer Tageszeitung, dem Münsteraner Boten, legte sie üblicherweise nicht nur ihr Handy ab. Nein, auch die oft gesuchte Lesebrille wollte sie eigentlich immer dort ablegen. Von kleinen Ausnahmen mal abgesehen …

Sie war gerade dabei, eine eiskalte Flasche Wasser aus dem Kühlschrank zu holen, als sie vom zweimaligen Türklingeln aus ihren Gedanken gerissen wurde.

„Ich erwarte doch gar keine Paketsendung", ging es ihr für eine kurze Sekunde durch den Kopf. Wahrscheinlich mal wieder etwas für die Nachbarn.

Als sie die Haustür öffnete, staunte sie nicht schlecht, als sie ihr Unfallopfer von vor zwei Tagen im Eingang erkannte.

Herr Rhein trug denselben Anzug, aber Claudine bemerkte sofort, dass er jetzt dazu ein frisches fliederfarbenes Hemd, diesmal ohne Krawatte, trug. Der ältere Herr lachte sie freundlich an. Zwischen Daumen und Zeigefinger der rechten Hand schwenkte er auf ihrer Augenhöhe einen kleinen Schlüsselbund. Seine Augen blitzten freudig auf.

„Guten Tag, Frau Angermann, ich habe hier etwas, das Sie sicher schon händeringend gesucht haben. Ich habe auch schon versucht, Sie anzurufen, aber irgendwie hat das mit Ihrer aufgeschriebenen Telefonnummer nicht funktioniert."

„Aha", stammelte Claudine mit zwiespältigen Gefühlen. „Dann kommen Sie doch bitte herein."

Der ältere Herr folgte ihrer Aufforderung und Claudine ging vor ihm den kurzen Weg in die Küche.

„Ja, vermissen Sie denn nicht Ihren Schlüsselbund?"

„Einen Schlüsselbund? Äh, zeigen Sie doch mal her. Aber wir müssen hier nicht rumstehen. Kommen Sie. Wir setzen uns einen Moment."

Claudine bot ihm einen Stuhl an und Herr Rhein nahm auch sofort dankend an.

„Jetzt zeigen Sie mal her." Die junge Frau nahm den Schlüsselbund in Augenschein. Ihre Gesichtszüge entspannten sich. „Oh, da bin ich aber erleichtert, das ist nicht *mein* Schlüsselbund. Ich habe im Übrigen auch gar keinen vermisst ..." Sie gab ihrem enttäuschten Gast den Schlüsselbund zurück.

„Komisch." Herr Rhein schien verwirrt. „Ich war mir absolut sicher. Als Sie vorgestern schon einige Zeit weg waren, habe ich diesen kleinen Schlüsselbund hier neben meiner Tasse bemerkt. Das musste einfach Ihrer sein ... Dann habe ich später versucht, Sie telefonisch zu erreichen."

Claudine schaute etwas peinlich berührt.

„Woher wussten Sie denn, dass ich heute Nachmittag zu Hause bin? Und wie haben Sie mich überhaupt gefunden?", fragte sie nach.

„Na, Sie zu finden war nicht schwer. Ich habe den Taxifahrer nach dem Schwimmbad gefragt. Und dann habe ich nach Ihrem Namensschild gesucht. Und schon – war ich hier. Tja, wer lesen kann, ist manchmal im Vorteil!" Er grinste spitzbübisch. Für sein Alter fand ihn Claudine auffallend locker und auch irgendwie sympathisch.

„Natürlich wusste ich nicht, ob Sie zu Hause sind, aber ich hätte Ihnen den Schlüsselbund sonst eingeworfen. Schauen Sie, ich habe sogar schon einen Zettel geschrieben." Er nestelte ein kleines Stück Papier aus der Jackett-tasche. „Und jetzt gehört der nicht mal Ihnen."

„Ich nehme ihn mit und werde ihn wieder im Café abgeben." Claudines Anspannung legte sich langsam. „Apropos Kaffee: Wo Ihr Taxi schon weg ist. Kann ich Ihnen einen Kaffee anbieten oder doch lieber was Kaltes? Ist ja heute auch ganz schön heiß."

Claudine war plötzlich erleichtert, dass der alte Herr nicht mit schlechten Nachrichten erschienen war. Das hätte gerade noch gefehlt, dass er sich bei dem Sturz noch etwas gebrochen hätte. Ja, es war auch eigentlich eine nette Geste von ihm, ihr diesen Schlüssel vorbeizu-bringen, auch wenn es gar nicht ihr eigener war.

„Zu einer guten Tasse Kaffee würde ich jetzt nicht nein sagen", bemerkte Claudines Überraschungsgast mit Freude in der Stimme.

„Och, ich trinke einen mit, und es gibt sogar noch einen Keks dazu", antwortete Claudine jetzt besser gelaunt und stellte schon mal zwei Kaffeebecher auf den Tisch.

„Sie verwöhnen mich ja geradezu wie Ihren Vater, vielen Dank!" Herr Rhein lachte und steckte den Schlüssel-bund wieder ein.

„Ich hoffe nur, dass Sie nicht so ein Versager und Arsch sind wie mein Vater!", antwortete sie schroff, bevor sie darüber nachdenken konnte.

Herr Rhein zog seine Augenbrauen erstaunt nach oben. „Oh, da habe ich aber eine wunde Stelle berührt, entschuldigen Sie bitte. Äh, ich wollte –"

„Sie brauchen sich nicht zu entschuldigen" unterbrach ihn Claudine und fuhr nach einer kurzen Pause fort. „War nicht so gemeint, ich habe halt nur ein nicht ganz so gutes Verhältnis zu meinem Erzeuger." Claudine wandte sich ab, um die Kaffeemaschine anzustellen.

„Dann bin ich ein wenig erleichtert." Herr Rhein atmete laut durch. „Ihr erster Satz vorhin klang, als hätten Sie gar kein Verhältnis mehr zu Ihrem Vater. Wissen Sie, ich habe zwar keine eigenen Kinder, ja, ich war nicht einmal verheiratet, aber ich stelle es mir schon sehr schlimm vor, gerade mit den eigenen Kindern zerstritten zu sein! Und Krach mit den Eltern ist doch auf Dauer sicher auch nervig, oder?

Claudine dachte einen Moment über das Gehörte nach. Es entstand eine kurze Pause. Ohne sich umzudrehen, aber mit schneidender Schärfe in der Stimme, kam ihre Antwort. „Es gibt eben auch Väter, denen die eigenen Kinder egal sind! Das ist nun mal Fakt."

„Damit meinen Sie aber jetzt hoffentlich nicht Ihren eigenen Vater, oder? Oh, Entschuldigung. Die Frage ist vielleicht doch etwas zu persönlich …"

Claudine drehte sich langsam zu ihrem Gast um. Die Kaffeemaschine hatte zu brummen begonnen. Sie verschränkte beide Arme vor der Brust. „Nein, Sie dürfen ruhig nachfragen. Ich kann inzwischen mit diesem Thema gut umgehen."

Herrn Rheins Art des Nachfragens provozierte sie irgendwie zu Antworten. Sie hatte schon lange nicht mehr über ihren Vater gesprochen. Eigentlich wich sie diesem Thema auch regelmäßig aus. Aber heute …

„Also: Doch, Herr Rhein, mein Vater ist leider auch so ein Mensch, dem andere egal sind! Freunde, Ehefrau, eigene Tochter. Wenn es eng wurde für diese Menschen, war er am Horizont verschwunden! So ohne Verantwortungsgefühl war er nun mal … Und ja: Er hat mir deutlich gezeigt, dass ich ihm egal bin! Aber, um ehrlich zu sein, diese Wunde, die Sie da eben angesprochen haben, ist bei mir inzwischen lange verheilt. Ich habe seit fast fünfzehn Jahren keinen Kontakt mehr zu meinem Vater."

Herr Rhein pfiff hörbar durch die Zähne.

„Oh, das ist eine verdammt lange Zeit … tut mir total leid. Lebt Ihr Vater denn überhaupt noch?"

Diese Frage hatte Claudine im Moment nicht erwartet.

„Das denke ich schon. Äh, er hat doch meine Adresse …"

Irgendwie ärgerte sie sich plötzlich über die eigene Antwort. Denn – wenn sie jetzt so darüber nachdachte … Ja, wer würde sie eigentlich informieren, wenn …? Sie wollte den Gedanken nicht weiterverfolgen.

Sie nahm jetzt ebenfalls am Tisch Platz und goss den Kaffee in die bereitgestellten Becher.

„Milch? Zucker?", fragte sie nach.

„Nur etwas Milch. Vielen Dank!", antwortete Herr Rhein und hellte seinen Kaffee mit einem kräftigen Schluck Milch auf. Das Klingeln seines Löffels beim Umrühren wirkte wie eine Art Signal für Claudine, die Gesprächspause nicht noch größer werden zu lassen.

„Wissen Sie, Herr Rhein, da ist so viel passiert und irgendwann ist es dann auch mal gut."

„Aber wie wäre das eigentlich für Sie, wenn jetzt das Telefon klingelte und Sie erführen, dass Ihr Vater verstorben sei?"

Eigentlich hätte Claudine auch bei dieser Frage für eine kluge Antwort länger nachdenken müssen, aber gerade, wenn es um *ihn* ging, wollte sie sich keine Blöße geben. So kam ihre Antwort schnell und trotzig. „Herr Rhein, ich komme sehr gut ohne ihn klar. Aber", sie hielt einen Moment inne, „ich würde auch denken: Er hat sich schon wieder einmal davongemacht! Dabei hätte ich doch noch so einiges klarstellen wollen! Aber, sagen Sie mal: Warum interessiert Sie das eigentlich?"

Herr Rhein setzte seine Tasse ab. „Ach, wissen Sie, Frau Angermann, ich war einige Jahre lang nebenberuflich als eine Art Schlichter tätig. Daher kenne ich mich gut aus mit familiären Konflikten. Wie pflegte schon meine Mutter immer zu sagen: ‚Unter jedem Dach ein großes Ach!'"

„Das war sicher sehr interessant! Aber haben Sie dabei eigentlich auch für sich selbst etwas mitgenommen? Irgendeine Erkenntnis im Umgang mit all dem Ärger und Streit?" Claudines Stimme hatte einen leicht provozierenden Unterton.

„Ja, dass niemand mit Streit glücklich wird." Die Antwort kam wie aus der Pistole geschossen und überraschte die Fragende.

„Oh, das sind Sie sicher schon öfter gefragt worden, so schnell, wie Sie die Antwort parat hatten?"

„Nein, eigentlich nicht, aber es ist nun mal so: Meine eigenen Probleme waren von Anfang an wohl auch eine Motivation, mich auf diesem Gebiet zu engagieren. Wissen Sie: Im Gespräch mit anderen lernt man, wenn man offen dafür ist, auch viel über sich selbst!"

Claudine war für einen Moment sprachlos. Das hätte sie diesem Mann, der eigentlich einen technischen Beruf hatte (hatte er nicht vorgestern irgendetwas von Tankstellentechnik erzählt?), überhaupt nicht zugetraut. Und sie musste auch zugeben, dass er auf sie vertrauenerweckend und auffallend unaufgeregt wirkte. Für eine Sekunde kam ihr die Idee, ihn wegen ihres Konflikts einfach mal um Rat zu fragen. Doch sie verwarf diesen Gedanken sofort wieder. „Ich habe dafür die ganzen Jahre niemanden gebraucht, wieso sollte ich jetzt diesen wildfremden Mann fragen?", ermahnte sie sich selbst.

Ihr Gegenüber schien jedoch ihre Gedanken zu erraten.

„Wenn Sie später einmal über einen neutralen ‚Schiedsrichter' zum Streit mit Ihrem Vater nachdenken, dann dürfen Sie mich gerne kontaktieren. Ich würde mich über ein Telefonat mit Ihnen sogar freuen." Er machte eine kleine Pause, in der er einen Kugelschreiber aus der Brusttasche seines Jacketts zog. „Wissen Sie was? Ich schreibe Ihnen dazu meine Nummer einfach auf eine Zeitung hier." Herr Rhein nahm vorsichtig Claudines Handy und Lesebrille von der Zeitung und griff das oberste Blatt. „Sie bekommen exklusiv meine Festnetznummer in Hamburg", ergänzte er lachend. Im Nu hatte er eine längere Zahlenfolge auf den Rand der Zeitung gekritzelt. Danach legte er sie auf den Stapel zurück.

„Wenn ich dort nicht zu erreichen bin, bin ich unterwegs und habe dann meistens auch wenig Zeit für ein längeres Gespräch. Aber zu Hause, da lebe ich allein und habe eigentlich immer Zeit. Wissen Sie, Frau Angermann.

Ihre Reaktion auf das Wort ‚Vater' hat mich wirklich ein wenig neugierig gemacht. Also, der echte Streitpunkt mit Ihrem Vater, äh, ich meine die Hintergründe, die würden mich wirklich interessieren. Dazu habe ich so ein Gefühl, dass zwischen Ihnen und Ihrem Vater doch noch nicht das letzte Wort gesprochen ist. Denn Sie wirken auf mich nicht wie eine Person, die dem Hass verfallen ist."

Claudine war überrascht von der Wucht seiner Worte. „Sie kennen mich doch gar nicht", wandte sie ein, aber ihre Stimme klang zugegebenermaßen auffallend wenig vorwurfsvoll.

„Entschuldigung, war einfach so ein Bauchgefühl von mir. Aber vielleicht überschätzen wir Alten auch manchmal unsere Menschenkenntnis ..."

„Nein, das heißt: ja, Sie haben wahrscheinlich Recht. Ich bin wirklich kein Mensch, dessen Handeln der Hass bestimmt."

„Liebe Frau Angermann. Mir liegt noch vieles auf der Zunge; aber ich muss jetzt leider los. Erlauben Sie mir noch eine letzte Frage, und wenn Sie nicht antworten wollen, dann sagen Sie einfach: ‚Einspruch!'"

„Na, schießen Sie schon los mit Ihrer Frage."

„Hat Ihr Vater denn nicht versucht, Sie in all den Jahren zu erreichen?"

„Doch, hat er! Ach, Sie würden es nicht glauben. Er hat mich eine Zeit lang geradezu verfolgt, so eine Art Stalking war das schon! Er hat mir sogar einmal abends vor der Haustüre aufgelauert. Angeblich wollte er mit mir reden, aber eigentlich wollte er sich nur rechtfertigen. Seine Schuld nicht zugeben! Ja, danach hat er es dann auch über Dritte versucht, die bei mir angerufen haben und so, aber dann zog er irgendwann um nach Hamburg. Seitdem war Funkstille. Aber, Herr Rhein, Sie werden lachen; dass er sich wieder melden könnte, habe ich immer noch im Hinterkopf. Wissen Sie, wieso?

Vor vier Wochen hat irgendein Typ (angeblich eine ältere Männerstimme) auf meiner Arbeitsstelle angerufen und mich dringend sprechen wollen. Meine Kollegin hat gesagt, ich sei wie immer mittwochs im Zentrum Neukauf und er könne mich danach entweder zu Hause oder am Nachmittag wieder auf der Arbeit erreichen. Da hatte ich für einen Moment gedacht, dass das mein Vater gewesen wäre. Doch wie sich später herausstellte, war es wahrscheinlich der Mann einer Freundin gewesen. Der wollte nachfragen wegen eines Geburtstagsgeschenks und so … Da war ich richtig erleichtert. Denn meinen alten Herrn will ich eigentlich nicht mehr sprechen. Ich weiß nicht, wie Sie das sehen, Herr Rhein, aber wenn mal Schluss ist, dann ist eben auch mal Schluss!"

„Sie geben mir das richtige Stichwort, Frau Angermann, ich muss jetzt leider nochmals zum Messegelände. Könnten Sie mir vielleicht ein Taxi rufen?"

„Das brauche ich gar nicht. Vor dem Schwimmbad, gerade um die Ecke, finden Sie praktisch immer ein Taxi."

„Oh, das ist prima. Vielen Dank für den leckeren Kaffee, Claudine. Äh, darf ich eigentlich Claudine zu Ihnen sagen?"

„Ja, natürlich, das ist schon in Ordnung. Claudine stimmte der intimeren Anrede ohne Überlegung zu. Selbst die Neugier des Gastes empfand sie nicht als übergriffig.

Herr Rhein erhob sich und leicht scherzhaft fügte er hinzu: „Also, Claudine, bis morgen Nachmittag bin ich noch in Münster. Wenn Sie Lust auf Schlichtung verspüren sollten – mein Zug nach Hamburg geht erst um 17.42 Uhr. Ich könnte mir vorher nochmals Zeit nehmen … Na?" Er schaute Claudine erwartungsvoll an.

Diese antwortete einem spontanen Impuls folgend: „Okay, dann so um 13 Uhr im Einkaufszentrum, in dem ich Sie getroffen habe." Beide mussten plötzlich wegen dieser Formulierung lachen. Claudine verbesserte sich. „Ich meine, wo ich Sie ‚umgebügelt' habe, lieber Herr Rhein, da treffen wir uns und gehen ins Olympia, zum Griechen, Mittag essen. Und dann kriegen Sie Ihre Chance als Schlichter! Obwohl ich es nicht glauben will: Vielleicht haben Sie ja noch einen Denkanstoß für mich, der mich dazu bringen könnte, mein Verhältnis zu meinem Vater noch einmal zu überdenken … Von dort aus kann ich dann die gut 25 Kilometer direkt zum Flughafen Münster/Osnabrück fahren, um meinen Mann abzuholen, der kurz nach vier über Frankfurt aus Fernost zurückkommt."

Herr Rhein schien gar nicht sonderlich überrascht. „Der Vorschlag ist prima. Ich muss doch ohnehin noch mal in das kleine Café, den Schlüsselbund abgeben. Dann treffen wir uns also im Zentrum beim Griechen. Wie hieß der noch mal? Olympia?"

Claudine bewunderte die Merkfähigkeit ihres Gastes. „Ja, genau, Olympia."

„Okay, Claudine, dann tschüss für heute. Und vielen Dank für den Kaffee. Ich freue mich auf morgen."

Claudine wusste selbst nicht, woher sie plötzlich den Mut für diese Entscheidung hergenommen hatte, aber irgendwie tat ihr dieser Mann gut. War da, trotz der kurzen Zeit, seit der sie ihn erst kannte, schon so etwas wie Vertrauen entstanden? Bei offener Haustür schaute sie Herrn Rhein nachdenklich hinterher – überraschend lange, wie ihr hinterher auffiel.

Sie dachte an Linda aus ihrem Freundeskreis, die viel Geld hatte aufwenden müssen, um in einer Gesprächstherapie bei einem Psychologen ihre Probleme anzupacken. Das war aber ganz und gar nicht Claudines Ding! Da war es doch viel besser, bei einem Mediator (und eben nicht bei einem dieser langatmigen Psychofritzen) mal quasi nebenbei ein paar Tipps für den eigenen inneren Frieden abzufragen. Seine Aussage, dass niemand im Streit glücklich wird, hatte ihre Ablehnung, sich ihrem Problemthema zu stellen, überraschend stark abgemildert. Denn eigentlich wollte sie das Kapitel Papa schon seit Langem für sich abgeschlossen haben. Aber was war, wenn ihr Vater wirklich nicht mehr lebte?

Sie entschied, dass sie Sven zu ihrem Privatdetektiv erklären würde, um diese Frage zu klären … Je länger sie wieder über das Thema nachdachte, das ihr früher so viele schlaflose Nächte bereitet hatte, desto mehr überkam sie eine vage Hoffnung. Die Hoffnung darauf, dass sie das Thema Papa nach dem Gespräch mit Herrn Rhein vielleicht guten Gewissens und damit auch endgültig für beendet würde erklären können.

* * *

Es war ein herrlicher Samstagmorgen. Claudine hatte die Wohnung schön hergerichtet, den Esstisch bereits für das Abendessen gedeckt und zum Kochen fast alles vorbereitet.

Ihr Mann würde nach einwöchiger Dienstreise heute Abend endlich wieder nach Hause kommen. Sie freute sich auf ihn. Gerade auch jetzt, da Laura wegen des Studiums zu Hause ausgezogen war!

Claudine hatte sich vorgenommen, wieder einmal Svens Lieblingsessen zu kochen, das er sich gerade nach langen Fernflügen immer wieder wünschte. Die vegetarische chinesische Nudelpfanne war schnell zubereitet, schmeckte immer ein wenig anders und lag nicht so schwer im Magen. Natürlich hatte Claudine auch eine gute Flasche Weißwein kalt gelegt. Sie würde heute nur noch die Woknudeln, Sojasprossen und den frischen Ingwer besorgen müssen, aber das sollte im Einkaufzentrum ja wirklich kein Problem sein.

Pünktlich erschien sie dann auch mit gefülltem Einkaufskorb am ausgemachten Treffpunkt. Herr Rhein stand schon erwartungsvoll am Eingang des Olympia. Er begrüßte Claudine freundlich mit einer etwas unbeholfenen, eher angedeuteten Umarmung, die von ihr aber nicht als unangenehm empfunden wurde.

„Schön, dass das heute noch mit uns geklappt hat", bemerkte Her Rhein und hielt ihr die Eingangstür auf. Claudine ging auf den entgegenkommenden Ober zu und fragte nach der Tischreservierung für Angermann. Herr Rhein, im bekannten Anzug mit abermals anderem Hemd gekleidet, folgte den beiden, seinen teuren Rollkoffer hinter sich herziehend.

„Ach, das ist aber gemütlich hier, mit den Kerzen, gefällt mir", kommentierte er das Ambiente des Olympia. Beide nahmen sie, einander gegenübersitzend, an einem kleinen Zweiertisch Platz. Wortlos begannen sie mit dem Studium der Speisekarte.

„Ausgerechnet heute habe ich gar nicht so einen Appetit wie sonst", stöhnte Herr Rhein und klopfte sich mit der rechten Hand leicht die Magengegend.

„Oh, mir geht es ähnlich", antwortete Claudine, ohne aufzuschauen. „Ich will heute Abend noch kochen, wenn mein Mann nach Hause kommt. Da brauche ich auch nicht so eine große Portion. Mal sehen, was so bei den Vorspeisen zu finden ist."

Der ältere Herr entschied sich nach längerem Suchen für eine Schale Bougourdi, während Claudine sich letztendlich für eine Portion Tiropita, eine Art Fetapastete, entschied. Beide konnten sich auf eine große Flasche Sprudelwasser (mit Gas!) einigen.

„Um Gottes willen, nur kein totes Wasser", hatte Herr Rhein auf ihre Frage erwidert.

„Ja, da haben Sie recht! Ein bisschen prickeln darf es schon, also das Wasser, meine ich!"

Herr Rhein schmunzelte.

„Ich habe übrigens gestern noch die ganze Zeit darüber nachgedacht, ob meine Zusage für das heutige Gespräch nicht etwas voreilig war", begann Claudine und legte die Speisekarte ab. „Aber irgendwie haben Sie mich beeindruckt mit dem, was Sie gestern gesagt haben. Das hat bei mir dermaßen nachgewirkt, dass ich heute Nacht plötzlich aufgewacht bin, weil ich geträumt habe, dass mein Vater gestorben wäre ... Also, eigentlich müsste ich Ihnen ein wenig böse sein wegen des schlechten Schlafs, aber nein, im Ernst ..." Sie schaute Herrn Rhein bei diesen Worten fest in die Augen. Der wich ihrem Blick nicht aus. Sie beugte sich mit auf der Tischkante aufgestützten Ellbogen ein wenig in seine

Richtung: „Nein, nein, es liegt schon in meiner Verantwortung, wie ich mit meinem Vater umgehe. Und vielleicht war mein Traum auch der Beweis, dass da in meinem Hinterkopf immer noch etwas arbeitet." Claudine nahm einen großen Schluck Wasser. „Was wollen Sie also wissen von mir?"

„Ach, erzählen Sie doch einfach mal von Ihren Eltern, Claudine", forderte Herr Rhein sein Gegenüber auf, nachdem er ihr noch ein Kompliment für ihr hellblaues Sommerkleid mit den weißen Punkten auf dem Oberteil ausgesprochen hatte.

Claudine lehnte sich auf ihrem Stuhl zurück. Einen letzten Blick widmete sie dem Einkaufskorb, den sie auf der rechten Seite eng an ihren Stuhl gestellt hatte.

„Also, meine Mutter hieß Odile und war Französin. Sie ist 1946 in Rambouillet, südwestlich von Paris, geboren und auch dort aufgewachsen. Als Geschichtsstudentin kam sie dann 1968 nach Mainz. Offiziell sollte sie wohl wegen Recherchen zur Geschichte des Mainzer Jakobinerklubs nur für ein paar Wochen nach Mainz gehen. Dass sie danach für immer in Deutschland bleiben würde, hätte sie wohl selbst nicht bei Ihrer Abreise gedacht … Sie hat mir aber auch mal von ihren wilden Tagen und Aktionen an der Uni in Paris erzählt und dass sie dort bei den Maiunruhen 1968 sogar für zwei Tage inhaftiert worden war. Deswegen gab es wohl auch richtig Ärger bei ihr zu Hause … Damals ging bei Mama so manches drunter und drüber. Ich glaube, da hat die Arme eine Art Tapetenwechsel gebraucht … Ja, sie war ein revolutionärer Geist – also zumindest bis zu meiner Geburt. Später ist sie dann leider schwer erkrankt."

Herr Rhein schien den letzten Satz irgendwie überhört zu haben, denn ohne weiter darauf einzugehen, bemerkte er: „So erklärt sich auch ganz schnell Ihr schöner französischer Name. Claudine. Klingt sehr warm und schön. Ja, und wann kam dann eigentlich Ihr Papa ins Spiel?"

„Na ja, ich weiß, dass Mama schon Mitte Juni 1968 in Mainz war. Denn zum 500. Todestag von Johannes Gutenberg Ende Juni damals wurde das erste Johannisfest in Mainz veranstaltet. Dabei war auch mein Vater aktiv. Im Institut français in Mainz hat sie dann den tollen Andreas Landthaler kennengelernt. Papa hat sich damals in diesem Institut ehrenamtlich um französische Gaststudenten gekümmert und wohl eine Party zum Johannisfest organisiert. Dabei haben sich die beiden dann getroffen und anschließend ziemlich schnell unsterblich ineinander verliebt. Übrigens: Auch, als wir schon lange in Münster gewohnt haben, sind meine Eltern später doch, so oft sie es einrichten konnten, im Juni zum Mainzer Johannisfest gefahren. Das Fest war und blieb ein besonderes Highlight für die beiden."

Der Ober kam und brachte das Essen. Herr Rhein rührte vorsichtig in dem dampfenden Schälchen, in dem die Tomaten-Spitzpaprika-Feta-Masse in heißem Öl vor sich hin blubberte. Ohne etwas zu essen, legte er den Löffel neben den Teller. „Noch zu heiß", gab er zur Erklärung und lehnte sich zurück.

Claudine trennte mit der Gabel ein Stück von der lauwarmen Fetapastete und bot sie höflichkeitshalber ihrem Gesprächspartner an. Der lehnte entschieden ab.

Nach einigen Bissen nahm Claudine den Erzählfaden wieder auf. „Wie bereits gesagt: Mein Vater war im

Institut français aktiv. Ja, und dort traf er ‚seine Rebellin‘ Odile, wie er sie oft nannte. Blitzartig waren sie ein Paar und sind dann zusammen um die Ecken gezogen, na ja, wie das dann halt so läuft …"

Claudine schluckte den letzten Bissen der Pastete und putzte sich den Mund mit der Serviette ab. „Das war aber mal richtig lecker, aber Sie haben ja noch gar nichts von Ihrem Essen angerührt?"

„Kommt noch, mach ich gleich", versicherte der ältere Herr mit beschwichtigender Geste.

„Fakt ist, dass meine Mutter eigentlich seit dieser Zeit nur noch zu Besuchen nach Frankreich zurückging. Sie war wegen meines Vaters kurzerhand ausgewandert."

Claudine schreckte plötzlich zusammen. „Ich glaube, ich erzähle ein wenig zu ausführlich. Wenn ich so weitermache, sitzen wir morgen noch hier und kommen gar nicht zum eigentlichen Thema …"

Herr Rhein aß zwei Löffel aus seinem Schälchen und legte den Löffel wieder ab. „Ich glaube, dass ich es heute irgendwie mit der Galle habe!" Er rieb sich mit der rechten Hand über den unteren rechten Rippenbogen. „Blöd von mir, auch noch so fettes Zeug zu bestellen. Erzählen Sie bitte weiter. Sie machen das wirklich gut."

Claudine erzählte weiter, vom wilden Studentenleben der Eltern in WGs, von der linken politischen Haltung ihrer Eltern, von propagierter freier Liebe und dass ihre Mutter nicht von ungefähr später Gewerkschaftssekretärin geworden sei.

„Ja, bis zum Jahr 1971; da schlug ich dann ein – wie eine Bombe! Ab dieser Zeit wurden meine Eltern dann doch bürgerlich. Man könnte sogar sagen: echt spießbürgerlich!

Mit meiner Geburt am vierten Juli (Mama wollte eigentlich bei völlig unklarem Geburtstermin bis zum 14. Juli aushalten) veränderte sich alles. Eigene Wohnung, erstes eigenes Auto und Papa mit geregelter Arbeit als Maschinenbauer bei einer Firma, für die er dann auch viel im Ausland unterwegs sein musste."

„In Ihrer Kindheit hatten Sie doch sicher noch ein gutes Verhältnis zu Ihrem Vater, oder?", fragte Herr Rhein dazwischen.

„Das stimmt, ja, aber ich war halt schon sehr auf Mama fixiert, die ihr Studium aufgegeben hatte, um mich zu versorgen. Wir waren auch wegen Papas Job häufig zu zweit alleine. Und ja, wenn meine Mutter eine Karriere gemacht hätte, dann sicher in der Politik."

Herr Rhein machte einen etwas unkonzentrierten Eindruck. „Irgendwie habe ich leichte Oberbauchkrämpfe," murmelte er und rückte unruhig auf seinem Stuhl hin und her. „Aber bitte, erzählen Sie nur weiter."

„Na gut, jetzt will ich dann aber auch mal zum Thema kommen, weshalb es zum Bruch mit meinem Vater kam. Also, das fing so etwa Anfang der 90er-Jahre an, dass meine Mutter an Depression erkrankte. Zuerst dachten die Ärzte noch, dass es vielleicht nur Wechseljahresbeschwerden wären, aber sie wurden schnell von den eindeutigen, massiven Symptomen eines Besseren belehrt. Ja, und leider wurde es dann von Jahr zu Jahr schlimmer, also immer so im Herbst-Winter. Na ja, Mama war auch in Therapie, aber letztendlich hat die wenig geholfen. Jedenfalls hat meine Mama die Medikamente heimlich abgesetzt und sich dann im November 1994 mit Insulin umgebracht."

„Oh Gott, wie schrecklich!", entfuhr es Herrn Rhein, wobei er ungläubig den Kopf schüttelte.

Claudine quittierte den Zwischenruf mit einem bitteren „Ja, oh ja!". Sie nahm eine aufrechte Position ein. „Wie schrecklich das für meinen Vater war, zeigte sich an der Tatsache, dass ich noch vor der Beerdigung meiner Mutter mitbekommen musste, dass er zu dem Zeitpunkt schon seit mehr als zwei Jahren, hören Sie: seit mehr als zwei ganzen Jahren eine Freundin hatte!" Sie holte tief Luft. „Da ist seine Frau schwer krank, aber mein Vater ..."

An dieser Stelle konnte Claudine nicht weitersprechen. Sie rang nach Worten und kämpfte mit den Tränen. Sie beugte sich nach rechts, nahm ein kleines Täschchen vom Einkaufskorb, aus dem sie nun eine Packung Papiertaschentücher hervorzog. Es entstand eine Pause, während Claudine sich schnäuzte.

„Na ja, mein Vater hat mir später versichert, dass Mama seine Affäre nicht mitbekommen hätte, aber trotzdem ..."

Herr Rhein rückte seinen Stuhl etwas nach rechts und wollte über den Tisch hinweg Claudines Unterarm greifen. Claudine aber entzog ihren Arm diesem Annäherungsversuch und setzte sich betont aufrecht an den Tisch. Die folgenden Worte von ihr klangen fast gezischt: „Was Männer sich so alles nur wegen Sex leisten, ist schon eine Schande!"

„Ich kann Ihren Zorn und auch Ihre Enttäuschung über Andreas verstehen. Ich –"

„Woher kennen Sie den Vornamen meines Vaters?", unterbrach ihn Claudine überrascht.

„Na von Ihnen, Sie haben doch selbst von Odile und Andreas Landthaler erzählt ..."

Etwas verunsichert antwortete sie: „So, habe ich das?"
Erneut bemühte sie ihr Taschentuch.

Herr Rhein rückte mit seinem Stuhl wieder auf Distanz.

„Claudine, ich kann, wie schon gesagt, verstehen, dass –"

„Dass ich sauer war auf meinen alten Herrn? Ja, klar; ich hatte zu diesem Zeitpunkt wirklich einen fetten Streit mit Papa, aber, Sie werden lachen: Das war noch nicht der Grund, weswegen ich dann endgültig den Kontakt zu ihm abgebrochen habe. Schließlich ist er ja dann auch zwei Jahre nach Mamas Tod freiwillig aus Münster weggezogen und das Letzte, was ich gehört habe, war, dass er in der Nähe von Hamburg in einem kleinen Reihenhaus wohnte."

Claudine fing an, sich in Rage zu reden, als sie bemerkte, dass ihr Gesprächspartner plötzlich auffallend blass wurde. Sie fragte sich kurz, ob vielleicht das gedämpfte Licht im Olympia der Grund dafür sein könnte, aber da Herr Rhein ihr ermunternd zunickte, sprach sie weiter.

„Wissen Sie, mein Vater handelt immer nach dem gleichen Schema. Egoistisch, wie er ist, setzt er sich eben nie für andere ein. Da, wo er gebraucht wird, kneift er. So war das bei meiner Mutter, aber, ehrlich: Das habe ich ihm irgendwann noch verziehen. Ich habe mir gesagt: Jeder Mensch hat eine zweite Chance verdient. Und unser Verhältnis hatte sich danach fast wieder normalisiert. Aber dann hat der liebe Andreas seine zweite Chance auch noch so was von verpasst!"

Sie lachte schrill, und ein hämischer Unterton war nicht zu überhören. Herr Rhein atmete plötzlich tief durch. Er schien von ihrer Geschichte richtig mitgenommen.

Sein Lächeln wirkte jetzt irgendwie gequält. Dicke Schweißperlen traten auf die Stirn des älteren Herrn. Claudine fand, dass der Zeitpunkt gekommen war, ihre Geschichte auf den Punkt zu bringen.

Schnell, wie beim Abziehen eines Pflasters, fasste sie zusammen: „Ich wurde etwa ein Jahr nach dem Tod meiner Mutter bei einer Party Opfer von KO-Tropfen. Lieber Herr Rhein, ersparen Sie mir Fragen nach Details. Also: Am nächsten Morgen rufe ich missbraucht, gedemütigt und völlig fertig meinen Vater an, damit er mich abholt, aber der hatte keine Zeit! Verstehen Sie: Sein Job war in diesem Moment wichtiger als ich! *Ich war nicht wichtig für ihn!* Er hat mich in dieser Situation einfach allein gelassen!"

In dem Moment gab Herr Rhein gurgelnde Laute von sich und fing an, nach rechts seitlich vom Stuhl zu kippen.

„Um Gottes willen, Herr Rhein!" Claudine sprang auf und griff reflexartig ihren Einkaufskorb. Langsam, Schritt für Schritt, wich sie rückwärts vom Tisch. Erst mit einem Abstand von drei bis vier Metern fing sie an, laut um Hilfe zu rufen.

Sie sah, wie die linke Hand des Mannes versuchte, sich noch im Fallen an der Tischkante festzuhalten. Aber seine Finger glitten ab und in einem ungelenken Bogen folgte der komplette Arm dem Körper auf den Fußboden. In einer Art unnatürlicher Seitenlage kam der alte Mann auf dem Boden zum Liegen und das letzte Wort, das Claudine noch hören konnte, war ein geröcheltes „Hilfe."

„Hilfe, der Mann braucht Hilfe! Wer hilft mir denn?" Erst jetzt schrie Claudine richtig los. Sie schrie so laut sie konnte und wandte sich in Richtung Tresen.

Der Ober kam ihr entgegen. „Was ist passiert?"

„Los, schnell, rufen Sie einen Notarzt. Bitte! So machen Sie schon!" Mit diesen Worten griff Claudine ihren Korb, drängelte sich am Ober vorbei in Richtung Ausgang und stürzte aus dem Olympia.

Der Ober schüttelte den Kopf, wählte die Notrufnummer und wandte sich anschließend dem Geschehen um den Mann am Boden zu. Dieser lag inzwischen auf dem Rücken neben dem Tisch, beide Hände über der Herzgegend verkrampft. Er war bewusstlos. Atembewegungen seines Brustkorbs waren nicht mehr festzustellen. Ein junges Pärchen, das vorher am Nachbartisch gesessen hatte, kniete neben dem Verunfallten. Die Frau rüttelte leicht an der Schulter des Patienten. Ihr Partner versuchte irgendwie, den Puls am Handgelenk zu fühlen, aber dann sprang er auf und rief in den Gastraum: „Wir brauchen Hilfe hier! Jemand da, der wiederbeleben kann? Oh bitte, der Mann hier stirbt sonst!" Der Ober fühlte sich angesprochen und schüttelte den Kopf.

„Ich kann so was nicht", fügte er entschuldigend hinzu und auch sein Kollege hinter dem Tresen, den er jetzt hilfesuchend anschaute, schüttelte nur verneinend seinen Kopf.

Wie ein Engel, so erinnerte sich der gestresste Ober später, kam aus dem hinteren Bereich der nur spärlich besetzten Gaststätte eine auffallend zierliche Frau, vermutlich mit asiatischen Wurzeln, im Alter um die 40 Jahre im roten Sommerkostüm und kniete sich neben den Liegenden. Sie zog ihre Jacke aus. Mit den Worten „Ich bin MTA, kenne mich mit Reanimation aus. Los, wir machen das!", hatte sie den jungen Mann, der um Hilfe gerufen hatte, im Nu zu ihrem Rettungsassistenten erklärt.

Der Ober war erleichtert, dass jemand Verantwortung übernahm und damit sein lähmendes Gefühl der Hilflosigkeit überwinden half.

Die beiden Helfer begannen jetzt damit, dem Patienten Jackett und Hemd zu öffnen. Sie versuchte kurz, den Puls am Hals zu tasten, um dann sofort mit gezielter Herzmassage zu beginnen. Rasch zählte sie laut bis dreißig, um dann drei Atemstöße durch Mund-zu-Mund-Beatmung anzuschließen. „Jetzt sind Sie dran!", leitete sie den jungen Mann weiter an, der nun seinerseits mit der Herzmassage begann. „Fester, den Druck etwas fester!" So arbeiteten sich die beiden, nur von den klaren Ansagen der Frau unterbrochen, wortlos an der Wiederbelebung ab.

Nach gefühlt endlosen fünfzehn Minuten flog die Tür der Gaststätte auf. Sanitäter und Notarzt kamen gerannt. Hinter ihnen erkannte der Ober die Frau, die vorhin geflüchtet war, die jetzt jedoch in sicherer Entfernung vom Unfallort am Tresen verharrte.

„Ich kann das nicht", murmelte diese immer wieder entschuldigend. „Ich kann das nicht."

„Ihr Vater ist in guten Händen, die beiden machen das gut", versuchte der Ober, die offenbar verstörte Frau zu beruhigen.

„Ist nicht mein Vater, ist nur ein – äh, ein Bekannter ..."

Doch der Ober schien Claudines Worten schon gar nicht mehr zuzuhören. Er beobachtete, wie das Profiteam jetzt die weitere Versorgung übernahm. Der Notarzt lobte die engagierten Ersthelfer. Aber auch ihm gelang es erst mithilfe des Defibrillators, Herrn Rhein wieder ins Leben zurückzuholen.

Claudine blieb Zaungast in dieser schier endlosen Zeitspanne. Nach entsprechender Stabilisierung des Patienten für den Transport durch Beatmung, Infusion und so weiter kam einer der Sanitäter auf sie zu.

„Sie sind doch die Angehörige, also: Wir fahren ihn jetzt ins St. Franziskus-Hospital. Wir nehmen sein Köfferchen mit. Da sind seine Papiere drin. Sie können dann nachkommen."

„Ja, danke, mach ich ..." Claudine war verwirrt. Was sollte sie jetzt tun? Sie versuchte mit Hochdruck, ihre Gedanken zu ordnen und ihre Emotionen wieder in den Griff zu bekommen.

Eigentlich war der Mann doch vollkommend fremd für sie ... Bis auf die Tatsache, dass er nun schon zum zweiten Mal vor ihr auf dem Boden des Einkaufszentrums lag.

„Zahlen Sie die Rechnung für Ihren Bekannten mit?" Die aufgeregt und genervt klingende Stimme des Obers weckte Claudine aus ihrer Schockstarre.

„Ja sicher, ja doch, wie viel?" Sie erschrak und erinnerte sich plötzlich, dass sie ihren Einkaufskorb samt Portemonnaie vor dem Olympia hatte stehen lassen.

Der Ober begleitete sie nach draußen, wo ihre komplette Habe noch wie selbstverständlich neben dem Eingang stand. Sie bezahlte die Rechnung. Ein Trinkgeld fand sie heute unpassend. Der Ober verschwand wortlos wieder in die Gaststätte, aber Claudine zögerte noch zu gehen.

Was war bloß mit Herrn Rhein passiert? Müsste sie sich noch bei den beiden Nothelfern bedanken? Sie schaute auf die Uhr – und ging wie von einer unsichtbaren Hand geschoben los.

Auf dem Weg zu ihrem Auto entschied sie spontan, nicht in das Krankenhaus zu fahren. Sie musste sich zunächst einmal ein wenig beruhigen. Und danach wollte sie ja schließlich auch noch Sven vom Flughafen abholen.

* * *

Claudine war rückblickend von sich selbst überrascht.

Auf dem Weg zum Flughafen hatte sie sich endgültig entschieden, ihrem Mann gar nichts von der Begegnung mit Herrn Rhein zu erzählen. Sie wollte lästige Rückfragen lieber vermeiden. Ihr Sven hätte sicherlich alles ganz anders gemacht. Er hätte sich wahrscheinlich auch nicht nochmals mit dem Mann getroffen. Und dann auch noch dieses schlimme Ende. Sie hatte sich da in etwas hineinmanövriert, das sie ja so nicht hatte ahnen können! Was hätte sie denn auch sonst machen sollen? Claudine war ohne festen Plan.

Als sie Sven am Nachmittag vom Flughafen abholte, hatte sie sich wieder gefangen. Trotzdem war sie noch unkonzentriert und irgendwie fahrig.

„Hörst du mir eigentlich zu?", hatte Sven sie mehrfach gefragt. Auch hatte sie erst nach längerem Suchen den Parkschein der Flughafengarage auf der Mittelkonsole in ihrem Auto wiedergefunden. Das war ihr schon lange nicht mehr passiert.

Claudine konnte sich auch nicht erinnern, wann ihr zuletzt ein Gericht so misslungen war wie an diesem denkwürdigen Samstag. Ihre sonst so sensationelle chinesische Nudelpfanne war zum einen völlig verkocht.

Ihr Zeitgefühl hatte sie im Stich gelassen. Zum anderen konnte sie Sven auch nicht erklären, warum sie das Gemüse zweimal mit einer gehörigen Portion Salz fast verdorben hatte. Jedenfalls hatte nur der massive Einsatz von Sahne das Essen noch einigermaßen genießbar werden lassen, wie sie Sven gestand.

Ob sie ihm etwas beichten müsse, hatte er daraufhin lachend gefragt. Und in wen sie sich verliebt habe. Claudine war richtig rot geworden. Sie hatte dann noch erfolglos versucht, ihren Mann davon zu überzeugen, dass sie mit 45 Jahren schon zu alt sei, um sich noch einmal zu verlieben. Er hatte ihr lachend geantwortet, dass er dieses Argument nicht anerkenne. Und dass er weiter skeptisch sei …

Claudine war jedoch mit Blick in sein Gesicht beruhigt, von dem sie deutlich abzulesen glaubte, dass er nicht wirklich annahm, dass sie ihn betrog.

* * *

Am Sonntag hatte Claudine ihr inneres Gleichgewicht fast wieder vollständig hergestellt. Aber eine Mischung aus schlechtem Gewissen und Neugier ließen ihre Gedanken doch häufiger um Herrn Rhein kreisen, als ihr lieb war. Wie es ihm wohl inzwischen ging? Ob er sich bei ihr melden würde?

* * *

Am Montag stand ihr Entschluss fest. In der Mittagspause wollte sie die zentrale Notaufnahme im St. Franziskus-Hospital anrufen. Eigentlich hatte sie nur positive

Erinnerungen an diesen roten Backsteinbau, seitdem sie vor ziemlich genau neunzehn Jahren dort ihre Tochter Laura zur Welt gebracht hatte.

„Zentrale Notaufnahme St. Franziskus-Hospital, Schwester Anja, guten Tag. Wie kann ich Ihnen helfen?"

„Ja, guten Tag, mein Name ist Meier, ich wollte mich nach einem Patienten erkundigen, der vor zwei Tagen bei Ihnen eingeliefert wurde. Als Notfall am Samstagmittag … Sein Name ist Simon Rhein."

„Einen Moment bitte."

„Danke, ich warte."

„Hören Sie? Hier bei uns ist kein Patient mit diesem Namen bekannt."

„Aber das ist doch nicht möglich …"

„Könnten Sie mir den Namen bitte noch einmal buchstabieren?"

„R-H-E-I-N, wie der Fluss … eine Herzattacke oder so …"

„Nein, tut mir leid. Der Name ist hier nicht im System. Sind Sie sicher, dass er auch zu uns gebracht wurde?"

„Äh, sicher bin ich nicht. Aber der Sanitäter hat das so gesagt …"

„Wissen Sie, es ist sicher eine gute Idee, wenn Sie sich nochmals bei der Leitstelle für Krankentransporte erkundigen, in welches Krankenhaus Ihr Herr Rhein verbracht wurde."

Claudine gab sich noch nicht geschlagen. „Eine letzte Frage: Haben Sie vielleicht am Samstagmittag einen Patienten eingeliefert bekommen, der mit Vornamen Simon hieß?"

„Hören Sie, wir haben hier etwa um die Mittagszeit einen Simon eingeliefert bekommen. Den Nachnamen darf ich Ihnen aber aus Datenschutzgründen nicht nennen. Den Fall habe ich mir gemerkt, weil die Sanitäter so dringend auf die Angehörigen gewartet haben … Wird der arme Kerl hier schwer krank eingeliefert, aber die Verwandten hatten wohl Besseres vor. Sie glauben ja gar nicht –"

Claudine hatte plötzlich einen trockenen Hals. Mit kratziger Stimme fragte sie mitten in Schwester Anjas Ausführungen hinein: „Und wie geht es diesem Simon inzwischen?"

„Dazu kann ich Ihnen wirklich nichts sagen, keine Ahnung! Also, an Ihrer Stelle würde ich die Leitstelle –"

„Ja, danke, mache ich. Auf Wiederhören."

Claudine war geschockt und ratlos. Sie nahm sich vor, später nochmals wegen Herrn Rhein zu telefonieren. Aber jetzt war ihre Mittagspause erst einmal vorbei.

Am Abend war sie schon fast wieder im inneren Gleichgewicht. Sie würde am Dienstag …

* * *

Claudine schob das Recherchieren nach ihrem Bekannten vor sich her. Irgendetwas schien ihre Neugier auszubremsen – bis zum Mittwochmorgen.

Sven hatte nach der gemeinsamen Tasse Kaffee am Morgen wie immer das Haus verlassen. Claudine holte die Zeitung aus dem Briefkasten. Gemütlich goss sie sich eine zweite Tasse Kaffee ein. Eine kurze Meldung mit Bild auf der Lokalseite des Münsteraner Boten ließ sie mit einem lauten „Nein!" aufschrecken. Plötzliche Übelkeit überkam sie. Sie wollte nicht glauben, was sie lesen musste.

Unter einem kleinen Bild, das ohne jeden Zweifel ein Porträt ihres Herrn Rhein zeigte, fand sich folgender Text:

Bekannter Radiopfarrer stirbt in Münster

Der bekannte Hamburger ‚Radiopfarrer' Simon Wiliczek (72) verstarb am Montagabend im St. Franziskus-Hospital in Münster an den Folgen eines Herzinfarktes. Der katholische Priester hatte neben Theologie auch Psychologie studiert. Nach seiner Pensionierung als Gemeindepfarrer wurde er unter seinem Pseudonym Pfarrer Rhein mit seiner nächtlichen Talksendung ‚Herr Rhein – mit Euch!' im NDR über die Grenzen Hamburgs hinaus bekannt. Mit einem Team von Psychologen im Hintergrund gab er über fünf Jahre lang Menschen in Not eine Stimme und lieh ihnen sein öffentliches Ohr. Er war bekannt dafür, dass er neben seiner Sendung auch mit ausgefallenen Aktionen persönlich keine Mühen scheute, um Menschen in seelischer Not zu helfen. Die Stadt Hamburg verlieh ihm wegen seiner Verdienste 2013 die Ehrenbürgerschaft.

Seine Mitbewohner im Altersheim St. Johannes in Hamburg zeigten sich bestürzt über die Nachricht. Eine große Gemeinde trauert um einen charismatischen und empathischen Menschen.

Claudine fühlte sich schlecht. Sie griff zum Handy und meldete sich auf ihrer Arbeitsstelle krank. Ihre Kollegin wünschte eine gute Besserung.

Wie ein Tiger im Käfig ging Claudine jetzt in der Küche auf und ab.

Eine erste vage Ahnung entwickelte sich zum konkreten Verdacht und nahm ihr Denken in Beschlag. Auf der Suche nach der Wahrheit benötigte sie Gewissheit! Und das hier, jetzt und gleich!

Wo war die Zeitung mit der verdammten Telefonnummer geblieben? Schon in der blauen Tonne verschwunden? Claudine hetzte in die Garage. Sie durchwühlte den Stapel der Zeitungen, die ihr Mann für den Biomüll aufhob. Und das Glück war auf ihrer Seite. Ziemlich weit oben fand sie die Zeitung mit der gekritzelten Telefonnummer am Rand. Ihre Hände zitterten jetzt vor Aufregung.

Sie tippte die Nummer in ihr Handy. Nach zweimaligem Läuten meldete sich am anderen Ende eine ältere Männerstimme. „Landthaler ..."

Welcome to Homophobia

In der Nacht vom 11. auf den 12. Juli 2015

Noah löschte das Feuer auf die Weise, die ihm in seinem momentanen Zustand angemessen erschien. Es war der vorläufig letzte Akt eines denkwürdigen Abends.

Breitbeinig stand er leicht schwankend am Lagerfeuer und pinkelte in die verbliebenen Glutnester. Der heftige Todeskampf des Feuers überraschte ihn, als eine zischende, übelriechende Wolke ihn ansprang und dadurch zum Abdrehen zwang.

Noah hörte ungeduldiges Hupen hinter dem langgezogenen hölzernen Flachbau.

„Ja doch! Leck mich …", murmelte er vor sich hin. Mit unsicherem Gang bewegte er sich in Richtung Parkplatz. Erst beim dritten Versuch gelang es ihm, der sich schon konzentrieren musste, geradeaus zu laufen, den Reißverschluss an seiner Hose zu schließen. Vielleicht hatte er gerade heute doch ein wenig zu viel Alkohol konsumiert. Wie schon in den Jahren zuvor waren er und sein Vater wieder einmal die Letzten, die zum Ende des Sommerfestes das Gelände des Schützenvereins verließen.

Bei solch außerordentlichem Einsatz für den Verein kam es nicht von ungefähr, dass Noahs Vater schon zum vierten Mal in Folge zum ersten Vorsitzenden der Schützenvereinigung 1899 e. V. Friedrichsdorf / Taunus gewählt worden war.

Das Hupen wirkte jetzt ungeduldiger, und als Noah um die Ecke auf den Parkplatz trat, erschien es ihm geradezu ohrenbetäubend laut. „Gott sei Dank liegt das

Schützenhaus mitten im Wald", dachte er bei sich. Er hielt den rechten Handrücken quer vor beide Augen, da das Fernlicht der Limousine ihn jetzt auch noch blendete. „Bin doch schon da!"

Mit unsicherem Stand hielt er an und wartete ab, bis das Gefährt neben ihn rollte. Er nahm auf dem Beifahrersitz Platz.

„Menschenskind! Das wurde ja langsam Zeit, dass du die paar Handgriffe erledigt hast! Oder meinst du, dass ich hier noch übernachten will? Ich hoffe nur, dass du das Feuer auch richtig gelöscht hast." Nervös nestelte Noahs Vater am Lenkrad bei seinem Versuch, das Radio zum Schweigen zu bringen. „Verdammt noch mal – kannst du mir eigentlich erklären, was heute in dich gefahren ist?"

Noahs Vater, der den ganzen Abend kaum mit ihm geredet hatte, schien das jetzt verspätet nachholen zu wollen. Im Moment jedoch prallte der aggressive Unterton an seinem Sohn ab, der sich trotz Müdigkeit und seines Alkoholpegels durch den Abend am Feuer irgendwie gestärkt fühlte. Während er früher bei dieser Tonart des Vaters meist mit aggressiven Antworten reagiert hätte – er ließ sich so leicht nichts gefallen –, blieb er heute ruhig.

Er wollte sich die positive Grundstimmung des Abends nicht verderben lassen. Gerade heute wollte er einmal keine Energie darauf verschwenden, sich zu wehren. Seine Gedanken weilten bei Finn.

„Also, was sollte das heute Abend?", bohrte der Vater nach, während er das Auto mit überhöhter Geschwindigkeit über den geschotterten Parkplatz trieb.

Noah tastete noch nach dem Sicherheitsgurt. „Was meinst du denn?", kam die müde Gegenfrage.

„Na, deine Show mit diesem Finn. Da ist der Junge heute das erste Mal bei uns im Schützenverein und du klebst an ihm wie eine Klosettfliege!"

„Papa, er ist ein Freund von mir."

„Das ist aber noch lange kein Grund, so an ihm herumzutatschen. Es bekommt dir nicht gut, wenn du so viel trinkst. Die anderen haben auch schon ganz irritiert geschaut ..."

„Okay. Papa, er ist mein Freund. Ich habe ihn doch zur Feier mitgebracht. Falls du es noch nicht gemerkt hast: Ich bin schwul!"

Der Schotter spritzte auf unter den blockierenden Reifen und mit schräggestelltem Heck kam die Limousine in einer Staubwolke zum Stehen. Noah, der immer noch nicht angegurtet war, flog nach vorne, rutschte vom Sitz, und konnte gerade noch ein härteres Aufschlagen auf das Armaturenbrett verhindern. Sein Vater hielt sich mit gestreckten Armen und verkrampften Händen, die ein Abbild seines Gesichtsausdrucks waren, am Lenkrad fest. Sein Blick war starr geradeaus in den hellen Strahlenkegel des Fernlichts gerichtet, in dem der aufgewirbelte Staub sich langsam zu legen begann. Der Motor des Wagens war abgewürgt. Noah schob sich mühsam auf seinen Sitz zurück und begann mit einem erneuten Versuch, sich anzugurten.

In die Stille schnitt die raue Stimme seines Vaters. „Das glaube ich jetzt nicht! Mit neunzehn Jahren kann man noch gar nicht wissen, ob man schwul ist."

„Doch Papa, das kann man. Du hast halt keine Ahnung. Ich bin mir sicher!"

„Die Pubertät ist doch gerade erst vorbei", kam es vom

Fahrersitz, aber Noah unterbrach seinen Vater mit einem lauten Rülpser.

„Schuldigung, aber das ist doch wirklich großer Quatsch! Vor ein paar Jahren, in der Pubertät, da habe ich es vielleicht nur geahnt …"

„Aber da hattest du doch auch diese Freundin!", fiel sein Vater ihm ins Wort.

„Ach, Papa, damals habe ich mich noch ausprobiert, oder warum, glaubst du, hat diese Freundschaft mit Luisa nicht mal zwei Monate überdauert?"

„Noah, hast du eigentlich schon mit irgendjemandem über dieses Thema gesprochen?"

„Außer mit Mama und Finn eigentlich nicht …"

„Waas? Mama weiß Bescheid und redet nicht mit mir darüber?" In seinem Ärger schlug der Vater beide Hände flach und fest auf das Lenkrad.

„Ja, weil ich sie darum gebeten habe, Papa. Ich wollte, dass du es von mir persönlich erfährst. Sie weiß es auch erst seit zwei Wochen, seit sie mich in der Stadt mit Finn gesehen hat."

„Aha, die ganze Stadt weiß es also schon: Mein Sohn, Noah Ritter, ist schwul! Und ich? Der alte Roland Ritter wird erst gar nicht informiert! Vielleicht solltest du ja, bevor du dich der ganzen Stadt gegenüber outest, einmal mit einem Fachmann über dieses Thema reden. Ich muss unseren Hausarzt mal fragen, welcher Mediziner für so was zuständig ist." Den letzten Satz hatte er nur halblaut, mehr zu sich selbst als zu seinem Sohn gesprochen, weshalb er von der heftigen Reaktion auf dem Beifahrersitz überrascht wurde.

„Mannomann! Willst du mich verarschen?" Noah lachte schrill auf. „Ich soll also zum Arzt? Ja? Oh Gott, wir leben im Jahr 2015 und mein eigener Vater hält mich für krank, weil ich schwul bin."

„Nein, Junge, so habe ich das nicht gemeint!"

„Nicht? Na, wie hast du es denn dann gemeint? Du magst ja ein großer Experte in Geldfragen bei deiner Bank sein, aber von deinem Sohn hast du leider null Ahnung!" Der fast gebrüllte letzte Halbsatz hallte in der Enge des Fahrzeugs nach. Es folgte einer dieser seltenen Momente von greller, vibrierender Stille, erzeugt von den aufbrechenden Druckwellen einer nicht mehr beherrschbaren Emotion. Nur fünf, vielleicht zehn Sekunden in einer Art Waffenruhe, in der die Kombattanten erstarrt nach der nächsten in Worthülsen verpackten Munition suchen. Beide schauten sich dabei nicht an. Eine kurze Atempause.

Überraschend ruhig im Tonfall kam dann plötzlich die Stimme des Vaters. „Noah, es ist halt nicht normal, wenn Männer Männer lieben. Und wir, deine Mutter und ich, haben dich auch bestimmt nicht in diese Richtung erzogen." Wieder entstand eine Pause.

Noah seufzte halblaut auf. „Siehst du, Papa", antwortete er jetzt wieder in normaler Lautstärke. „Die Tatsache, dass Finn mein Freund ist und ich heute vielleicht etwas zu viel Bier getrunken habe, gibt mir aber endlich mal den Mut, auch dir die Wahrheit über mich zu verraten. Es ist eben doch normal, wenn Männer Männer lieben!"

„Aber das kann doch nicht –"

„Nein, jetzt rede ich, und du hörst mir gefälligst einmal zu!", unterbrach Noah seinen Vater ruppig. „Wir Schwulen suchen uns das doch nicht aus. Wir haben da keine freie Wahl! Unsere sexuelle Orientierung ist uns auch nicht anerzogen worden oder über uns gekommen wie ein Infekt. Tatsache ist, dass sie uns in die Wiege gelegt wurde. Und es gab sie übrigens auch schon immer ... Und genau deswegen ist Homosexualität auch natürlich und normal! Basta!" Aus seiner angespannten, aufgerichteten Körperhaltung ließ sich der junge Mann nun wieder in seinen Sitz zurückfallen. Es war sein Signal dafür, dass die Luft raus war aus diesem Disput. Rückzug, Ende, kein offenes Ohr mehr.

Zum ersten Mal an diesem Abend schaute der Vater seinen Sohn an. „Noah, ich erkenne dich gar nicht wieder! Ich kann das gar nicht glauben. Du bist doch mein Junge."

Herr Ritter beugte sich zum Beifahrersitz, umarmte mit dem rechten Arm seinen Sohn und zog ihn für zwei Sekunden zu sich. Der ließ es widerstandslos zu.

„Menschenskind, es ist wirklich spät geworden, und heute Nacht werden wir beide keine Probleme mehr lösen." Der Vater startete den Wagen.

Wortlos und jeder in seine Gedanken versunken, machten die beiden sich auf den Weg.

Mittwoch, der 9. September 2015

„Hallo, Mum, ich bin's." Der im Vorbeigehen in die Küche geworfene Satz wurde vom Zuschlagen der Haustür begleitet und vom Poltern eines Rucksacks, der in der Diele auf den Boden flog, abgerundet.

Eine Minute später stand Noah in der Küche. „Mhm, hier riecht's aber lecker", bemerkte er, gab seiner Mutter im Vorbeigehen einen angedeuteten Kuss auf die Wange und rutschte gekonnt auf die Eckbank am Tisch.

„Hallo, mein Lieber." Die Mutter schaute kurz auf. „Ich bin gleich fertig mit Kochen. Habe die Reste der

Kartoffeln von gestern zu Bratkartoffeln gemacht und uns dazu noch Frikadellen in die Pfanne gehauen."

„Oh, supi, danke", kam die schnelle Antwort. Im Nu hatte sich Noah dabei das Tablet von der Fensterbank gegriffen und mit wenigen, schnellen Fingerbewegungen Farbe auf den Bildschirm gezaubert.

„Hey, das ist meins", rief die Mutter. „Aber im Ernst, leg doch mal das Teil weg, ich möchte mich wenigstens beim Essen noch mit dir unterhalten können." Mit diesen Worten platzierte sie einen großen Holzuntersetzer auf der Tischmitte. „Wie war's denn heute bei dir?"

„Ach, Mum. Jetzt haben wir grad erst wieder den dritten Tag Schule nach den Ferien, aber alle Lehrer machen schon wieder einen auf total wichtig, als wäre das Abi schon morgen. Dabei haben wir noch ein Dreivierteljahr Zeit."

„Na ja, die Zeit geht aber auch schnell vorbei. Achtung, heiß!" Mit beiden Händen jonglierte Noahs Mutter die schwere Pfanne auf den Holzuntersetzer. Ihr Sohn stand auf und brachte eine Flasche Sprudelwasser vom Kühlschrank mit. Inzwischen hatte seine Mutter den Herd und die metallisch plärrende Dunstabzugshaube ausgestellt und sich zu ihrem Sohn gesetzt.

„Ahh – erst mal in Ruhe essen!" Er schaute seine Mutter an. Er fand, dass die schlanke Frau vor ihm mit den halblangen, im Nacken hochgesteckten Haaren für ihre dreiundvierzig Jahre immer noch sehr jugendlich wirkte. Ja, für ihn war sie einfach zeitlos schön. Beginnende Falten an den äußeren Augenrändern bezeichnete sie stets als ihre Lachfalten, auf die sie stolz sei.

„Dass das wenigstens mittwochs so gut klappt mit uns ist doch immer wieder schön", begann sie das Gespräch.

„Umso mehr, weil wir uns die letzten Wochen so gut wie gar nicht gesehen haben", antwortete Noah und hielt erwartungsvoll seinen Teller neben die dampfende Pfanne.

„Es war ja auch das erste Mal, dass du fast die ganzen Ferien alleine weg warst", entgegnete seine Mutter mit kritischem Unterton und gab ihrem Sohn Fleisch und Bratkartoffeln auf den Teller.

„Ich war doch gar nicht alleine weg. Die drei Wochen mit Finn in Südfrankreich waren echt geil!"

„Ach, du weißt schon, wie ich das meine mit alleine. Letztes Jahr warst du wenigstens noch zwei Wochen mit uns an der Adriaküste. Das hättest du ja auch dieses Jahr wieder haben können." Sie gab sich eine kleine Portion Kartoffel auf den Teller, garniert mit Noahs „Guten Apo". Sie schien einen Moment innezuhalten. Mit aufgepflanztem Besteck in beiden Fäusten, den dampfenden Teller flankierend, saß sie für einen Moment ruhig und aufrecht da, zischte kurz durch die Vorderzähne, ließ dem ein leises „Bum" folgen und begann so, als hätte sie diese kleine Inszenierung nur für sich selbst gestaltet, mit dem Essen.

„Wir hatten dich ja in den Urlaub eingeladen. Aber dann hast du ja genau zum Ferienbeginn bei deinem Vater die Bombe platzen lassen. Aber es war auch gut, dass das Versteck spielen zu Hause damit endlich aufgehört hat."

„Mhm, ich habe auch in der Schule ...", Noah musste seine Rede bei vollem Mund unterbrechen und wiederholte den Satz, nachdem er den Mund geleert hatte. „Wollte sagen: Ich habe auch in der Schule mit Versteckspielen aufgehört. Die können ruhig wissen, dass ich schwul bin."

„Wieso denn das? Du musst immer auch damit rechnen, dass ein Teil deiner Mitschüler und sogar Lehrer bei diesem Thema so ihre Vorurteile haben. Das könnte dir auf Dauer schaden. Also tu mir bitte den Gefallen und exponiere dich nicht mehr als unbedingt nötig."

„Also Mutter, so kenne ich dich ja gar nicht." Noah legte sein Besteck an den Tellerrand und lehnte sich zurück. „Du bist doch sonst auch immer eine Frau der klaren Worte. Also, heute war Finn bei mir in der Schule. Er brauchte seinen Perso, den ich seit dem Urlaub noch bei mir hatte. Er sah wirklich toll aus in seiner Flugbegleiteruniform. Die anderen haben dann zwar ganz schön gestaunt, als wir beide Hand in Hand den Flur runtergegangen sind und ich ihn demonstrativ am Hoftor geküsst habe. Aber was soll ich dir sagen? Keiner, wirklich keiner hat etwas gesagt!"

Jetzt war es die Mutter, die ihr Essen unterbrach. Etwas hastig füllte sie sich Wasser in ihr Glas und nahm einen tiefen Schluck. Vielleicht eine Spur zu fest stellte sie das Gefäß auf den Tisch zurück. „Warum nur machst du so etwas?", fragte sie mit einem ärgerlichen Unterton. „Willst du unbedingt zur Zielscheibe werden, oder meinst du, dass du zu größerer Toleranz beiträgst, wenn du dich so verhältst?"

„He, Mum, keep cool! Meine Schule kann ruhig wissen, dass ich homosexuell bin. Und wenn einer die Diskussion sucht, bin ich darauf vorbereitet. Finn und ich haben uns im Urlaub lange darüber unterhalten, was wir unter einem selbstbewussten Auftreten unserer Gruppe verstehen."

Noah ließ behände eine weitere Frikadelle aus der Pfanne auf seinen Teller wechseln, bevor er weitersprach.

„Mum, mal ehrlich: Während meines Austauschjahrs in Kalifornien war es für mich viel wichtiger, mich anzupassen und nicht aufzufallen. Da wusste ich nie, wie die so drauf waren. Abgesehen davon, dass ich mit meinen Gasteltern nie über Sex und so gesprochen habe, stand mir ja mein Coming out auch noch bevor. Aber selbst wenn ich es schon gehabt hätte, hätte ich es in USA nie gewagt, mich zu outen. In einigen Bundesstaaten werden die Antidiskriminierungsgesetze aus Washington bis heute nicht umgesetzt. Einmal wurde ich Zeuge einer extrem kontroversen Diskussion an der Highschool, als der Film ‚Brokeback Mountain' gezeigt wurde. Da war ich am Ende froh, nicht in die anschließende Schlägerei verwickelt worden zu sein! Das Gedankengut der konservativen Amerikaner willst du dir nicht wirklich vorstellen."

Noah schüttelte den Kopf und ließ das Besteck auf seinen inzwischen leeren Teller fallen. Noch in seinen Erinnerungen verfangen, lehnte er sich auf der Eckbank zurück. Er rülpste leise, was ihm einen tadelnden Blick seiner Mutter einbrachte.

„War wie immer richtig lecker", sagte er und klopfte sich mit beiden Händen beidseits leicht auf den Bauch. „Ein Nachtisch würde aber schon noch reinpassen", stellte er in den Raum.

Seine Mutter zeigte mit dem Kopf in Richtung Kühlschrank. „Da gibt es noch kleine Portionen Fertigeis", gab sie ihm noch mit auf den Weg, doch da stand ihr Junge auch schon wieder vor ihr, mit breitestem Grinsen im Gesicht. Er wedelte mit einem kleinen, bunten Päckchen vor dem Gesicht der Mutter hin und her.

„Wusst ich's doch, dass das Fürsteneis noch im Angebot ist", sagte er freudig und nahm wieder am Tisch Platz. „In meiner Gewichtsklasse kann ich mir so was auch leisten", bemerkte er und begann das Eis auszupacken.

„Ich habe übrigens den Eindruck, dass du langer Kerl über den Sommer sogar etwas abgenommen hast", bemerkte die Mutter.

„Stimmt, ich hatte vor den Ferien noch drei Kilo mehr als heute, aber man bewegt sich halt auch viel mehr."

„Übrigens, Noah", die Mutter stand bei diesen Worten auf und fing an, den Tisch abzudecken. Ich finde es gut, dass du auf die Wettkämpfe im Schützenverein dieses Jahr wegen deines Abiturs verzichtest."

„Was mache ich?" Noahs Antwort klang etwas schrill.

„Na ja", fing die Mutter an, während sie Teller und Pfanne zum Spülstein brachte. „Ich habe das angenommen, weil du in der Anmeldeliste für die Wettkämpfe im Herbst im 25-Meter-Speedschießen nicht gemeldet bist, obwohl du doch in der letzten Saison als Zweitbester in unserem Verein abgeschnitten hast. Papa hat die Listen von Dolli, ich meine von Herrn Doll, erhalten und hat sich auch gewundert. Aber dann hat euer Trainer deinem Papa erklärt, dass du wohl vergessen hättest, deine Teilnahme am Wettbewerb zu bestätigen. Und so hätten sie alle angenommen, dass du wegen des Abiturs nicht teilnehmen wolltest."

„Das soll wohl ein Scherz sein, oder?" Noahs Stimme klang verunsichert, nachdenklich. „Die letzten zwei Jahre hat Dolli nie von mir verlangt, dass ich ihm meine Teilnahme an den Herbstwettkämpfen noch einmal extra in den Sommerferien bestätige. Und ein Platz unter den ersten Dreien hat bisher auch immer für die Teilnahme gereicht. Da war man automatisch dabei! Na, der wird mich kennenlernen. Am besten ruf ich ihn gleich mal an."

„Kühl erst mal ab, Junge. Außerdem ist noch Mittagszeit. Da ruft man nicht bei den Leuten an. Hilf mir lieber mal beim Abtrocknen." Sie warf das Handtuch in Richtung Tisch. Kraftlos war dieses aber schon nach zwei Metern zu Boden gesunken.

Murrend erhob sich Noah von der Eckbank, las das Tuch auf und fing an, das Geschirr abzutrocknen. Erst ganz am Ende des Vorgangs, den seine Mutter und er wortlos und irgendwie mechanisch ausführten, knurrte er halblaut vor sich hin: „Der Dolli kann sich warm anziehen."

Sonntag, der 4. Oktober 2015

Es war einer dieser trüben Oktobertage, die man meistens schnell aus der Erinnerung verdrängt. Es sei denn, dieser unauffällige, blass-neblige Hintergrund wird von einem grellen Ereignis überstrahlt, das sich einbrennt und den Tag unvergesslich macht.

Seit Anfang des Monats hatte sich die Sonne nicht mehr in der Mainebene gezeigt, und ständig wurde im Radio betont, dass das grauweiße Wetter wahrscheinlich noch mindestens eine weitere Woche anhalten würde. Obwohl er an diesem Sonntag zu Hause Mittagstisch mit seinen Eltern hätte „buchen" können, hatte Noah es vorgezogen, sich mit Finn bereits mittags in dessen Wohnung in Mörfelden-Walldorf zu verabreden.

Noah freute sich auf Finn, den er schon seit einer ganzen Woche nicht mehr gesehen hatte und der erst gestern von seinem letzten Flug aus Orlando, Florida, zurückgekommen war. Noah selbst hatte die Woche genutzt und wirklich intensiv für die Schule gearbeitet. Seine Hausarbeit in Englisch über das Leben des amerikanischen Schriftstellers Jack London hatte er in dieser Zeit fast komplett fertiggestellt.

Gut gelaunt hatte er um 12.00 Uhr die S-Bahn von Friedrichsdorf zum Hauptbahnhof Frankfurt bestiegen. Dort hatte er sich, um eine erste Hungerattacke abzuwehren, am Kiosk ein Schokocroissant gegönnt (das Sonntagsfrühstück mit seinen Eltern hatte er leider verschlafen). Rechtzeitig war er am Bahnsteig zurück, um in die nächste S7 in Richtung Riedstadt-Goddelau zu steigen. Knapp zwanzig Minuten später stieg er in Walldorf aus. Ein wenig war er schon enttäuscht, nicht das vertraute Gesicht seines Freundes unter den Menschen am Bahnhof ausmachen zu können. Bei seinen letzten Besuchen hatte Finn ihn meistens schon dort abgeholt und dann vor der kleinen Kirschlorbeerhecke gewartet, die den Fahrradständer neben dem Hauptzugang zum Bahnsteig flankierte. Noah schulterte seinen kleinen Rucksack und machte sich auf den kurzen Fußweg in Richtung Platanenallee.

Mit freudigem Herzklopfen drückte er die Klingel. Wie von Geisterhand öffnete sich die Haustüre und in knapp zwanzig Sekunden war Noah die Treppe hinauf in den ersten Stock gesprungen.

Die Wohnungstür stand leicht offen. Noah hörte gedämpfte Musik, die aus dem Wohnzimmer zu kommen schien.

„Hallo – Finn?", rief er noch etwas außer Atem, als dieser auch schon vor ihm stand. Noah fiel ihm um den

Hals. Nach einem ersten Kuss, der ihm kraftloser als sonst erschien, fiel ihm plötzlich auf, wieso Finn ihm bei der Begrüßung verändert vorgekommen war. Sie waren nicht alleine. Noah war auf der Stelle beeindruckt vom Erscheinungsbild des Besuchers. Wie ein Titelbild aus „Men's Health" stand er da. Wuchtig, lässig und einfach nur schön. Er füllte den kleinen Flur fast alleine aus. Mit nacktem Oberkörper und nackten Füßen unter modischen Jeans, die strähnig blonden Haare mähnenartig nach hinten gekämmt, stand er mitten im Licht des Decken-Spotlights das die Wirkung seines makellosen Körpers eindrucksvoll unterstrich. Ein Modellathlet, zwar gut zehn Zentimeter kleiner als Noah, aber kompakter und mit deutlich besser trainierten Muskeln. Neben ihm kam sich Noah direkt schmächtig vor. Finn schob Noah von sich und beantwortete die unausgesprochene Frage.

„Oh, das ist Dimitri aus Hamburg, ein Kollege, mit dem ich jetzt auf dem Flug in Orlando war. Wir haben heute früh noch gemeinsam im Skyline-Gym am Flughafen trainiert. Du musst nämlich wissen: Dimitri ist nicht nur Flugbegleiter. Er ist auch Fitnesstrainer und man kann wirklich noch eine Menge von ihm lernen. Aber komm doch erst mal richtig rein." Er schloss die Haustür hinter Noah. „Dimitri, das hier ist mein Freund Noah."

Die beiden gaben sich die Hand und tauschten oberflächlich höfliche Floskeln aus. Noah wusste so gar nicht, was er von der Situation halten sollte. Obwohl er nur zwei Jahre jünger war als Finn, hatte er im Moment das Gefühl, ein Kind unter zwei erwachsenen Männern zu sein.

Schneidende Eifersucht machte sich in ihm breit. Wieso überhaupt lief der Typ halbnackt hier durch die Wohnung? Als hätte er Noah die Frage angesehen, erzählte Dimitri von seinem Missgeschick, dass er sich gerade Kaffee auf sein Hemd geschüttet habe. Und tatsächlich hing das gute Stück auch über einem Bügel an der Stehlampe im Wohnzimmer, mit einem mehr als handtellergroßen, feuchten Fleck im zentralen Bereich der aufwendigen Knopfleiste.

Noah lag mit seiner Vorahnung dennoch richtig. Es sollte tatsächlich ein richtiger Scheißtag in Walldorf werden. Dabei hatte er sich so sehr auf das Wiedersehen mit Finn gefreut. Aber mit dem war heute nicht zu reden und seine Begeisterung für alles, was dieser tolle Dimitri von sich gab, ging Noah schnell auf die Nerven. „Dimitri, du hast recht. Das einzige Auto, auf das es sich zu sparen lohnt, ist ein Maserati. Zuerst dachte ich, das sei übertrieben. Aber es ist wirklich nur konsequent. Kein Kompromiss mit Billigscheiß, sondern edel vom Namen bis zur Hutablage ... Apropos: Hut ab, wer so was durchzieht."

„Na, dann weißt du ja auch, warum ich bis heute noch kein Auto besitze", antwortete Noah betont lässig. Er hatte eigentlich schon sehr bald genug davon, sich hier, bei seinem Freund, total unwohl und überflüssig zu fühlen. Und Dimitri, diese beschissene Frohnatur, machte überhaupt keine Anstalten, gehen zu wollen. Im Gegenteil: Er spielte sich noch als großer Kochkünstler auf und fühlte sich in Finns Küche schon nach einer Minute wie zu Hause. Das Schlimme daran: Finn schien Dimitris Kommandos hörig.

Hühnergeschnetzeltes in Thymiansahne mit Kartoffel-Sellerie-Püree sei ja schließlich auch nicht allzu schwierig, kommentierte Noah das so klangvoll angepriesene

Mittagessen und erntete dafür nur ein verständnisloses Kopfschütteln seines Freundes.

Noah war der Appetit vergangen. So rührte er wortkarg und lustlos im Essen, salzte kräftig nach und ließ zum Schluss demonstrativ den halbvollen Teller stehen. Er murmelte noch etwas von Hausarbeit und frühem Aufstehen am nächsten Tag, aber das schien schon niemanden mehr so richtig zu interessieren.

Knapp vier Stunden nach seinem Eintreffen in Walldorf stand er, total gefrustet, wieder am Bahnhof, diesmal auf der anderen Seite der Gleise. Am Frankfurter Hauptbahnhof hatte er danach noch reichlich Zeit bis zur Abfahrt seiner S5, die er, um sich abzulenken, im riesigen Bahnhofsbuchladen mit dem Durchblättern von Zeitschriften verbrachte. Beinahe hätte er deswegen noch den Anschluss seiner S-Bahn nach Friedrichsdorf verpasst, in die er gerade noch auf den letzten Drücker hineinschlüpfen konnte. Er machte sich auf den Weg durch die fast leeren Abteile in Richtung Zuganfang, um an der Endstation einen kürzeren Weg zum Ausgang zu haben. „Welch ein Unterschied zu den Wochentagen", dachte er. „Da sind selbst die Langzüge um diese Uhrzeit proppenvoll und ein Sitzplatz kaum zu ergattern."

Eine Gruppe von vier jungen Männern kam ihm auf dem Gang entgegen. Den groß gewachsenen Jungen, der vorwegging, kannte er vom Sehen. Der war auch Schüler an seinem Gymnasium. Es war Jens aus der 12 C. Er nickte ihm grüßend zu und wollte an ihm vorbeigehen. Doch genau in diesem Moment rempelte der ihn extra fest mit der Schulter an, sodass Noah beinahe zu Sturz gekommen wäre, wenn er sich nicht gerade noch an einer Sitzlehne hätte abfangen können. „Leck mich, Mann!", entfuhr es ihm. „Was soll das denn?"

Der Rempler war stehen geblieben und drehte sich zu seinen Kumpels um. „Habt ihr das gehört? Unsere kleine Schulschwuchtel hier meint wohl, dass wir auch zu seinem Club gehören. Der hat tatsächlich ‚Leck mich' zu mir gesagt. Das sollte wohl ne Anmache sein, was?"

„Was soll das jetzt, Jens?" Noahs Frage klang verunsichert. Er wollte seinen Weg fortsetzen, doch Jens versperrte ihm mit höhnischem Grinsen den Durchgang.

„Lasst mich doch bitte mal vorbei, ich habe euch nichts getan", versuchte Noah jetzt betont höflich, die Situation zu deeskalieren. Doch Jens, der offensichtliche Wortführer, war heute auf Krawall gebürstet.

„Das ist ja wohl der Gipfel der Unverfrorenheit. Die schwule Sau rempelt sich hier durch den Zug und entschuldigt sich nicht mal." Er stieß Noah vor die Brust, sodass der vom Gang zwischen die Sitzreihen zurückgedrängt wurde. Er war in der Falle.

„Scheiße!", dachte Noah bei sich. „Mal wieder kein Mensch da, der mir helfen könnte." Laut sagte er: „Mensch Jens, es tut mir leid, aber ich such heute eigentlich keinen Streit", und wollte zurück auf den Gang. Aber der Rädelsführer baute sich breitbeinig vor ihm auf und verschränkte jetzt beide Arme vor der Brust.

„Aber hallo, du drängelst ja schon wieder", bemerkte er höhnisch und schaute sich in der Runde um. „Ihr seid meine Zeugen, der schwule Spast hier provoziert schon wieder mächtig, oder?" Es ertönte zustimmendes Gelächter.

„Man sollte ihm mal den Arsch aufreißen, oder? Dass der hier nicht so ne dicke Lippe riskiert", gab ein zweiter mit ausgeprägtem Pickelgesicht zum Besten.

Der schmächtigste aus der Clique, der eine geöffnete Dose Bier in der Hand hielt, mischte sich auch noch stotternd ein. „A-A-Arsch a-a-aufreißen g-g-geht doch g-gar nicht, d-d-der ha-hat ihn ja sch-schon offen, d-d-der ist d-d-och e-e-ein Arschpopper!" Jetzt folgte Gejohle und spottendes Gelächter.

„Entschuldigen Sie, würden Sie mir bitte helfen und einen Zugbegleiter oder die Polizei benachrichtigen?", rief Noah einem älteren Mann zu, der auf dem Gang gerade versuchte, möglichst unauffällig an den Streitenden vorbeizukommen.

Jens drehte sich um und hielt den alten Mann kurzerhand an der Schulter fest. „Wenn du keinen Ärger willst, Opa, lässt du das lieber. Wir regeln hier nur eine Sache unter uns. Der Typ schuldet uns schon seit geraumer Zeit Geld. Also, ab durch die Mitte."

„Na, wenn das so ist", sagte der Mann und machte sich schnell aus dem Staub, die weiteren Hilferufe von Noah ignorierend.

„Okay, Jungs, ihr habt euren Spaß gehabt, aber jetzt würde ich euch bitten –", wollte er es noch einmal versuchen, aber völlig unvermittelt rammte ihm Jens, der noch einen Schritt auf ihn zugegangen war, sein angezogenes rechtes Knie mit voller Wucht in den Unterleib. Ein jäher, lähmender Schmerz, verbunden mit schockartiger Atemnot, stieg in Noahs Körper auf und zwang ihn auf die Knie. Noch während er nach vorne sackte, verspürte er schon die harten Einschläge im Gesicht, die von den

Fäusten seines Gegenübers stammten. Zu echter Verteidigung war er nicht mehr in der Lage. Er war nur noch damit beschäftigt, sich mit den Händen am Boden abzufangen, was ihm aber nur kurz gelang, denn fast zeitgleich zu den Fausthieben an den Kopf fegte ein Tritt von außen gegen sein linkes Ellbogengelenk die letzte Stütze seines fallenden Körpers hinweg. Mit einem dumpfen Knall schlug Noah mit dem Kopf auf den Boden des Abteils. Der Schwerkraft folgend kam sein Körper, anhaltend von Tritten malträtiert, seitlich auf dem Boden zum Liegen.

In typischer Embryonalhaltung, die Arme schützend vor dem Gesicht, wusste Noah hinterher nicht mehr, wie viele Fußtritte er noch hatte aushalten müssen. Er konnte sich nur erinnern, dass die Schläge plötzlich aufhörten und es ruhig um ihn wurde. Der Zug war zum Stehen gekommen und die vier Schläger hatten fluchtartig die S-Bahn verlassen.

„Hallo, hören Sie mich?" Noah versuchte, aufkommendes Stimmengewirr über sich zu ordnen. Doch irgendwie war er noch bewegungsunfähig, auch im Kopf. Sein Gesicht brannte und bei dem Versuch, den linken Arm zu bewegen, durchfuhr ihn ein höllischer Schmerz am Ellenbogen. „Hallo? Hallo!" Im Hintergrund plärrte eine Durchsage mit verzerrter Stimme. „Oberursel Hauptbahnhof. Wegen eines Notfalls … bitte nicht einsteigen!" Und dann wieder ganz nah über sich eine Stimme, die von weit weg zu kommen schien. „Hallo, Sie da!"

Noah versuchte, sich auf die Stimme zu konzentrieren. „Machen Sie doch mal die Augen auf. Können Sie mich hören?" Jemand rüttelte an seiner Schulter.

Er blinzelte vorsichtig nach oben in die grelle Decken-beleuchtung. Schemenhaft erkannte er das Gesicht des alten Mannes wieder, den er vor nicht einmal fünf Minuten um Hilfe gebeten hatte. Vier Männerarme wollten Noah aufhelfen. Sie klopften ihm den Staub von der Jacke, als sei das jetzt wichtig. Sie mussten aber schnell einsehen, dass der Junge weder stehen noch sitzen konnte. So legten sie das entkräftete Opfer, das bei jeder Berührung unter Schmerzen aufstöhnte, wieder auf den Boden.

„Scheiße, tut mir leid, dass wir zu spät gekommen sind", entschuldigte sich der alte Mann mehrfach und nahm dann neben dem Zugbegleiter vor Noah auf der Bank Platz. Er versuchte, ihm mit einem Papiertaschen-tuch das Blut aus dem Gesicht zu wischen, was aber nur schlecht gelang. „Sie schulden den Kerlen doch nicht wirklich Geld?", fragte er nach.

Noah verstand die Frage nicht; genau so wenig, wie er dem Zureden und den Fragen des Zugbegleiters einen Sinn abgewinnen konnte. Eigentlich wollte der sich der sogar Notizen machen, aber nach der zweiten Frage hatte er mit Blick auf Noahs abwesenden Gesichtsausdruck das Fragen eingestellt. Selbst die Schlüsselwörter Polizei und Krankenwagen konnte Noah nicht mehr einordnen. Von einer plötzlichen Übelkeitsattacke heimgesucht, entleerte er seinen Magen würgend auf den Boden des Abteils. Das hielt zumindest die Gaffer auf Distanz, die sich wie in Zeitlupe mit teils neugierigem, aber doch vom Gestank angeekelten Gesichtsausdruck an der Szenerie des Abteils vorbeischoben. Nur der Zugbegleiter und der alte Mann hielten stoisch ihre Stellung. Die besorgte Stimme des Mannes in Uniform durchdrang gebetsmühlenartig die Unruhe im Abteil. „Alles wird gut. Hilfe ist unterwegs."

Noah fing an sich zu wundern, dass die S-Bahn nicht mehr anfuhr. Aber er war einfach zu geschockt und müde, um nachzufragen. Wie lange er so dagelegen hatte, konnte er später auch nicht mehr sagen, nur, dass plötzlich Bewegung in die Szene kam. Die Besatzung des Notarztwagens packte ihn auf eine Liege und fing mit seiner Versorgung an.

Das Brennen auf dem Handrücken spürte er noch, doch dann ließen sie ihn in Ruhe. Trotz Hektik und flackerndem Blaulicht in der aufziehenden Dunkelheit war Noah schon erschöpft eingeschlafen, als er in das Krankenhaus Bad Homburg eingeliefert wurde.

Freitag, der 9. Oktober 2015

Am folgenden Mittwoch war Noah mit der Auflage aus dem Krankenhaus entlassen worden, sich für den Rest der Woche noch zu Hause zu erholen. Die Liste der Diagnosen, von Gehirnerschütterung über Gesichtsprellungen mit Hämatom der linken Augenhöhle und Einblutung in die linke Sklera über Rippenprellungen bis hin zum Gelenkkapseleinriss im linken Ellbogengelenk, sah man ihm noch an. Den linken Arm und den Brustkorb bandagiert, schlich er mehr durch die heimische Wohnung, als dass er lief.

Am liebsten lag er jedoch wortlos auf dem Sofa und zappte sich durch die Fernsehkanäle. Seit dem Überfall war er verändert, vor allem was seine Redebereitschaft betraf. Nur zögerlich hatte er noch im Krankenhaus der Polizei die drängenden Fragen beantwortet.

„Kannten Sie den oder die Täter? Warum, glauben Sie, sind genau Sie zum Opfer geworden?"

Der Kommissar war direkt ein wenig enttäuscht von Noahs Gleichgültigkeit, mit der er auf das optimistische Versprechen reagiert hatte, dass alle Täter in Kürze identifiziert werden könnten. Es gab Videoaufnahmen vom Bahnhofsplatz in Oberursel, auf denen die vier wohl gut zu erkennen waren.

„Ja, und dann?", hatte Noah etwas ratlos zurückgefragt.

„Dann wird es zu einer Gegenüberstellung kommen und anschließend zu einem Gerichtsverfahren und dann hoffentlich zu einer Verurteilung dieser Rowdies, Herr Ritter. Die Tat selbst wurde zwar filmisch nicht belegt, aber Sie haben ja diesen älteren Herrn als Zeugen benannt. Zusammen mit den ärztlichen Diagnosen sollte das für eine Verurteilung ausreichen."

In seiner Schule hatte die Nachricht vom Überfall auf Noah schnell die Runde gemacht und für hohe Wellen der Empörung gesorgt. Bevor jedoch wahre Fakten zumindest teilweise bekannt wurden, brodelte es auch schon in der Gerüchteküche. Noah war überrascht, was ihm alles auf sein Handy gesendet wurde.

Angeblich hatte eine Gang von Asylbewerbern die teure Markenjacke und das Handy des Opfers abgreifen wollen. Extrem schnell wurden erste Vermutungen über alle verfügbaren sozialen Medien verbreitet. Das führte dazu, dass Noah, der seinen Facebook-Account schon seit einem halben Jahr nicht mehr besucht hatte, von E-Mails und WhatsApps getrieben, sich diesem Medium erneut zuwandte. Er selbst aber blieb passiv und postete keine Stellungnahmen zu den vielfältigen Meinungsäußerungen.

Selbst als die Täterschaft des deutschen Mitschülers Jens aus der 12 C als Haupttäter heute am Freitag, den 9. Oktober, durch den medienwirksamen Auftritt der Polizei bekannt wurde, die ihn mitten aus dem Unterricht zum Verhör auf die Polizeiwache abholte, war das für viele Menschen immer noch kein Grund, auf Twitter, Facebook und Co. nicht doch noch weiterhin dumpfe ausländerfeindliche Parolen zu verbreiten und nach einer Verschärfung der Gesetzte zu rufen. Während die Weltnachrichten vom Krieg in Syrien und dem immer noch anhaltendenden Flüchtlingsstrom über die sogenannte Balkanroute nach Europa berichteten, hatte die lokale Tageszeitung Taunusblitz im Fall des Überfalls auf Noah wegen des unklaren Hintergrunds bei ihm recherchiert.

Der Redakteur hatte nach dem kurzen Interview, das er gestern mit Noah geführt hatte, in der heutigen Ausgabe die groben Zusammenhänge auch weitestgehend richtig dargestellt.

In der Zusammenfassung wurde nun die Schlägerei als eine bedauerliche, weil Alkohol getriggerte Schlägerei unter Jugendlichen bezeichnet, die sich an einem Rempler entzündet habe und deswegen leider eskaliert sei. Der Artikel legte aber noch einmal besonderen Wert auf die Tatsache, dass der Haupttäter ein Deutscher und nur einer der vier Angreifer kroatischer Herkunft gewesen sei und dass ausländerfeindliche Reaktionen auf diesen Zwischenfall damit völlig unangebracht seien.

Noah selbst reagierte auf den ganzen Wirbel um ihn und die Schlägerei äußerlich am gelassensten. Er hatte zufällig ein Gespräch seiner Eltern auf dem Flur mithören können. Darin hatten sich die beiden über ihren Sohn gewundert. Wo sei das kämpferische Element geblieben? Wo sein Zorn und seine Wut? Hatte ihm diese Niederlage den Schneid abgekauft?

Allerdings hatte ihnen Noah auch nichts von Finns Besuch im Krankenhaus erzählt.

* * *

Inzwischen war es Abend geworden. Im Radio hatte Noah schon am Vormittag zuerst von der polizeilichen Vernehmung des Jens B. aus der 12 C erfahren. Aber eine echte Genugtuung darüber konnte er nicht bei sich feststellen. Zu viel war ungewiss.

Er lag auf seinem Bett und starrte an die Decke. Er fühlte sich immer noch müde und antriebslos. Selbst die Entlassung aus dem Krankenhaus vor zwei Tagen hatte seine Stimmung nicht wesentlich verbessert. Sein Vater hatte sich extra frei genommen, um ihn persönlich abzuholen. Darüber hatte er sich wirklich gefreut. Aber seine Sorge um ein mögliches Ende seiner Beziehung zu Finn überlagerte massiv seinen Heilungsprozess. Aber darüber wollte er nicht mit seinen Eltern reden.

Es klopfte an seiner Tür. Noch bevor Noah darauf reagieren konnte, öffnete sich die Türe und sein Vater stand im Zimmer. Er schloss die Tür hinter sich.

„Hallo, mein Lieber, hast du einen Moment für mich?"

Noah schaute auf und nickte einladend mit dem Kopf.

„Also, äh: Noah, lass uns doch bitte noch mal reden. Ich habe immer noch nicht richtig verstanden, wie du in diese Schlägerei hineingeraten konntest."

„Papa, der Jens hat halt was gegen Schwule und wollte seinen Frust an mir auslassen. Welcome to Homophobia, verstehst du?"

„Der Polizei hast du aber nichts von diesem Hintergrund erzählt", wandte der Vater ein.

„Ja, meinst du, die würden mir das glauben, wenn Jens alles abstreitet? Wie könnte ich überhaupt beweisen, dass er von meiner sexuellen Orientierung weiß?" Noah schüttelte den Kopf. „Nein, das ist genau das Gleiche wie mit deinem Freund, dem tollen Herrn Doll, diesem Arschloch!"

„Moment mal! Das ist etwas gänzlich anderes." Noahs Vater ging nach wie vor im Zimmer auf und ab. „Das hat nichts damit zu tun, dass du homosexuell bist. Davon habe ich mich in einem langen, persönlichen Gespräch mit Dolli persönlich überzeugt."

„Und ich, Papa, habe dir danach auch gleich gesagt, dass das eine Verarsche war. Wo der doch die anderen aus der Gruppe ganz klar bevorzugt. Außerdem hat er gegenüber meinen Kumpels entsprechende Bemerkungen gemacht. Sein Verhalten war niemals ein Versehen!"

„Aber er hat versprochen, dass du im nächsten Jahr wieder dabei bist."

„Weil er weiß, dass es von mir aus kein nächstes Mal mehr gibt!", fiel Noah seinem Vater ins Wort. „Entweder, ich hätte jetzt teilgenommen … So bleibe ich bei meinem Austritt aus dem Verein! Weißt du Papa: Jeder erkennt nur das, was er auch erkennen will … weil es ja sonst Konsequenzen hätte."

„Aber du könntest doch noch mal mit der Polizei ...",
fing der Vater erneut an und bewies damit wenig Interesse an der Argumentationslinie seines Sohnes.

„Wie tickst du denn, Papa?" Zum ersten Mal seit Tagen
wurde Noah laut. „Du kommst doch jetzt nicht wirklich
mit dem Vorschlag, dass ich mich erneut outen soll ...
Schaut her, ich bin schwul und habe dafür eine aufs Maul
bekommen? Du spinnst wohl? Was soll sich dadurch
ändern?"

Der Vater war am Fenster stehen geblieben und murmelte halblaut: „Wahrscheinlich hast du recht. Aber eigentlich finde ich es unerträglich, dass mein Sohn wegen seiner
Sexualität verprügelt wurde ..." Er drehte sich um. Beide
Hände waren zu Fäusten geballt, was er selbst gar nicht zu
registrieren schien. „Ach, ich sollte dir übrigens von Mama
ausrichten: In zehn Minuten wollen wir zu Abend essen."
Er machte Lockerungsübungen mit beiden Händen und
verließ verunsichert und zögerlich das Zimmer.

Eine Viertelstunde später saß Noah mit seinen Eltern
am gedeckten Esstisch.

„Sag mal, was sagt eigentlich dein Freund Finn zu dem
ganzen Vorfall?", fragte die Mutter nach, während sie
ihrem Sohn den gefüllten Suppenteller zureichte.

„Na, was soll der schon dazu sagen?" Noahs Antwort
klang irgendwie ratlos.

„Wann hast du ihn denn eigentlich zuletzt gesehen?",
fragte der Vater dazwischen.

„Er hat mich am Montag in der Klinik besucht, bevor er
sich diese Woche wieder auf die Langstrecke in die USA
aufmachen musste. Klar doch: Er findet diese Hohlbrote
auch zum Kotzen, aber es ist nun mal passiert."

„Na, erst mal einen guten Appetit", warf der Vater ein und alle begannen vorsichtig damit, die noch heiße Suppe zu löffeln.

Noah war sich sicher, dass er über den Hauptinhalt seines Gesprächs mit Finn schweigen musste. Seine Enttäuschung über Finn und die bohrende Eifersucht, für die er sich selbst zu hassen begann, hatten die körperlichen Schmerzen fast noch übertroffen.

Die Schlägerei selbst hatte er mit Finn nur kurz angesprochen. Zu drängend waren seine Fragen bezüglich Dimitri gewesen, aber die Antworten, die er daraufhin von Finn bekommen hatte, bestätigten leider seine dunkelsten Vermutungen. Okay, Finn hatte zumindest ehrlich geantwortet. Aber wie er, Noah, diese Situation emotional in den Griff bekommen sollte, wusste er einfach noch nicht.

„He, Junge, schmeckt's dir nicht? Du rührst ja nur in der Suppe rum." Die besorgte Stimme seiner Mutter unterbrach seine Gedanken.

„Doch, doch", stammelte er. „Ist noch zu heiß, aber wirklich lecker, wie immer!" In seinem Bemühen, konzentrierter zuzuhören, fiel Noah plötzlich auf, dass es ruhiger war hier. Viel ruhiger als sonst.

„Mum, ist dein Radio kaputt?", fragte er irritiert nach.

„Nein, aber irgendwie ist mir der Gute-Laune-Sender mit seinem banalen Mist heute auf den Nerv gegangen. Und außerdem wollen dein Vater und ich ja mal in Ruhe mit dir reden." Sie schaute ihr Gegenüber erwartungsvoll an.

Noahs Vater hüstelte kurz und legte den Esslöffel akkurat neben seinen Teller. „Ja, also, deine Mutter und ich, äh, wir haben, also ... wir dachten dann mal ..." Er holte tief Luft. „Lad doch deinen Freund am Wochenende einfach mal hierher zu uns ein." Noah kannte diese Haltung bei seinem Vater. Der saß betont aufrecht am Tisch mit einer Mine der personifizierten Erwartung. Er schien die Luft anzuhalten, um mit dem nächsten Atemzug in die zustimmende Begeisterung des Sohnes mit einstimmen zu können.

Wenn er aber gehofft hatte, dass seine Worte den Sohn aufmuntern würden, so musste er sich jetzt doch enttäuscht sehen. Noahs eher trockenes „Oh Mann", ließ den Vater laut ausatmen und mit einem enttäuschten „Ooch" zusammensinken. „Irgendwie ist die Luft raus aus dieser ,tollen Überraschung'", dachte Noah.

Ja, vor einer Woche hätte er sich vermutlich noch sehr über diese erste Einladung gefreut. Aber inzwischen wusste er nicht einmal mehr selbst, ob er Finn am Wochenende überhaupt noch sprechen wollte. Zu verletzt war er noch wegen Dimitri. „Danke, Papa", murmelte er halblaut, „aber ich glaube, dass Finn erst wieder am Sonntagabend heimkommt. Vielleicht später mal." Er fing an, die fast schon kalte Suppe zu löffeln.

„Wir haben deinen Freund ja auch noch nie so richtig kennenlernen können. Er hat dich ja immer nur kurz hier abgeholt. Wäre doch schön, man würde sich als Familie auch einmal zusammensetzen." Noahs Mutter schaute ihren Sohn erwartungsvoll an. Der nickte zustimmend mit vollem Mund, vermied jedoch den Blickkontakt mit seinen Eltern.

„Na, Begeisterung sieht anders aus", fügte der Vater mit sarkastischem Tonfall hinzu und hielt seinen leeren Teller in die Tischmitte. „Schmeckt wirklich lecker. Ich nehme gern noch einen Nachschlag, Theresa."

Die Mutter füllte ihrem Mann erneut den Teller. „Was ist mit dir?", fragte sie in Richtung Noah und ein leicht gereizter Unterton war nicht zu überhören.

„Danke, ich hab genug …"

Noahs Mutter atmete hörbar durch und legte die Kelle vorsichtig beiseite..

„Das war übrigens eine offizielle Einladung deines Freundes, falls du es nicht gemerkt haben solltest." Noahs Vater füllte mit schneidender Stimme, um Contenance bemüht, die entstandene Pause. „Das habe ich extra mit Mutti abgesprochen. Jetzt lass dich halt mal auch nicht so hängen! Frag Finn einfach, wann er Zeit und Lust hat, sich auch einmal mit uns zu treffen."

„Ja, danke, mach ich", gab Noah spröde zur Antwort. Die Eltern schauten sich etwas enttäuscht an. Aber sollte er vielleicht mit der ganzen Wahrheit rausrücken, nach dem Motto: Finn vögelt zwar mit diesem Dimitri, aber er liebt nur mich! Nein! Es gab Dinge, die musste er erst einmal mit sich selbst ausmachen.

„Übrigens, es ist auch noch ein Nachtisch im Kühlschrank. Na, wie wär's denn mit einem kleinen Fürsteneis?" Die Stimme der Mutter sollte verführerisch klingen.

„Ach, nein danke. Im Moment habe ich nicht so den Hunger drauf. Bin wirklich satt." Noah erhob sich vom Tisch und zog sich in sein Zimmer zurück. Was die Eltern noch tuschelten, wollte er einfach nicht mehr hören.

Dienstag, der 13.10.2015

Seit gestern war Noah wieder in der Schule und viele Mitschüler hatten ihrer Freude Ausdruck verliehen, dass er wieder gesund zurück war. Neugierige Fragen hatte keiner gestellt und schon einen Tag später, am heutigen Dienstag, schien fast schon wieder völlige Normalität eingetreten zu sein. Der Fokus der Aufmerksamkeit in Klasse 13 schien wieder zu einhundert Prozent auf das bevorstehende Abitur gerichtet. Umso mehr wunderte sich Noah, dass ihn zu Beginn der ersten großen Pause die Schulsozialarbeiterin vor seinem Klassenraum abpasste.

Er kannte die junge, hübsche Frau Ende zwanzig mit der modischen Kurzhaarfrisur und dem meist freundlichen Lächeln vom Sehen. Sie schien auf ihn gewartet zu haben. Während er noch in der drögen Menge der Schüler aus dem Klassenraum trödelte, trat sie einen Schritt nach vorne und schob ihn sanft mit einer Hand an der Schulter aus dem Strom der Vorbeiziehenden. „Sie sind doch Noah Ritter?", kommentierte sie ihren Selektionsvorgang und reichte dem überraschten Schüler zur Begrüßung die Hand.

Noahs Nicken folgte ein „Hallo, ich bin Leonie Demuth, die Schulsozialarbeiterin. Haben Sie vielleicht einmal ganz kurz Zeit für mich?" Noah nickte ein weiteres Mal.

Und während er noch unentschlossen neben Frau Demuth auf dem Flur stand, bummelte gerade der letzte Mitschüler auf den Flur. „Lassen Sie uns doch zurück in den Klassenraum gehen", schlug sie vor.

Wortlos ging Noah vor ihr her und blieb etwas unschlüssig neben dem Lehrerpult stehen. Die junge Frau schloss hinter ihm die Tür und machte sich sofort daran, die zwei großen Fenster an der dem Eingang gegenüberliegenden Seite zu öffnen. Sie drehte sich zu Noah um und nahm auf einer der Fensterbänke Platz.

„Wow, Frischluft ist hier wirklich nötig. Tut gut. Sie können sich natürlich auch gerne setzen", fügte sie hinzu.

„Ich will es kurz machen", begann sie erneut, weil Noah, der sich inzwischen an das Lehrerpult gesetzt hatte, keine Anstalten machte, das Gespräch zum Laufen zu bringen. „Ich habe natürlich mitbekommen, dass Sie in diese Schlägerei mit Jens aus der 12 C verwickelt waren. Nur sind mir die Hintergründe dieses Vorfalls noch unklar. Können Sie mir da vielleicht weiterhelfen? Warum kam es eigentlich zu dieser Schlägerei?"

Noah räusperte sich. „Na ja, der Jens und die anderen waren ziemlich betrunken und da war ich halt der Dumme, der in der S-Bahn ihren Frust abgekriegt hat. Ich hatte aber auch, um ehrlich zu sein, nicht mit einer Aggression von diesem Ausmaß gerechnet."

Die junge Frau rutschte von der Fensterbank und ging einen Schritt auf Noah zu. „Nun, äh, es hält sich hier in der Schülerschaft doch hartnäckig das Gerücht, dass die Schlägerei einen homophoben Hintergrund gehabt habe."

„Ach, ich weiß nicht ..." Noah zögerte mit der Antwort.

„Also: Fakt ist ja wohl, dass Jens weiß, dass Sie homosexuell sind, und es auch überall entsprechend herumposaunt und dazu abfällig kommentiert."

„Er ist eben ein Arsch!"

„Und dabei wollen Sie es belassen?"

„Na, was soll ich denn tun? Es läuft doch schon eine Anzeige gegen ihn. Reicht das nicht?"

„Wir könnten versuchen, ein persönliches, klärendes Gespräch zwischen Jens und Ihnen zu veranlassen", gab Frau Demuth zu bedenken.

„Bei dem ich dann der Vorzeigeschwule sein soll, was? Welcome to Homophobia? Nein, danke! Da mach ich auf keinen Fall mit!" Noah lachte sarkastisch und erhob sich. „Außerdem wird er ohne seinen Anwalt gar nichts mehr sagen, hat er gegenüber Klassenkameraden verlauten lassen."

Frau Demuth ging mit beruhigender Gestik einen weiteren Schritt auf Noah zu. „Dafür tönt er aber noch lautstark durch die Schule. Aber okay, wenn Sie nicht wollen ... es war ja auch nur ein Angebot."

Für einen Moment wirkte die junge Frau unentschlossen.

„Ich würde es übrigens für eine tolle Idee halten, einmal einen Vertreter vom Lesben- und Schwulenverband als Redner zum Thema Homosexualität zu engagieren. Eine Rede, die zum Beispiel die Ursachen von Homophobie oder die tägliche Diskriminierung der Homosexuellen in unserem doch eigentlich liberalen Land zum Inhalt hätte. Ihre Prügelei würde dabei gar nicht erwähnt werden. Bin zurzeit deswegen sogar schon in Verhandlungen mit Ihrem Direktor und entsprechenden Stellen. Ist aber alles nicht so einfach. ..."

Noah, der inzwischen wieder am Lehrerpult Platz genommen hatte, sah unentschlossen aus. „Wissen Sie", begann er mit leiser Stimme „ich habe mich nach meinen Erfahrungen der letzten Wochen entschlossen, mich nirgendwo mehr als Schwuler zu outen. Ich musste leider erkennen, dass meine Erwartungen an die Akzeptanz dieser Tatsache in unserer Gesellschaft in den meisten Fällen eben doch bitter enttäuscht wurden."

„Und gerade deswegen muss man für diese Akzeptanz kämpfen. Und nicht den Proleten und Populisten das

Feld überlassen!", stellte die Sozialarbeiterin engagiert dagegen. „Wie sonst können wir verhindern, dass die Auswüchse der Homophobie, wie Sie sie haben erleben müssen, wieder und wieder passieren?"

„Na, dann veranstalten Sie halt, was Sie glauben, veranstalten zu müssen, Frau Demuth. Ich für meinen Teil weiß übrigens, wie ich mich in Zukunft selbst schütze", sagte Noah hintergründig, erhob sich schwerfällig von seinem Stuhl und verließ grußlos das Klassenzimmer.

Die Sozialarbeiterin seufzte hörbar auf und murmelte vor sich hin: „Welcome to Homophobia, kein schlechter Titel."

Freitag, der 30. Oktober 2015. Herbstferien

„Wir schaffen das! Wir schaffen das!" Begleitet vom lärmenden Gelächter einer Gruppe Jugendlicher, das vom schrillen Schleifen der durchgebrochenen Vorderachse eines Einkaufswagens auf dem Betonboden untermalt wurde, kam plötzlich Leben auf den sonst nur mit gedämpftem Verkehrslärm erfüllten den Parkplatz vor dem Supermarkt.

Bei genauem Hinsehen bemerkte Noah, dass nicht nur die Vorderachse in der Mitte gebrochen war, sondern dass die Vorderräder des scheppernden und jammernden Wägelchens darüber hinaus gänzlich fehlten. Deswegen mussten die zwei jungen Mädels am Griff des Gefährts beim Schieben auch erhebliche Kraft aufwenden, umso mehr, als in dem Wagen eine weitere junge Frau auf einem Bierkasten sitzend mitfuhr. „He, he, wir schaffen das! Weiter so!", kam es anfeuernd von der Bierkastenreiterin, während sich die ganze Truppe auf einen alten Kombi in der Parkplatzmitte zubewegte.

Noah musste schmunzeln. Die hatten wirklich gute Stimmung. Er erkannte Klara, ein Mädchen aus seiner Parallelklasse, die sich am linken Rand des Gefährts festhielt, um es dabei weiter nach vorne zu zerren. Er stellte seinen übervollen Einkaufskorb neben dem Auto seines Vaters ab und beobachtete amüsiert das Treiben. Als Klara ihn wahrnahm, ließ sie den Einkaufswagen los und rannte zu Noahs Überraschung die kurze Strecke auf ihn zu.

Sie baute sich lachend vor ihm auf und stemmte beide Hände in die Hüften. Sie war eine groß gewachsene, schlanke junge Frau mit flachsblondem, kurz und stufig geschnittenem Haar. Noahs Blick fiel auf die Tätowierungen, die sich an beiden Halsseiten bis jeweils hinter den Ohransatz aus dem T-Shirt-Rand kommend über die Schultern emporrankten. „Echt geile Tribals, voll mutig", dachte er bei sich. Mehrere kleine Ohrringe in beiden Ohren sowie ein Piercing des rechten Nasenflügels gaben der jungen Frau ein recht martialisches Aussehen. Dazu passte auch die schwarze Lederhose über fetten Springerstiefeln, wie auch der weit geschnittene, blauschwarz gestreifte, dicke Wollpullover, der mit seinem auffallend breiten Ausschnitt den Blick auf die T-Shirt-Träger und die Hals-Tattoos freigab.

„Hey, Noah, wie geht's dir? Wir feiern den Sieg unserer Fußballmannschaft vom letzten Wochenende. Da haben wir überraschend gegen den Tabellenführer und haushohen Favoriten gewonnen und können so wohl noch den Abstieg vermeiden. Und jetzt gibt's deswegen Freibier und wenn du Lust hast, im Fußballerheim mitzufeiern, würde ich mich wirklich sehr freuen. Ich reserviere dir auch ein Grillwürstchen." Sie atmete tief durch und Noah konnte nicht entscheiden, ob das wegen der körperlichen Anstrengung oder aus Überwindung, ihn anzusprechen, geschah. Er freute sich über die Einladung der extravaganten und trotzdem für seine Begriffe hübschen Frau, die er aus einigen gemeinsamen Kursstunden des letzten Jahrs oberflächlich kannte. Er erinnerte sich noch gut an eine lebhafte Diskussion mit ihr im Ethikkurs. Damals war es um Cybermobbing gegangen, und das Thema schien Klara am Herzen gelegen zu haben. Außerdem hatte sie beim letzten Schulfest mit ihrer Band groß aufgespielt. „Also, was ist jetzt?", unterbrach sie seine Gedanken.

„Äh, ich wusste gar nicht, dass du kickst."

Klara zuckte nur mit den Schultern.

„Ja, okay, ich bring erst noch kurz den Einkauf nach Hause. Mein alter Herr wartet auf seine Karre hier." Noah zeigte mit dem Kopf in Richtung Auto. „Ich komme dann mit dem Rad nach", gab er kurzentschlossen zur Antwort.

Für seine Zusage erntete er ein breites Lächeln seines Gegenübers, und mit einem kurzen „Ich freu mich!" war Klara auch schon wieder in Richtung ihrer lärmenden Freundinnen unterwegs. Noah wusste, dass die Entfernung von seinem Elternhaus bis zum Sportplatz, der ganz in der Nähe des Schützenheims lag, mindestens fünf Kilometer betrug. Da war das Fahrrad trotz des miesen Wetters und der einbrechenden Dunkelheit angesagt.

Noah hatte plötzlich Lust bekommen, sich mal wieder unter Leute zu begeben.

***

Erst gut eine Stunde später traf er im Sportlerheim am Fußballplatz ein. Er war froh über seine LED-Lampe am Fahrrad, die ihm durch die dunkle, enge Straße im Wald den Weg gewiesen hatte. Er dachte an Finn. Was den anging, so fühlte er sich immer noch in einer Achterbahn der Gefühle. Auf der einen Seite freute er sich sehr darauf, Finn in zwei Tagen endlich wiederzusehen. Aber da war noch eine Rechnung offen. So einfach wollte er jedenfalls nicht gleich wieder zur Tagesordnung übergehen. Ob er die Partnerschaft mit Finn nicht besser beenden sollte? Über diese Frage hatte er sich schon mehrfach den Kopf zerbrochen, ohne zu einem befriedigenden Ergebnis gekommen zu sein. Sein wellenförmig an- und abschwellendes Gefühl von Kränkung und Ohnmacht hatte bisher jedenfalls noch nicht dazu geführt, das Fundament seiner Liebe zu Finn vollständig zu erodieren. Er wusste nicht, wie es weitergehen würde. Er würde auf alle Fälle seine Reaktion von der Finns abhängig machen. Es war halt eine Scheißsituation!

„Da bist du ja endlich!" Klaras Stimme riss ihn aus seiner Grübelei. Sie schien vor dem Sportlerheim auf ihn gewartet zu haben. Noah sicherte sein Rad am Laternenmast, dessen ziemlich funzelige Lampe den Eingangsbereich des Fußballerheims in ein fahles Gelb tauchte. Er steckte die LED-Lampe in seine Jackentasche. Klara ergriff sein Handgelenk und zog ihn in das überheizte Sportlerheim. „Ich musste dein Würstchen schon unter Einsatz meiner Gesundheit verteidigen", flachste sie. „Es wird jetzt leider so kalt sein wie der Kartoffelsalat, den es dazu gibt." Ungeduldig zog die junge Frau Noah durch die Menge der meist mit einem Bier bewaffneten

Frauen und Männer, die die warme Stube eng gedrängt bevölkerte.

Einige Bekannte begrüßte Noah persönlich mit flüchtigem Handschlag. Wieder andere mit kurzem Schulterklopfen oder nur durch ein Zunicken über die Distanz. An der Stirnwand des Raumes angekommen, ließ sich Klara am Ausschank zwei frische Bierflaschen geben und fragte nach ihrem reservierten Würstchen. Beide drängelten sich nun an eine Sitzgarnitur. Klara zwängte sich in eine kleine Banklücke links neben Noah, die so eng war, dass sie nur ein Bein über die Bank schieben konnte und so gezwungen war, im Reitersitz seitlich neben Noah zu sitzen. Der Geräuschpegel war hoch und nachdem Noah mit Klara angestoßen hatte, machte er sich über sein Würstchen her.

„Da hinten, mit der roten Kappe, ist unsere Torschützin vom letzten Wochenende." Noah nickte. „Wir lagen zwei zu null hinten – auf dem eigenen Platz, und das schon zur Pause!" Sie rief es Noah so laut ins rechte Ohr, dass er erschrocken mit dem Kopf zur anderen Seite auswich, und ihr mit vollem Mund gestikulierte, dass er sie gut hören könne. „Oh, Entschuldigung! Aber dann haben wir das Spiel noch gedreht. Ein lupenreiner Hattrick!" Noah nickte und hob sein Bierglas zustimmend in die Höhe. „Und der Siegtreffer fiel erst in der Nachspielzeit. Mannomann, da muss man schon Nerven haben!"

Noah sah sich genötigt, auch mal etwas zur Unterhaltung beizutragen. „Ja, und wer hat dann das Bier gesponsert?"

„Na, der erste Kasten kam vom Trainer und da haben sich andere auch nicht lumpen lassen."

Noah hatte seinen Pappteller geleert. Darauf schien Klara nur gewartet zu haben. „Ist zu eng hier und zu laut! Wollen wir einen Moment vor die Tür?" Noah nickte, worauf sie sich mit ihren Flaschen in der Hand wieder ihren Weg nach draußen bahnten.

„Ganz schön voll bei euch", konstatierte Noah, nachdem sie draußen angekommen waren.

„Ja, heute, wo es Bier umsonst gibt, da sind viele da, die sich hier sonst nicht blicken lassen."

„Stimmt, ich zum Beispiel", konterte Noah die Aussage und schickte ein markiges „Prost!" hinterher.

„Nein, dich meine ich nicht."

„Das hoffe ich", lachte Noah. „Ich habe mit Fußball eher wenig am Hut."

„Dann freut es mich umso mehr, dass du gekommen bist. Und, um ehrlich zu sein, wollte ich mich mit dir auch nicht über Fußball unterhalten."

„Aha, das gnädige Fräulein hat also schon ein Thema für unsere Unterhaltung vorgesehen?", versuchte Noah lustig zu wirken.

„Na ja, ich..." Klara schien sich über ihre weiteren Worte plötzlich im Unklaren. „Ich wollte dir eigentlich nur etwas erklären und auch gar nicht groß darüber diskutieren ..."

„Entschuldigung, ich wollte unsere Unterhaltung nicht ins Lächerliche ziehen", schob Noah plötzlich korrigierend nach.

„Ich weiß, ich weiß", entgegnete die junge Frau sofort und schien trotzdem verunsichert. „Also, ich bin ja erst seit einem guten Jahr hier, ich meine, bei uns jetzt an der Schule. Und ich wollte dir erzählen, wie es dazu kam."

„Wahrscheinlich, weil dein alter Herr einen neuen Job hatte? Ist jedenfalls der häufigste Grund für einen Umzug."

„Nö, das war's bei uns nicht, aber ich will dir erst mal was ganz anderes erzählen. Ich wollte dir nämlich einmal ganz deutlich sagen, dass ich dich sehr bewundere."

Noah drehte sich mit fragendem Blick zu Klara. „Du weißt aber schon", setzte er gedehnt zu fragen an.

„... dass du schwul bist? Ja doch, Mann! Und das ist es ja, was ich sagen will. Ich bewundere dich dafür, wie du damit umgehst. Wir alle haben gestaunt, wie souverän du damals deinen Flugkapitän an der Schule verabschiedet hast."

„Er ist kein Kapitän."

„Ist doch scheißegal! Du hast es damals wirklich allen gezeigt."

„Hätte ich mal besser nicht tun sollen. Weißt du, ihr Mädels seid oft die einzigen –", aber schon wieder unterbrach ihn Klara.

„Nein, ich finde deinen Mut nicht als Frau toll, sondern *weil ich so bin wie du!*"

„Was? Du, homo...?" Noah schaute überrascht.

„Jaaa, Mann. Es soll ja schließlich vorkommen, dass auch Frauen homosexuell sind, oder etwa nicht? Jetzt schau doch nicht so entsetzt!"

„Äh, ich schau nicht entsetzt!"

„Mensch, Noah, ich erzähle das auch nicht jedem, aber es war mir schon lange ein Bedürfnis, dass zumindest du es von mir weißt."

Es entstand ein Moment der Stille, in dem beide erst einmal ihre Emotionen wieder einfangen mussten.

„Und was hat das jetzt mit eurem Umzug hierher zu tun?" Noah versuchte, das Gespräch wieder auf einen etwas neutraleren Boden zu bringen.

„Oh Mann, mein Coming-out war langwierig und hat mich ganz schön in Schwierigkeiten gebracht." Klara lachte sarkastisch auf. „Mein Bier ist alle. Wenn du noch Zeit hast, dir die Geschichte in Kurzfassung anzuhören, hole ich uns noch eins."

Noah leerte seine Flasche und übergab sie seinem Gegenüber. „Für Freibier tu ich doch fast alles, und außerdem hast du mich neugierig gemacht. Hier draußen lässt es sich auch wirklich gut aushalten."

Nach drei Minuten war seine Begleiterin wieder da. In jeder Hand ein frisches Bier. „Lass uns doch eine Runde um den Platz drehen", schlug Klara vor. „Beim Herumstehen wird einem so leicht kalt." Die beiden machten sich auf den schmalen, aber befestigten Weg, der den hinter dem Sportlerheim gelegenen Fußballplatz einfasste.

„Das Ganze fing an, als ich so etwa sechzehn Jahre alt war, also vor ziemlich genau vier Jahren. Wir haben in einer Kleinstadt im Süden Deutschlands gewohnt. Damals fing ich an zu bemerken, dass ich irgendwie anders war. Soll heißen, dass ich mich als total unterschiedlich im Vergleich zu den meisten anderen Mädchen in meinem Alter empfunden habe. Und, ehrlich, ich hatte damals noch keinen Schimmer, woran das liegen könnte."

„Ja, Klara, das trifft es wirklich! Ich glaube, dass es so bei den meisten von uns anfängt. Wir Homos merken am Anfang nicht, was wir sind, sondern nur, dass wir anders sind. Gerade im Vergleich zu unseren Cliquen, zu denen wir doch dazugehören wollen."

Noah und Klara gingen langsam nebeneinander her. Die Lampen rund um das Vereinsheim erhellten, wenn auch nur schwach, den Sportplatz und den Weg, auf dem die beiden entlanggingen.

„Entschuldigung, ich hatte dich gerade unterbrochen."

„Ja, weißt du: Meine Freundinnen fingen dann an, sich für Jungs zu interessieren. Sie haben sich aufgebrezelt, wann immer es ging. Und ich? Ich machte eine konträre Entwicklung. Ich fing an, meine zunehmende Weiblichkeit verleugnen zu wollen. Am schlimmsten aber fand ich dann die monatlichen Besuche von Tante Rosa."

„Und wer bitte ist Tante Rosa?"

Klara musste laut lachen, als sie in Noahs fragendes Gesicht sah. „Du weißt nicht, wer Tante Rosa ist? Oh Mann, das ist ein Synonym bei uns Mädels für die Monatsblutung."

„Tja, damit kenne ich mich nicht so genau aus", murmelte Noah und erntete ein erneutes Lachen von seiner Begleiterin.

„Ich trug weite Pullis und gammelige Jeans, während meine Klassenkameradinnen mit Röckchen und Push-up-BHs ihre Wirkung auf das andere Geschlecht ausprobiert haben. Ein Höhepunkt meiner Metamorphose war, dass ich mir, zum Entsetzen meiner Eltern, meine langen blonden Haare habe ratzekurz schneiden lassen. Ich habe sie sogar verkaufen können und mit dem Geld meine erste E-Gitarre angezahlt, mit der ich dann später in eine Band eingestiegen bin."

„Na, da kann ich mir die Reaktion deiner Eltern vorstellen. Das einzige Töchterchen fängt an auszuflippen."

„Stimmt, und meine Mutter hat alles mit dem

berühmten Wort Pubertät erklärt. Aber das war nur die halbe Wahrheit."

Noah blieb stehen. „Hast du nie mit deiner Mutter reden können?"

Seine Begleiterin drehte sich zu ihm hin und blieb ebenfalls stehen. „Nein, so richtig anvertraut habe ich mich damals niemandem! Auch meiner besten Freundin nicht. Ich glaube sogar, dass ich ein bisschen in sie verliebt war. Und eigentlich", Klara nahm einen tiefen Schluck aus der Flasche, „wusste ich damals selbst noch gar nicht, was mit mir los war." Sie drehte sich abrupt weg und ließ Noah stehen. Sie ging langsam weiter. „Ihr zuliebe", führte sie weiter aus, als Noah zu ihr aufgeschlossen hatte. „Nein, eigentlich nicht ihr zuliebe sondern um ihr und eventuell auch mir selbst etwas zu beweisen, habe ich mich in der Zeit dann auch häufiger mal mit Jungs eingelassen. Aber bitte: Erspar mir die Details! Ich fand es jedes Mal einfach nur schrecklich!"

„Ja, Scheiße, das Gefühl kenne ich auch, eben nur mit Mädels! Ich hatte jedes Mal nach so einem ‚Abenteuer' hinterher das Gefühl, ein totaler Versager zu sein!" Noah seufzte.

Klara fuhr fort, ohne Noah anzuschauen, ihren Blick stur auf ihre Fußspitzen geheftet. „Ja genau, das ist es dann. Ich glaube, das war die Zeit, in der ich mich dafür gehasst habe, so zu sein, wie ich eben war ... Mein Selbstwertgefühl ging so Schritt für Schritt verloren! Und ich glaube, dass mich das letztendlich so aggressiv gemacht hat. Das Einzige, was mich damals noch einigermaßen stabilisiert hat, waren meine schulischen Leistungen. Da zumindest konnte ich mithalten. Und jetzt erzähle ich aber mal im Schnelldurchlauf: Mit achtzehn habe ich mich dann einer Hard-Rock-Band angeschlossen, was meine Eltern weiter befremdet hat. Nach den Tattoos am Hals haben sie mich dann rausgeschmissen, und ich zog für zwei Wochen beim Drummer meiner Band ein. Zu dem Zeitpunkt war ich noch siebzehn und mit nicht einmal achtzehn Jahren hatte ich das erdrückende Gefühl, schon irgendwie am Ende meines Lebens angekommen zu sein ... Familie weg, die meisten Freunde distanziert, einfach die totale Verunsicherung. Ja, und dann kam dieser Selbstmordversuch, der zur Folge hatte, dass ich für ein knappes Jahr in der Jugendpsychiatrie behandelt wurde."

„Ach du Scheiße! Entschuldigung!" Noah war stehen geblieben. „Da ist ja wirklich – äh –wirklich krass!", drängte es ihn noch irgendwie anzufügen, aber er kam sich ob seiner Reaktion schon etwas blöde und unbeholfen vor.

Sein Gegenüber schien das zu ignorieren. „Meine Eltern haben sich dann aber wirklich total super für mich eingesetzt. Es war die Idee meines Vaters, der kompletten Familie einen Neustart zu verordnen, der dann logischerweise mit unserem Umzug begann. Mein Vater arbeitet bei der Bahn und konnte sich problemlos hier ins Rhein-Main-Gebiet versetzen lassen."

„Und wie war das in der Jugendpsychiatrie? Das war wohl wie Gefängnis, oder?", fragte Noah nach.

„Im Gegenteil! Da gab es zum ersten Mal Menschen, die mich so genommen haben, wie ich war. Die mich nicht ausgegrenzt oder verurteilt haben. Aber stell dir vor, Noah: Erst nach sechs Monaten stationärer Therapie hatte ich mein Coming-out! Und seitdem ich gelernt habe, mich so zu akzeptieren, wie ich halt bin, bin ich auch wieder ein glücklicher und einigermaßen zufriedener Mensch geworden. Wenn ich heute in den Spiegel schaue, dann kann ich mir wieder zulächeln und das ist für mich das Wichtigste."

„Da hast du ja in deinen jungen Jahren schon richtig Mist an der Backe gehabt", bemerkte Noah. Er stellte sich in den Laufweg der jungen Frau und zwang sie damit stehen zu bleiben. Wortlos umarmte er sein überraschtes Gegenüber, darauf bedacht, sie nicht versehentlich mit Bier zu übergießen.

Klara wehrte sich nicht, sondern legte sogar ihren Kopf auf Noahs Schulter und einen langen Moment verharrten beide in dieser Haltung.

Mit einem leisen „Danke" löste sich Klara von Noah, den das Gefühl überkam, die jetzt eingetretene Stille unterbrechen zu müssen. Er räusperte sich.

„Was hast du eigentlich im nächsten Jahr nach dem Abi vor, Klara?" fragte er nach.

„Du wirst lachen: Ich fange im September nächsten Jahres bei der Polizei an, wenn ich das Bewerbungsverfahren schaffe. Und du?"

Noah seufzte. „Wenn ich das mal wüsste. Ich glaube, ich habe einfach noch nicht einmal einen guten Plan A."

„Ich danke dir jedenfalls, dass du mir so lange zugehört hast. Das hat gutgetan."

„Und ich danke dir für das große Vertrauen, das du mir so offen von dir erzählt hast. Ich werde dein Vertrauen auch nicht enttäuschen. Wir sollten uns einfach mal öfter treffen und austauschen. Vielleicht auf einen Kaffee oder so. Ich habe übrigens auch ein Problem, bei dessen Lösung du mir vielleicht helfen kannst."

Die beiden waren inzwischen wieder an ihrem Ausgangspunkt angekommen. Beim Blick ins Heim war festzustellen, dass nur noch der harte Kern der Mitglieder noch da und schon mit Aufräumen beschäftigt war. Noah verabschiedete sich von Klara, indem er sie erneut drückte. Mit gemischten Gefühlen und ihrer Telefonnummer auf dem Handy machte er sich danach auf den Heimweg.

Montag, der 2. November 2015

Noah war zwar körperlich in der Schule anwesend, aber heute wollte es ihm überhaupt nicht gelingen, sich auf den Unterrichtsstoff zu konzentrieren. Er hatte die letzte Nacht kaum geschlafen, war von Albträumen geplagt aufgewacht und hatte dann zwischen halb drei und vier Uhr hellwach versucht, sich durch Fernsehen zu ermüden, was ihm letztendlich auch gelang. Auf dem Sofa hatte ihn seine Mutter um sechs Uhr gefunden und geweckt, wofür er eigentlich dankbar war, da er einen Traum gehabt hatte, den er zwar inhaltlich verdrängt hatte, von dem er aber noch wusste, dass er darin erneut eine angsteinflößende Situation durchlebt hatte.

In der ersten großen Pause hatte er Frau Demuth auf dem Hof getroffen. Sie fragte ihn, wie es ihm ginge, worauf er recht einsilbig antwortete. Frau Demuth erzählte ihm dann, dass die Vorbereitungen zu einem Infoabend angelaufen seien und sie Gott sei Dank Unterstützung vom Kultusministerium in NRW im Rahmen des Programms „Schule der Vielfalt" erhalten habe.

Wenn er interessiert sei, könne er sich jederzeit bei ihr melden. Ein knappes „Ja, ja, danke" war seine Antwort gewesen.

Das vergangene Wochenende mit Finn war nicht gerade ein Quell der Freude gewesen. Ganz im Gegenteil! Es hatte am Sonntag im Desaster geendet. Vor allem wusste Noah seitdem eines: Die Zeit mit Finn war vorbei. Und das tat weh, mehr noch als die körperlichen Beschwerden infolge der Schlägerei, die inzwischen recht gut abgeheilt waren. In den Herbstferien, die Noah mit seinen Eltern zu Hause verbracht hatte, war er sogar zum ersten Mal wieder joggen gewesen. Er wollte und musste mal wieder etwas für sich und seine Kondition tun.

Finn hatte sich in den letzten vier Wochen, seit der Affäre mit Dimitri, rar gemacht. Er gab an, keine Zeit zu haben, selbst wenn er beruflich nicht unterwegs war. Er war auch, was Noah sonst gar nicht von ihm kannte, jetzt immer öfter telefonisch nicht zu erreichen. „... temporarily not available." Wenn er das hörte, war Noah nahe dran, sein Handy vor Zorn wegzuwerfen. Das Smartphone einfach abzustellen. Das ging eigentlich gar nicht. Er hätte am liebsten seinen Gefühlen Luft gemacht und laut „Scheiße" geschrien.

Wenn er dann Finn darauf ansprach, dann hatte der hundert gute Gründe dafür, nicht erreichbar gewesen zu sein. Wenn sie zusammenkamen, dann war dieser verdammte Dimitri immer irgendwie ungewollt mit von der Partie. Denn auch die körperliche Anziehung beider schien plötzlich nahezu erloschen. Finns Küsse schmeckten für Noah nicht mehr nach Leidenschaft und, obwohl Finn das Gegenteil behauptete, waren sie schal und belanglos geworden. So hatten sich beide zunehmend in eine Spirale der Entfremdung begeben, jeder für sich unfähig oder auch unwillig, die Spannungen aufzulösen – bis zum letzten Sonntag, an dem die zerstörende Kraft der Eifersucht auf der einen Seite und die zersetzende Wirkung der scheinbaren Gleichgültigkeit auf der anderen Seite die letzten Bindungen zerriss und die beiden auf endgültig getrennte Wege katapultierte.

„Du hast dich wirklich stark verändert, seit du mit diesem Dimitri gevögelt hast!", hatte Noah das Gespräch aggressiv noch im Hausflur bei Finn begonnen.

„Du brauchst den Mantel gar nicht auszuziehen, wenn du hier auf Krawall aus bist!", hatte Finn gekontert und laut aufgestöhnt.

Noah behielt tatsächlich die Parka an und schaute Finn verdutzt an. „Ich wollte das nur mal feststellen, weil es mir schon so lange auf dem Herzen liegt!" Noahs Stimme klang trotzig.

„Du bist einfach zu empfindlich, Kleiner! Und ich hatte auf einen entspannten Sonntag gehofft, aber deine Eifersucht macht wirklich alles kaputt. Ich habe dir schon hundertmal gesagt, dass ich dich liebe, aber das reicht dir ja nicht. Und jetzt fängst du auch noch an, mich zu kontrollieren. Alle zehn Minuten ein Anruf. Mensch, weißt du, wie das abtörnt?"

„Das mache ich doch nur –"

„Es ist mir scheißegal, warum du das machst!", unterbrach ihn Finn rüde. „Hörst du? Scheiß-e-gal! Allein dass du es machst, nervt ohne Ende! Mannomann, bloß weil man einmal einer sexuellen Versuchung erlegen ist! Soll ich mich mein Leben lang jetzt dafür entschuldigen?"

„Natürlich nicht, aber du bist seitdem verändert und ich scheine gar keine Rolle mehr –"

„Es ist halt passiert, Mann, Noah, versteh das doch! Es war nur Sex! Vielleicht passiert es sogar irgendwann noch einmal. Das hat doch mit uns nichts zu tun, oder?"

„Doch Finn, das hat was mit uns zu tun, weil es mir eben nicht egal ist, wenn du mit anderen –" „

Siehst du, ich glaube, dass wir da eben grundverschieden sind und wenn du das für dich nicht abstellen kannst mit deiner Eifersucht, dann passen wir leider nicht zusammen!"

„Dann soll ich also gehen?"

„Nein, Noah, das habe ich nicht gesagt, aber so einen Affentanz mache ich auf Dauer –"

„Also, dann ist es wohl besser, dass ich gehe?" Noah hatte an dieser Stelle vielleicht auf ein Einlenken von Finn gehofft. Aber er wurde bitter enttäuscht. Ohne einen Kommentar zu seiner letzten verzweifelten und eigentlich rhetorischen Frage ließ dieser ihn im Flur stehen. Mit einem „Ich brauch jetzt was zu trinken" verschwand er durch die Küchentür. Tränenblind hatte Noah daraufhin den Wohnungsschlüssel vom Bund gezogen, ihn in den Flur geworfen und die Türe von außen zugemacht.

Schon auf dem Weg zum Bahnhof war sein Zorn eigentlich verraucht, doch er trotzte der windigen Kälte, zog die Schultern hoch und schloss den Kragen seiner Jacke. Gemischte Gefühle beherrschten ihn auf dem Heimweg. Er fühlte sich allein. Und das Schlimmste an der Situation war, dass er mit niemandem darüber reden konnte. Zu groß waren Scham, Enttäuschung und

Schmerz! Zunehmend sah er sich als den großen Ver-
lierer in dieser Scheißgeschichte. Er fing an, sich dafür
zu hassen.

Montag, der 30. November 2015

Schwitzend war Noah am Schützenhaus angekommen.
Er hatte das Joggen durch den nasskalten Wald trotz der
Anstrengung genossen. Es freute ihn, dass er die knapp
sechs Kilometer von zu Hause bis hierher trotz anstei-
gendem Streckenprofil ohne Pausen geschafft hatte.
Wenn es nach einer Stunde Schießtraining auch wieder
so gut auf dem Heimweg laufen sollte, wovon er sicher
ausging, würde er gerade rechtzeitig zum Abendessen
wieder daheim sein.

Da sein Schlaf in letzter Zeit immer wieder durch
schlechte Träume, oft mit anschließenden Wachphasen,
gestört wurde, versuchte er, diesem Phänomen mit ver-
mehrter sportlicher Aktivität zu begegnen. Montags war
im Schützenhaus der einzige trainingsfreie Tag, weswe-
gen Noah hoffte, dank des Schlüssels seines Vaters mal
wieder unbemerkt trainieren zu können.

Er atmete mehrfach tief durch und wollte gerade den
Schlüssel aus der Tasche der Sporthose ziehen, als er aus
den Augenwinkeln einen unklaren, dunklen Schatten
an der linken Hausecke wahrnahm. So, als habe gerade
jemand um die Ecke geschaut, um sich danach sofort
wieder zurückzuziehen. Ohne zu überlegen, sprang
Noah zwei Schritte rückwärts von der Tür, brachte
dabei blitzschnell die Sportpistole aus der Jackentasche
in Anschlag und ging in die Hocke, den Lauf der Waffe
auf die Hausecke gerichtet. Er brüllte in Richtung Wald:

„Bam, bam! Und hier, für dich auch noch mal ein fettes Bam! Come on!"

Seine Spannung lockerte sich. Langsam kam er wieder in den normalen Stand. War er schon so überreizt, dass er anfing, hier im Wald Gespenster zu sehen?

Doch mit dem, was nun passierte hatte Noah wirklich nicht gerechnet.

Keine drei Sekunden, nachdem seine Worte verhallt waren, traten aus dem engen Spalt zwischen Gebüsch und Hausecke zwei bärtige Männer mit über den Köpfen erhobenen Händen auf den Kiesplatz vor dem Flachbau. „Do not shoot! No shoot!" Die Stimme des jüngeren Mannes klang schrill und ängstlich. Der Ältere der beiden wedelte mit einem kleinen Ledertäschchen über seinem Kopf hin und her und wiederholte: „Please, no shoot! We are from Syria. Come Balkanroute, you know. Want go to Great Britain."

Erst jetzt fiel Noah auf, dass er mit seiner Waffe immer noch auf die beiden deutete. Er nahm die Pistole nach unten und bedeutete den Männern gestikulierend, dass er ihnen nichts Böses wolle. „Put your hands down! Okay, okay, slow down. What do you do here?" Er ahnte, dass diese Frage blöd war, aber er hatte gar keine Zeit gehabt, nachzudenken. Was sollte er jetzt tun?

„I am Adil, and this is my nephew Firas. Balkanroute, you know?" Der Ältere lächelte hilflos und zog die Schultern hoch. Beide hatten inzwischen die Hände nach unten genommen.

Noah konnte das Alter des Wortführers nur schwer einschätzen. Der wuchtige Vollbart war bereits angegraut, wie auch sein immer noch dichtes Haupthaar, das vor

Schmutz dazu noch klebrig schimmerte. Noah schätzte ihn auf ein Alter irgendwo zwischen 45 und 55 Jahren. Er trug auf den ersten Blick ordentlich aussehende Jeans über den Turnschuhen und eine Markenregenjacke, die jedoch schon weit über ihre beste Zeit hinausgetragen schien. „This is Firas, nephew, we need help. We are hungry."

Der schlanke, junge Mann mit dem dichten schwarzen Lockenkopf nickte zustimmend. Er stand leicht gebeugt halb hinter seinem Onkel, die Arme fest vor der Brust verschränkt.

„Den langen Weg der Unsicherheit auf dem Buckel und die Angst im Gesicht", dachte Noah. Das hatte er vor einer Woche als Überschrift zum Flüchtlingsthema in einem Magazin gelesen. Da hatte sie ihn also erwischt: die Flüchtlingswelle, die seit einem knappen halben Jahr in Deutschland und auch in seinem Umfeld die Gemüter so polarisierend erregte.

Erst letzte Woche war es auf dem Schulhof zu einem heftigen Streitgespräch zwischen drei Schülern aus der Mittelstufe gekommen, das um ein Haar in einer Prügelei geendet hätte. Noah hatte aus einiger Distanz die „Rudelbildung" und das Eigreifen der Hofaufsicht beobachten können. Wegen dieses Vorfalls hatten sie auch im Unterricht das Problem kurz angesprochen. Aber hier, das war keine Theorie mehr. Er war mittendrin und gefordert. Noah überlegte. „Okay, okay. I will help you."

„No police, please", begann der Ältere wieder in klagendem Ton.

„No, no – okay, relax. I will not call the police", wiederholte Noah mehrfach im Versuch, seine beiden

Überraschungsgäste zu beruhigen. In gebrochenem Englisch führte er nun das Gespräch, eigentlich nur mit Adil, dem Älteren, zu dessen schlagwortartigen Erklärungen Firas, der Jüngere, nur reflexartig bestätigend, aber dafür anhaltend nickte. In diesem beschwörenden Strom der Worte waren Begriffe wie „destruction, war, Aleppo, dead" und immer wieder „Balkanroute" die bekannten scharfen Kanten der Assoziationen, bei denen vor Noahs innerem Auge die schmerzenden Bilder aus dem Fernsehen wachgerufen wurden. Die Erkenntnis, hier und heute helfen zu müssen, festigte sich schnell bei Noah. Längst hatte er seine Waffe wieder eingesteckt, aber noch überlegte er, ob er das Schützenhaus überhaupt öffnen sollte.

Der Wortführer der beiden Syrer schien seine Gedanken lesen zu können. „Can you open?" Aber außer einem gequälten „Äh – one moment" kam Noah nichts über die Lippen.

An die schussbereiten Waffen würden die beiden nicht herankommen, denn die waren in den entsprechenden Metallschränken im eigentlichen Schießstand weggeschlossen. Er würde ihnen diese Räume gar nicht erst öffnen. Die im Eingangsbereich an der Wand hängende Glasvitrine beinhaltete neben alten Fotografien und zwei alten Wimpeln aus der Gründerzeit des Vereins nur eine alte, nicht mehr gängige Handfeuerwaffe aus dem Ersten Weltkrieg und war zudem abgeschlossen. Eine Kasse mit Geld war nach Noahs Wissen auch nicht im Haus.

„Toilet? Water?" Firas zeigte auf das Haus.

Kopfnickend nestelte Noah den Schlüssel aus der Tasche seines Trainingsanzugs und öffnete die Tür. Er schaltete das Licht im Flur ein. Die Energiesparlampe gab ein schwaches Licht und begann langsam, sich auf volle Leistung hochzukämpfen. Er würde die Rollläden geschlossen lassen.

Die beiden Männer waren Noah nicht ins Gebäude gefolgt. Verwundert wartete Noah noch ein paar Sekunden und trat danach wieder vor die Tür.

Da sah er sie kommen. Firas schob ein ziemlich neu aussehendes Damenfahrrad mit einem Korb auf dem Gepäckträger, aus dem ein schmutziger, blauschwarzer, übervoller Rucksack quoll. Am Lenker baumelten symmetrisch drapiert zwei pralle Tüten einer bekannten ortsansässigen Supermarktkette. Die Aufschrift, „Unsere Gewürze – die Verführung des Orients", ließ Noah zum ersten Mal lächeln.

Die Syrer parkten ihr wertvolles Gefährt vorsichtig an der Seitenwand des Hausflurs und folgten Noah in Richtung der kleinen Vereinsküche am hinteren Ende des Ganges. Auf dem Weg dorthin zeigte Noah dabei seinen beiden „Followern" (Adil bemerkte ständig: „We follow") im Vorbeigehen die Männertoiletten mit den zwei neuen Duschkabinen aus dem letzten Jahr. Mal sehen, was sie in der kleinen Vereinsküche an Essbarem vorfinden würden.

Immerhin waren zwei Tüten mit Brezeln und ein halbvoller Kasten mit Sprudelwasser schon mal ein Anfang. Begleitet von fragenden Blicken Adils, dem Noah mehrfach versicherte: „No police, I will not call the police!", holte er sein Handy aus der linken Jackentasche und wählte eine Nummer. Sie saßen in der kleinen Küche auf zwei Hockern. Firas war seit einiger Zeit auf die Toilette verschwunden.

Schon nach zweimaligem Signal wurde auf der anderen Seite abgenommen. „Hallo, Noah, wie komme ich denn zu der Ehre, dass du mich anrufst?", kam es unvermittelt direkt aus dem kleinen Lautsprecher.

„Ja, ich bin's. Klara, hast du einen Moment Zeit?"

„Na klar, für dich immer! Wir essen erst in einer Dreiviertelstunde. Was gibt's denn? Du klingst so aufgeregt."

„Ja, also, frag jetzt mal nix! Ich hätte eine große Bitte an dich. Könntest du bei der Pizzeria an der Hauptstraße zwei Pizzas besorgen und vielleicht mit dem Auto deines Vaters hier zu mir ins Schützenhaus im Wald bringen?"

„Wow, das nenn ich mal eine abgefahrene Einladung. Bist du im Unterzucker, dass du so eine Aktion startest?"

„Nee, also ich, äh, ich weiß, es klingt komisch. Ich erkläre es dir, wenn du hier bist, ja? Und bitte: Erzähl es niemandem!"

„Du machst mich echt neugierig, aber okay. Hab eh keine Lust mehr zum Lernen."

„Könntest du noch was zu trinken mitbringen? Vielleicht zwei Liter Limo oder Cola. Du musst das Geld nur bitte mal vorlegen."

„Ja, und welche Pizza soll es denn sein?"

„Ach, das ist völlig egal, oder doch, halt – bitte irgendeine ohne Schweinefleisch!"

„Bist du jetzt Moslem –" wollte sie noch fortfahren, aber Noah unterbrach sie.

„Klara, ich erklär dir alles später. Meinst du, dass du kommen kannst?"

„Ich muss meinen alten Herrn halt erst einmal fragen, ob ich seinen Nobelhobel benutzen darf. Wenn ich in fünf Minuten nicht zurückgerufen habe, dann geh davon aus, dass es klappt, du Wundertüte!"

„Klara, vielen Dank! Super. Ich warte auf dich. Und bitte: Erzähle es nicht weiter." Da hatte sie auch schon aufgelegt und Noah mit gemischten Gefühlen im Schützenheim zurückgelassen. Der gab seinen Eltern noch schnell Bescheid, dass er zum Abendessen nicht zu Hause wäre. Nicht, dass sein Vater ihn noch hier abholen würde ...

Nach einer guten halben Stunde war Klara eingetroffen und Noah hatte ihr die ganze Situation erklärt. Adil und Firas saßen, inzwischen frisch geduscht, in einer Wolke von Limonenfrische zufrieden am Tisch und erläuterten Klara und Noah ihre Zukunftspläne.

Die beiden waren schon eine Woche in der Frankfurter Gegend und warteten auf die Aufforderung einer Schleusergruppe aus Frankfurt, sich am Hauptbahnhof einzufinden, um von dort nach Calais gebracht zu werden. Danach würden sie entweder per Zug oder LKW nach England weiterreisen. In London, dem Ziel ihrer langen Reise, warteten angeblich zwei verwandte Männer aus Syrien, die es schon dorthin geschafft hatten, auf sie.

Aus Angst, diesen Termin irgendwann zu verpassen, telefonierten sie jeden Tag mit einem dieser Schleuser, den sie aber nicht persönlich kannten. Für den Erhalt dieser ersten Schleuser-Telefonnummer hatten sie nach ihrer Ankunft in München schon einmal dreihundert Euro bezahlt.

Vor drei Tagen waren sie erneut zu einem Treffen nach Frankfurt an den Hauptbahnhof bestellt worden, aber am vereinbarten Treffpunkt hatte sie niemand abgeholt. Ihre letzten Bargeldreserven gingen langsam dem Ende zu.

Aus seinem Ledertäschchen zog Firas ein Handy, das auch ohne den massiven Sprung im Glasdisplay schon wahrlich uralt aussah. „No power", klagte der Mann und zog ein zusammengerolltes Ladekabel hervor. Noah zeigte ihm die Steckdose unter dem Tisch.

Klara hatte die Idee, den beiden das Übernachten im Vereinsheim zu erlauben. Sie waren überglücklich. Noah nahm sich vor, am nächsten Tag noch vor der Schule das Heim wieder abzuschließen.

Klara und Noah verabschiedeten sich von den beiden Flüchtlingen, die sich überschwänglich bedankten, mit letzten Instruktionen. „Be quiet here! Have a good trip to UK."

Klara packte Noah samt Pizzakartons und leeren Flaschen ins Auto und fuhr ihn nach Hause.

Donnerstag, der 3. Dezember 2015
Der November war im Ganzen eher eine trübe Veranstaltung gewesen und passte daher auch zu Noahs trister Stimmungslage, die ihn seit seiner Trennung von Finn befallen hatte.

War er sonst eigentlich ein extrovertierter, immer zu Späßen aufgelegter junger Mann, so veränderte er sich spürbar für sein Umfeld. Er verhielt sich eher ruhig, meldete sich gerade in der Schule viel weniger zu Wort als sonst und ging jeder Geselligkeit aus dem Weg. Natürlich fiel auch seinen Eltern diese Veränderung auf, aber Noah wimmelte jedes Gesprächsangebot ab. „Ich muss mich halt aufs Abi konzentrieren, hab im Moment keinen Kopf für lange Reden", war seine Begründung, mit der er stets ein Kopfschütteln der Eltern provozierte.

„Ich geh mal eine Runde joggen, das macht den Kopf klar." Er zog sich um, steckte seinen Schlüsselbund in die linke und seine Sportpistole in die rechte Jackentasche. Er war gerade dabei, die Wohnung zu verlassen, als er die Nachricht aus dem Küchenradio hörte, die der Hessischen Rundfunk zuerst sendete. Er hielt einen Moment inne.

„Bei der Festnahme von zwei Flüchtlingen aus Syrien im Hauptbahnhof Frankfurt kam es gestern Abend gegen 18 Uhr zu einem Schusswechsel mit der Polizei, bei dem einer der beiden Männer verletzt wurde. Weswegen die beiden illegal in Deutschland befindlichen Personen einen älteren Mann mit einer Waffe bedrohten, ist bisher noch unklar."

Noah erschrak und dachte unweigerlich an seine Begegnung am Schützenhaus. Er zog die Kapuze seines Hoodies über den Kopf und trabte los.

Er wählte an diesen Tagen der frühen Dämmerung stets eine Laufrunde, die ihm, von Straßenlampen gesäumt, ausreichend Helligkeit und damit ein Gefühl von Sicherheit bot. Seine Pistole tat ein Übriges, damit er sich besser fühlte. Selbstverständlich durfte davon niemand wissen. Aber Noah wollte gewappnet sein. Sein Vertrauen auf eine entspannte Umwelt war ins Wanken gekommen.

Überhaupt vermied er es neuerdings, öffentliche Verkehrsmittel, wie zum Beispiel S-Bahnen oder Busse, zu benutzen. Er lieh sich Papas Auto aus, wenn er nach Frankfurt in die Innenstadt wollte. Und die Besuche mit der Bahn in Mörfelden waren inzwischen ja auch vorbei … Sollte er sich darüber freuen? Eine Gruppe von Spaziergängern mit zwei Hunden an der Leine kamen Noah entgegen. Er verließ den Kiesweg und joggte in großem Bogen um die Gruppe, die sich wunderte. Einer rief Noah noch hinterher, dass die Hunde doch an der Leine seien und keine Gefahr darstellten ... Noah trabte weiter.

Am Wendepunkt seiner Runde machte er ein wenig Gymnastik. Er packte sein Handy aus und drückte eine Nummer.

„Klara hier, hallo, Noah, was geht?"

„Hast du heute schon Nachrichten gehört?"

„Welche meinst du denn?"

„Na, die vom Frankfurter Bahnhof, mit den zwei Syrern ..."

„Ja, Mann, aber das werden ja wohl nicht unsere gewesen sein. Die waren doch unbewaffnet. Hast du eigentlich das Heim wieder abgeschlossen?"

„Natürlich. War sogar vor der Schule noch da. Abgeschlossen und wieder weg."

„Hast du noch was von denen gesehen?"

„Nö, ich hab nicht weiter im Heim gesucht, habe nur gerufen und so, war doch in Eile. Außerdem war das Fahrrad im Eingang weg."

„Mensch, Noah, du hast die am Ende noch eingeschlossen?" Klaras Stimme klang besorgt.

Noah lachte kurz auf. „Nein, meine Liebe, da kann ich dich beruhigen! Heute früh war Training. Wenn die die beiden noch vorgefunden hätten, dann hätte ich davon schon über meinen Vater erfahren, glaub mir einfach: Die waren schon über alle Berge."

„Na, man hört einfach genauer hin, wenn man selbst schon mal Kontakt mit so armen Kerlen hatte. Irgendwie verändert es die Sicht auf die Dinge, oder?"

„Ich gebe dir völlig recht. Muss jetzt mal weiterjoggen. Hab mich nicht getraut, von zu Hause aus anzurufen."

„Na, dann hau mal rein! Bis morgen!"

„Ja, bis morgen, Klara!"

Noah trippelte ein paar schnelle, forcierte Schritte auf der Stelle, um sich dann auf den Heimweg zu machen.

* * *

Vor seinem Elternhaus blieb er abrupt stehen. Ein Streifenwagen der Polizei stand in der Einfahrt vor der Garage. Noah bekam einen gehörigen Schrecken und öffnete mit klammen Fingern die Haustüre. Seine Mutter kam ihm im Flur entgegen. Sie deutete mit dem Kopf in Richtung der geschlossenen Tür zum Wohnzimmer und sprach betont leise.

„Dein Übungsleiter und die Polizei sind da. War wohl ein Einbruch ins Schützenheim. Die haben auch ein paar Fragen an dich."

„Kann ich vorher noch schnell duschen?", fragte Noah, um noch Zeit zu gewinnen, aber da war es auch schon zu spät. Die Tür zum Wohnzimmer öffnete sich. Herr Ritter, gefolgt von Herrn Doll und den beiden Polizisten, trat auf den Flur.

„Ach, Noah, wir wollten gerade gehen. Das ist aber schön, dass wir dich doch noch antreffen." Die Stimme von Herrn Doll klang irgendwie hämisch. „Stell dir mal vor –", er wollte fortfahren, aber einer der Polizisten unterbrach seinen Redefluss.

„Guten Abend, Herr Ritter, wir hätten da noch ein paar Fragen an Sie …"

Nur eine Minute später saß Noah mit den Herren im Wohnzimmer und musste ein peinliches Kreuzverhör über sich ergehen lassen. Er hoffte, dass man ihm seine innere Erregung nicht so leicht würde anmerken können. Schließlich kam der hochrote Kopf ja vom Joggen. Aber die Fakten, die für seine Anwesenheit am Tatort sprachen, waren einfach erdrückend. Die Polizisten erläuterten ihm, dass die antike Waffe, mit der die beiden Flüchtlinge im Bahnhof Frankfurt einen vermutlichen Schleuser bedroht hatten, aus der Glasvitrine des Schützenhauses stamme. Und dass es Fingerabdrücke gebe.

Schon beim Training am Dienstag war der Diebstahl der Waffe aufgefallen und sofort der Polizei gemeldet worden. Auffällig war von Anfang an, dass keine Einbruchspuren gefunden werden konnten und das Schützenhaus am Dienstagmorgen abgeschlossen war. Deswegen war heute Abend auch die Befragung von Vater Ritter als erster Person von denen, die einen Schlüssel zum Heim hatten, durchgeführt worden.

Noah seufzte resigniert und begann auszupacken. Er erzählte die wahre Geschichte mit kleinen Korrekturen (er berichtete nicht von seiner Sportpistole und ließ auch Klara unerwähnt.) Die Uniformierten machten sich Notizen.

„Was passiert denn jetzt mit den beiden?", fragte Noah die Polizisten zum Abschluss der Vernehmung.

„Nach dem Ausheilen der Wunde werden sie vermutlich in Abschiebehaft kommen, und dann entscheidet die Justiz …"

„Es ist aber auch nicht in Ordnung, Roland, dass du deinen Schlüssel nicht unter Kontrolle hast", teilte Herr Doll zum Schluss noch gegen seinen ersten Vorsitzenden aus.

„Wie meinst du das?" Herr Ritter war gereizt aufgesprungen.

„Na, du hast doch gesagt, dass du sicher wärest, dass dein toller Sohn nichts mit der Sache zu tun hat, oder? Und beinahe hätten wir ihn verpasst und andere wären unter Verdacht geraten."

„Weißt du was?" Herr Ritter baute sich vor dem noch sitzenden Herrn Doll auf. „Ich übernehme die Verantwortung für das Geschehene und trete hiermit von meinem Posten als erster Vorsitzender des Schützenvereins zurück!"

„Papa, nicht, das ist jetzt aber ..."

„Nein Noah, meine Entscheidung steht! Du hast den Dolli schon immer besser eingeschätzt als ich. Er ist und bleibt halt ein Arsch!"

„Stopp, bitte keine persönlichen Beleidigungen hier!" Der Jüngere der beiden Polizisten war wie Herr Doll aufgesprungen und versuchte zu deeskalieren. Während sein Kollege noch das Protokoll fertigschrieb, musste er seinen Körper zwischen die beiden Kontrahenten schieben. Mit betont ruhiger Stimme sagte er: „Wir gehen jetzt. Sie, Herr Ritter, bekommen das Protokoll zugeschickt und da wir keine strafbare Handlung –"

„Keine strafbare Handlung?" Herr Doll tönte entrüstet dazwischen.

„Aha, den sauberen Herrn Sohn auch noch in Schutz nehmen, was? Da gibt es beinahe Mord und Totschlag, aber es ist ja nicht weiter schlimm, oder?"

Beim sich jetzt anschließenden Wortgefecht drohte die Vernehmung aus dem Ruder zu laufen und beide Polizisten mussten ihre gesamte Autorität aufbringen, um eventuelle Tätlichkeiten im Keim zu ersticken. Sie konnten aber nicht verhindern, dass Herr Doll sich in der Ausgangstür noch einmal umdrehte und „Schwules Pack!" in den Hausflur rief.

Donnerstag, der 24. Dezember 2015, 11.45 Uhr

Noah tippte auf seinem Smartphone die ihm schon vertraute Kurzwahlnummer. Nach zwei Klingeltönen war Klara schon am Apparat.

„Hi, Noah, was geht? Hast wohl Langeweile am heiligen Abend?"

„Na ja, eigentlich nicht, aber ich wollte dir noch ein schönes Fest wünschen, bevor hier die Familie aufschlägt und ich dann nicht mehr dazu komme."

„Oh, das finde ich wirklich lieb. Danke schön! Du bist wirklich ein treuer Freund."

„Du sagst es, genau das ist auch mein Problem, weißt du?"

„Nee, das verstehe ich jetzt nicht. Wieso ist Treue ein Problem?"

„Ich weiß nicht, ob das heute so ein guter Zeitpunkt für das Reden über Probleme ist, aber da gibt es etwas, was ich jetzt mal unbedingt loswerden muss. Und weil du halt meine beste Freundin bist…"

Dann legte er los. Noah erklärte Klara seinen Konflikt mit Finn und dass ihre Beziehung an seiner Einstellung zum Thema Treue zerbrochen sei. Seine Eifersucht ließ er zuerst einmal unerwähnt. Er fügte an, dass ihn Finn vor zehn Minuten nach langer Zeit wieder einmal angerufen habe, um ihm ein schönes Weihnachtsfest zu wünschen. Und jetzt sei er wieder total aufgewühlt und verunsichert.

Er überlege, ob die Entscheidung, sich von Finn zu trennen, nicht falsch gewesen sei.

Klara hatte die ganze Zeit geduldig zugehört, ohne seinen Redefluss zu unterbrechen. „Mensch, Noah, raten kann ich dir dazu nichts, denn man kann seine Gefühle ja auch nicht auf Knopfdruck verändern."

Jetzt war es an Noah, ruhig und, ohne sein Gegenüber zu unterbrechen, einfach stumm zuzuhören. „Ich weiß sehr wohl, dass es neben der Monogamie noch eine ganze Reihe weiterer Beziehungsformen gibt. Und letztendlich muss dein Gefühl dir die Frage beantworten, was dir im Zusammenleben am wichtigsten ist. Kannst du sexuelle Toleranz aufbringen? Und wenn ja, vielleicht unter welchen Bedingungen? Oder bist du halt ein monogamer Mensch und willst nicht dauernd gekränkt durch die Welt laufen? Die Zeit und der Umgang mit diesen Fragen werden dich und deine Sicht auf die Dinge auch immer wieder verändern. Aber, glaube mir, wenn ich dir eins aus Erfahrung sagen kann: Sex wird gemeinhin überschätzt!"

Noah lachte kurz auf. „Du, ich glaube, das ist leider eine typisch weibliche Sicht ..."

„Das kann schon sein, Noah, aber es ist ja auch klar, dass der erste Sexualpartner im Leben immer eine Sonderstellung hat ..."

„Ach, na ja, ich weiß ja auch nicht. Auf jeden Fall vielen Dank für deine offenen Worte."

„Apropos offene Worte, Noah: Hast du auf Facebook die Diskussion um die Veranstaltung ,Schule der Vielfalt' zum Thema sexuelle Diskriminierung mitbekommen? Da ist die Demuth als ,linke Bazille' und ,Lesbensau' beschimpft worden. Oh Mann! Ich finde es total mutig von ihr und dann so was ..."

„Die hatte mich übrigens gefragt, ob ich nicht irgendwie mitgestalten wollte, aber ich habe abgelehnt."

„Schade, du hättest was zu sagen gehabt."

„Nee, ich will nichts sagen, mich erneut outen und dann wieder zur Zielscheibe werden. Ich – nicht mehr ..."

„Kann ich verstehen, aber dann mach doch im Organisationsteam mit."

„Du redest schon wie mein Therapeut. Also, dazu muss ich dir sagen, dass ich zurzeit wegen meiner Schlafstörungen und so eine Gesprächstherapie mache. Der hat mir jedenfalls versucht klarzumachen, dass ich an einer sogenannten Posttraumatischen Belastungsstörung leide. Ich hätte die Stabilisierungsphase der PTBS schon so gut gemeistert. Aber jetzt kommt's: Zur endgültigen Traumaaufarbeitung sollte ich jetzt aber mal die Integrationsphase angehen und irgendwo zum Thema Homosexualität mitarbeiten. Aber ich habe wirklich keine Lust."

„Na, dann lass es doch auch erst mal. So, wie du die Fachausdrücke schon runterbeten kannst, arbeitet es ja doch in dir. Never say never. Übrigens: eine letzte Info noch für dich. Es hält sich hartnäckig das Gerücht, dass Jens aus der 12 C von seinem Anwalt geraten wurde, bei der Veranstaltung gegen Homophobie mitzuwirken. Ausgerechnet der! Ich kann das überhaupt nicht glauben ..."

Noah lachte ungläubig auf. „Waas? Der Jens? Nie im Leben! Manchmal sollte man einfach nicht glauben, was die Leute so erzählen."

„Okay Noah, ich muss jetzt auch mal meine Geschenke für heute Abend fertig einpacken. Mach's gut! Feier schön. Und lass dir ein paar angemessene Takte – aber bitte ohne Vorwürfe! – für Finn einfallen. Tschau!"

„Danke, Klara, bis dann und schöne Weihnachten!"

Mittwoch, der 9. März 2016

Der Tag der Veranstaltung, über die es im Vorfeld so viele Diskussionen gegeben hatte, war gekommen.

Leonie Demuth war nervös. Heute Abend würde sich zeigen, ob sich all die Arbeit und Anfeindungen gelohnt hatten, mit denen sie in den vergangenen Wochen so heftig konfrontiert gewesen war. Gedanklich überflog sie noch einmal den geplanten Ablauf des Abends. Die nervenaufreibenden Vorbereitungen hatten sie zeitweise bis in den Schlaf verfolgt. Es beruhigte sie zumindest etwas, dass die Aula des Gymnasiums gut gefüllt war. Nur in den letzten drei Reihen des aufwendig bestuhlten Raumes konnte sie noch einige freie Sitzplätze ausmachen.

Auf der Bühne waren zwei Tische aufgestellt, an denen jeweils, mit großem Namensschild dekoriert, die Offiziellen des Abends Platz genommen hatten. Neben den beiden Tischen war in gut zwei Meter Entfernung das von Spotlichtern mit gleißender Helligkeit übergossene Rednerpult aufgebaut. Noch war es verwaist.

An der hinteren Wand des linken Bühnenanteils war ein Schlagzeug mit Verstärkeranlage und mehreren großen Boxen zu sehen. Um die Atmosphäre im sonst eher schmucklosen Raum zu verbessern, waren bunte Luftballons an drei quer über die Bühne verlaufenden Seilen aufgehängt. An deren Zahl war nicht gespart worden. In dichten, bunten Trauben hingen die Ballone hauptsächlich über dem linken Teil der Bühne, das Rednerpult betonend. Dadurch wurde auf dem rechten Bühnenanteil die Sicht über die Expertenrunde hinweg auf die Hinterwand der Bühne freigehalten, an der auf einem weißen Leinentuch das Motto des Abends mit großen bunten Buchstaben festgemacht war. „Schule der Vielfalt" sprang von dort dem Zuschauer ins Auge. Darunter war in etwas kleinerer Schrift der hoffnungsstiftende Satz formuliert: „Wir sind offen."

Über dem ganzen Saal lag ein Geräuschteppich aus dem Gemurmel der Gäste, überlagert von einzelnen „Test-Test"-Lauten aus der Beschallungsanlage, ergänzt durch Begrüßungen und „Hier ist noch frei"-Zurufen. Im Kontrast zu bunter Deko und optimistischer Präsentation spiegelten die Mienen der vier Experten auf dem Podium angespannte Nervosität.

Leonie Demuth schaute auf ihre Armbanduhr, suchte den Blickkontakt zum Schuldirektor und nickte ihm zu.

Um 19.28 Uhr erhob sich daraufhin Direktor Karl Ludwig Zalundo (in Schülerkreisen nur Kaluz genannt) von seinem Stuhl am Expertentisch und schritt unter zögerlich aufkommendem Applaus zum Rednerpult.

„Liebe Schülerinnen und Schüler, liebe Eltern und Gäste, meine sehr verehrten Damen und Herren!

Ich freue mich als Schulleiter, dass Sie heute Abend so zahlreich zu unserer wichtigen Veranstaltung gekommen sind, und darf Sie zunächst einmal ganz herzlich hier an unserer Schule begrüßen. Unser heutiges Thema ist im übergeordneten Sinn die Diskriminierung. Ja, wir möchten uns am so wichtigen Kampf gegen Diskriminierung beteiligen! Sie werden mir sicher zustimmen, dass dies ein leider ewig aktuelles Thema ist. Heute

Abend richten wir den Fokus unserer Veranstaltung auf Diskriminierung im Zusammenhang mit der sexuellen Orientierung von Menschen. Die Vorstellung der beiden Experten wird gleich noch unsere Schulsozialarbeiterin, Frau Leonie Demuth, übernehmen, sodass ich mich an dieser Stelle kurzfassen kann und uns allen hiermit noch einen interessanten und lebhaften Abend zum Thema wünsche."

Erneut kam nur tröpfelnder Applaus auf, und Herr Zalundo nahm mit leicht gerötetem Gesicht wieder am Expertentisch Platz.

Jetzt war sie dran. Leonie Demuth setzte ihr freundlichstes Lächeln auf, das ihr im Moment möglich war. Mit festen, raschen Schritten ging sie zum Rednerpult. Sie hatte sich lange überlegt, was sie heute Abend anziehen sollte. Sie wusste, dass sie trotz ihrer neunundzwanzig Jahre noch sehr jung aussah und auf dem Schulhof schon mal von Fremden für eine Schülerin der Oberstufe gehalten und sogar geduzt wurde. Sie hatte sich heute Abend mit Unterstützung ihres Freundes für eine etwas damenhaftere und trotzdem figurbetonte beigefarbene Stoffhose (mal keine Jeans) entschieden und über ihre weiße Folklorebluse ihr braunes Jackett gestreift. Sie zog ihr Manuskript aus der Tasche und musste sich noch einmal räuspern.

„Liebe Schülerinnen und Schüler, liebe Gäste! Unser heutiger Abend hat im Vorfeld schon für einigen Wirbel gesorgt. Und ich muss ehrlich sagen, dass ich mir die Organisation unserer Veranstaltung nicht so schwierig vorgestellt habe, wie sie sich dann doch letztendlich gestaltet hat. Es fing schon damit an, dass ich anfänglich keine Lehrerin und keinen Lehrer an unserer Schule finden konnte, für die oder den es wirklich wichtig gewesen wäre, im jeweiligen Fach zu unserem heutigen Thema, der sexuellen Vielfalt, zu arbeiten. Ich wollte fast schon aufgeben. Aber in den zweieinhalb Jahren, die ich inzwischen hier tätig bin, ist mir der Kampf gegen dumpfe Homophobie und Diskriminierung dann doch zu wichtig geworden. Durch Zufall habe ich dann einen ersten wichtigen Impuls in die richtige Richtung bekommen. Von einer Frau, die im Kultusministerium in NRW am Programm ‚Schule der Vielfalt' mitarbeitet. Ich bin stolz, eine solch tolle Fachfrau zum Thema heute Abend für die Veranstaltung gewonnen zu haben.

Bitte begrüßen Sie mit mir Gudrun Leisetanz vom Kumi NRW. Sie ist heute Abend extra aus Düsseldorf zu uns angereist."

Im Kontrast zur leicht euphorischen Stimmlage von Leonie Demuth war der Applaus brav, aber immer noch schwächelnd.

„Frau Leisetanz wird uns nachher das für Schulen konzipierte Programm gegen sexuelle Diskriminierung in ihrer Rede ausführlich näherbringen. Ich muss an dieser Stelle noch einmal betonen, dass ohne die aufmunternden und kreativen Tipps und Ratschläge von Frau Leisetanz der heutige Abend wohl gar nicht stattgefunden hätte. Sie hat mir gezeigt, wie man Menschen zu einem so wichtigen Thema an ihren jeweiligen Standpunkten abholt und zu einer abenteuerlichen Reise mitnimmt.

Ja, gegen Vorurteile zu kämpfen ist ein echtes Abenteuer und erfordert Mut. Ich war zeitweise wirklich mutlos, als ich wegen der geplanten Veranstaltung sogar an Weihnachten noch Hassmails bekam."

An dieser Stelle ging ein Raunen durch das Publikum und Leonie Demuth machte eine kurze Pause. Sie musste sich erneut räuspern.

„Aber, die Polizei und Frau Leisetanz haben mich immer wieder aufgebaut und mich überzeugt, weiterzumachen. Nur so ist es mir gelungen, dann auch breitere Unterstützung für den heutigen Abend zu erhalten."

Sie machte eine weitere kurze Pause und ordnete ihre Zettel.

„Nun zu unserem zweiten Experten auf dem Podium, den ich gleich als ersten Referenten hier ans Pult bitten werde. Es ist dies Lutger Bensberg, der ehrenamtlich im Lesben- und Schwulenverband Deutschlands für die Beratungsstelle in Köln tätig ist und den ich hiermit herzlich bei uns begrüßen möchte.

Für die Vorträge der Experten sind jeweils zwanzig bis fünfundzwanzig Minuten vorgesehen. Nach einem kurzen Musikbeitrag soll sich eine Diskussion anschließen.

Ich selbst werde die Diskussion leiten und unsere Veranstaltung dann gegen 21.00 Uhr mit einem Schlusswort beenden. Ich danke Ihnen vorab an dieser Stelle."

Der jetzt aufkommende Applaus war doch schon um einige Dezibel gesteigert, gab aber sicher noch keinen Anlass zur Zufriedenheit bei den Organisatoren.

„Das hat doch schon mal geklappt", dachte Leonie Demuth und nahm wieder am Expertentisch Platz.

Lutger Bensberg, ein schlaksiger Mann etwa Ende dreißig und fast 1,90 m groß, begab sich mit federnden Schritten zum Mikrofon. Nach einer kurzen Begrüßung und Vorstellung seiner Person erläuterte er das Thema seines Vortrags. Mit „Homophobie – Versuch einer Erklärung" war dieser überschrieben.

Herr Bensberg erläuterte zunächst die drei Faktoren, von denen Fachleute annehmen, dass sie in erster Linie zur Homophobie beitragen, als da wären: rigide Geschlechternormen, eine fundamentalistische Religion und last, but not least: schlichte Unkenntnis darüber, wie Homosexualität heute gelebt wird. Der Vortragende war gerade noch dabei, zu erläutern, wie sich die einer fundamentalistischen Religion folgende Erziehung auf die Einstellung zur Homosexualität auswirkt, als es im hinteren Anteil der Aula am Haupteingang plötzlich laut wurde. Herr Bensberg unterbrach seinen Redefluss. Mit Gepolter flog die Tür auf und fünf junge Männer in schwarzen Jeans, langärmligen T-Shirts und Springerstiefeln drängten lachend sowie laut redend in den linken Seitengang. Vorneweg ging mit schlurfenden Schritten wieder einmal Jens, der Schläger aus der 12 C.

Leonie Demuths Puls begann sofort schneller zu schlagen. Instinktiv setzte sie sich angespannt aufrecht.

Frau Schmattke, eine fünfzigjährige Lehrerin für darstellendes Spiel und Erdkunde, sprang von ihrem Stuhl am Eingang auf. Fast wäre ihr dabei das Saalmikrofon, das für die spätere Diskussion gedacht war und für das sie zuständig war, zu Boden gefallen. „Ich darf doch wohl bitten … Bitte, Ruhe!", versuchte sie mit fester Stimme die Situation zu klären.

„Hey, Jens", rief einer der jungen Männer. „Wir sind schon zu spät, dabei wollten wir doch heute mal mitreden hier!" Er provozierte Gelächter bei seinen Freunden.

„Bitte, meine Herren, in den letzten drei Reihen sind noch genug Plätze frei!" Frau Schmattke war um einen resoluten Ton bemüht. Murrend und mit polternden Schritten begaben sich die Eindringlinge, begleitet von den verunsicherten Blicken des Publikums, auf die noch freien Plätze der letzten Reihen.

Herr Bensberg ergriff wieder das Wort. „Ich begrüße Sie von dieser Stelle und darf Sie hiermit ausdrücklich ermuntern, an der Diskussion nachher teilzunehmen. Also: Wo war ich stehen geblieben?" In den nächsten zehn Minuten konnte er seine Ausführungen nahezu ungestört weiter vortragen. Vereinzelte pöbelnde Zwischenrufe der Neuankömmlinge wie „Hört, hört!" oder „Was du nicht sagst" wurden vom Publikum sowie vom Referenten ignoriert.

Leonie Demuth überkam das Gefühl, dass sie jetzt reagieren müsse. Sie hatte mit einer Störung der Veranstaltung gerechnet und sie war vorbereitet.

Bei einem weiteren Zwischenruf, „Jetzt mach endlich Schluss!", kam Bewegung an den Expertentisch. Leonie Demuth gab dem Direktor ein verabredetes Handzeichen, worauf der sich von seinem Stuhl erhob und hinter dem Bühnenvorhang verschwand.

Weitere zwei Minuten später spitzte sich die Lage in der Aula weiter zu. Die fünf Störer hatten sich von ihren Sitzen erhoben und setzten sich nun langsam auf dem Seitengang in Richtung Bühne in Bewegung. Sie ignorierten den erneuten Versuch von Frau Schmattke, das zu verhindern, und drückten die zarte Person mit Nachdruck auf ihren Sitz zurück. Betont langsam schritten die fünf weiter auf die Bühne zu. Einige junge Männer im

Saal waren nun ebenfalls aufgesprungen und schauten sich fragend an. Unruhe kam auf.

Genau in diesem Moment kam der Direktor wieder auf die Bühne. Ihm folgten zwei uniformierte, bewaffnete Polizisten, die sich demonstrativ breitbeinig, die Arme vor der Brust verschränkt, vor dem Schriftzug „Wir sind offen." postierten.

Die Gruppe um Jens zeigte sich unbeeindruckt und schritt nun im Gänsemarsch, einer nach dem anderen die schmale Treppe zur Bühne hinauf. Jetzt unterbrach Herr Bensberg erneut seinen Vortrag und schaute sich irritiert um. Die vereinzelt aufgestandenen Männer im Saal hatten beim Anblick der Polizisten wieder Platz genommen.

Als die Gruppe langsam wie eine schwarze Wand auf Herrn Bensberg zuging, verließ dieser sein Rednerpult und begab sich an seinen Platz am Expertentisch. An seiner Stelle trat nun Jens an das Mikrofon.

„Hey Mann, du findest wohl nie zu einem Ende mit deinem Gelaber, was?"

„Ich wäre in zwei Minuten fertig gewesen ...", kam die eher schüchterne Antwort des geflüchteten Referenten.

Leonie Demuth beobachtete die Situation angespannt. Sie suchte den Blickkontakt mit den beiden Polizisten und machte mehrfach beschwichtigende Handbewegungen. Sie war an keiner Eskalation interessiert.

„Na, dann kommen wir doch mal zur Diskussion, mein Lieber!", fuhr Jens fort, die Pfiffe und Zwischenrufe aus dem Publikum ignorierend.

„Nein, die Diskussion ist erst nach dem zweiten Vortag geplant, also bitte setzen Sie sich jetzt wieder", versuchte

Herr Bensberg, verloren gegangenes Terrain wieder zurückzugewinnen.

„Nö, Sie haben uns doch ermutigt zu diskutieren, also machen wir das jetzt."

Ein zweiter aus der Gruppe drängelte sich ans Mikrofon. „Jetzt muss ich mal was sagen," begann er aufreizend frech. „Es ist doch wirklich nicht mehr auszuhalten, wie Sie hier die Tatsachen verdrehen. Ich höre nur noch: Schwul, und das ist gut so. Muss das eklige Sexleben dieser Menschen mich dauernd belästigen? Muss ich mir denn wirklich an jeder Ecke so was ansehen oder anhören?"

An dieser Stelle drohte die Veranstaltung aus dem Ruder zu laufen. Das Publikum pfiff und „Schmeißt sie raus!"-Rufe wurden lauter. Herr Direktor Zalundo schaltete sich jetzt per Tischmikrofon ein und versuchte, die erhitzten Gemüter zu beruhigen. „Ruhe bitte! Meine Damen, meine … Bitte hören Sie mir doch einmal zu. Will der Referent auf diese Provokation antworten, oder soll ich die Herren von der Polizei bitten?", fragte er nach, und war ebenso wie das Saalpublikum von der Antwort überrascht.

„Herr Direktor Zalundo, ja, ich möchte wirklich gerne direkt auf diese, sagen wir mal, Frage antworten. Sonst verbrauchen wir nur doppelt Zeit …"

Ein hämisches „Da sind wir aber mal gespannt" kam als Antwort vom Rednerpult. „

„Junger Mann, als heterosexuell orientierter Mensch in unserer Gesellschaft müsste Ihnen doch eigentlich auffallen, dass quasi omnipräsent, das heißt überall sichtbar die Heterosexualität zur Schau gestellt wird. Da zeigen sich Machopolitiker ganz selbstverständlich mit ihren Frauen, da posieren knapp bekleidete Mädels auf glänzenden Autos, und und und ... Aber wenn ein Mann es wagt, in der Öffentlichkeit einen anderen zu küssen, da fühlen Sie sich plötzlich belästigt? Oder, wenn unser Verband sich für die Rechte der sexuellen Minderheiten starkmacht, wenn wir das Augenmerk der Öffentlichkeit auf diese Menschen lenken, dann fühlen Sie sich bedroht? Sie verkehren die Tatsachen. *Wir sind die Opfer!* Mitarbeiter in unserem Verband werden täglich von Menschen wie Ihnen beschimpft und bedroht!" Herr Bensberg hatte sich am Tisch erhoben und sprach in sein Handmikrofon.

Zum ersten Mal in der ganzen Veranstaltung brandete in der Aula kräftiger Applaus auf. Der schwarze Block sah etwas überrascht aus.

Jens hatte als Erster seine Sprache wiedergefunden. „Mann, das Normale sollte man ja auch immer darstellen! Titten und so sind schon okay, und deswegen heißt es ja auch: Sex sells! Aber euch Schwule und Lesben will doch echt keiner sehn ..."

Herr Bensberg hakte nach. „Es ist aber genauso normal, schwul zu sein, obwohl mich persönlich jetzt Titten vielleicht nicht so antörnen." Kurzes Auflachen im Publikum. „Fakt ist einfach, dass wir alle hier im Saal uns unsere sexuelle Orientierung nicht ausgesucht haben. Und Sie fordern also das alleinige Recht, zu definieren, was zum Beispiel männlich ist und was nicht?"

„Also: Männlich, das ist Fußball, das sind Waffen und vielleicht noch Autos, ist doch wohl unbestritten, was?"

„Ja, und was ist mit Frauenfußball?"

„Ach Mann, die können doch gar nicht richtig –"

„Aber Herr Hitzlsperger, der konnte doch richtig ... oder?", kam der Trumpf von Herrn Bensberg.

„Eine Schwalbe macht noch keinen Sommer", sagte Jens abschließend und überließ einem weiteren Kumpel das Mikrofon.

„Also, Herr Dingsbums …"

„Bensberg, für Sie bitte, Herr Bensberg!", kam scharf und klar die Antwort.

„Also, Herr Bensberg, wir haben uns das ja nicht ausgedacht, aber in der Bibel und im Koran und auch bei den Juden steht eben auch, dass Homosexualität abartig und falsch ist."

„Da fahren Sie ja richtig schwere Geschütze auf! In diesen Schriften steht auch, dass Selbstbefriedigung ungesund, schädlich und ebenfalls verboten ist! Und daran halten Sie sich dann auch, oder?"

Erneutes Gelächter im Publikum.

„Nein, aber mal im Ernst", Herr Bensberg versuchte sichtlich, seinen hämischen Ton herunterzuregeln. „Das Verhältnis von Religionen zur Homosexualität ist kompliziert und würde den heutigen Abend sprengen. Einige Stichworte hatte ich ja bereits gegeben. Aber so viel kann man noch sagen: In allen großen Weltreligionen haben sich diese Aussagen über Homosexualität mehr und mehr relativiert und entschärft. Je mehr die Religionswissenschaftler und die sexuellen Minderheiten voneinander lernen und wissen, umso liberaler entwickeln sich die Religionen in ihren Haltungen. Da ist, den Göttern sei es gedankt, lange noch nicht das letzte Wort zum Thema gesprochen. Aber mal ehrlich: Hat einer von Ihnen, wie Sie da am Pult stehen, eine homosexuelle Person in der Verwandtschaft? Vielleicht sogar einen Freund, der homosexuell –"

„Machst du Scherze, Mann? Gott bewahre! Ich bin glücklich, dass ich so was nicht aushalten muss. So einer wäre nie mein Freund!"

Der letzte der Männer aus dem schwarzen Block schubste seinen Freund vom Mikrofon. „Wir sagen dir jetzt mal was: Wirst du vielleicht nicht gerne hören, aber unseren Ekel zu dem Thema haben wir in einem kleinen Rapsong zusammengefasst und dann war's das auch schon für heute mit unserer Fragestunde, ihr Arschlöcher!"

Ein gellendes Pfeifkonzert aus dem Publikum war die Antwort.

Die fünf Jugendlichen klatschten in die Hände, stampften rhythmisch mit den Füßen, bis der Geräusch-pegel etwas sank: Und dann skandierten sie in einem Sprechgesang:
„Welcome to Homophobia,
    (klatsch, bum, klatsch, bum)
We'll kick your Homo ass, o yeah!
    (klatsch, bum, klatsch, bum)
We hate the shit, that's different,
    (klatsch, bum, klatsch, bum)
We will defeat you in the end.
    (klatsch, bum, klatsch, bum)"

Mitten in die tumultartige Unruhe im Publikum und auf der Bühne mischte sich plötzlich ein überlautes, höhni-sches Lachen, das vom Handmikro am Eingang der Aula kam. Die allgemeine Geräuschkulisse ebbte ab.

Erneut donnerte ein Lachen aus dem Eingangsbe-reich. Jetzt konnte man es zuordnen. Das Lachen kam von zwei vermummten Personen am Eingang. „Ha, ha ha! Welcome to Homophobia."

Leonie Demuth sprang in diesem Moment von ihrem Stuhl auf. Sie musste sich einen besseren Überblick verschaffen.

Die beiden Figuren am Eingang waren in weiße Overalls gekleidet, wie sie die Spurensicherung an Tatorten üblicherweise trägt. Dazu waren die Gesichter jeweils mit den bekannten weißen Masken aus dem Film „Scream" bedeckt. So klangen auch die Stimmen irgendwie dumpf und bedrohlich. Die beiden hatten wohl Frau Schmattke das Mikrofon entwendet.

„Welcome to Homophobia! Das könnt ihr haben. Ein ganz besonderes Willkommen von unserer Seite. Wir sind gekommen, mit euch abzurechnen, Jungs." Der Maskierte mit der unbekannten Stimme übergab das Mikro wieder an Frau Schmattke, die sich blass und kopfschüttelnd wieder setzte.

Beim langsamen Zugehen auf die Bühne konnte man es plötzlich erkennen. Beide Personen hatten jetzt eine Waffe im Anschlag. Eine Art von Gewehr, wie man sie nicht so häufig sieht. Über dem schmalen, langen Lauf war ein seltsamer, trichterförmiger Behälter montiert. Schritt für Schritt gingen die beiden laut lachend in Richtung Bühne. Jens hatte die neue Situation wohl als Erster erfasst und schrie los.

„Polizei, verdammt noch mal, wo sind die denn hin? Hilfe, rufen Sie die Polizei." Aber die zwei Beamten waren und blieben tatsächlich verschwunden. Gleichzeitig wurde das Licht im Saal zunehmend von unsichtbarer

Hand abgedunkelt. Dafür flammte ein gelber Lichtkegel auf, der die beiden Bewaffneten optisch aufwertete.

Mit angstgeweiteten Augen versuchte Jens noch zu retten, was aber jetzt schon nicht mehr zu retten war. Er wandte sich an die Angreifer. „Das könnt ihr nicht tun! Nein, das ist doch nicht euer Ernst …" Im selben Moment wurde er vom lauten Stakkato einer Bassgitarre unterbrochen, zu deren Klängen ganz am linken Bühnenrand Klara im schwarzen Lederdress, die Gitarre im Anschlag, am Schlagzeug vorbei die Bühne betrat.

Die beiden Angreifer waren in einiger Entfernung vor der Bühne stehen geblieben. Und dann ging es auch schon richtig los! Die erste Salve traf Jens und seine Kumpels von vorne an Hüften und Beinen. Alle fünf hatten danach sich wie auf Kommando mit dem Rücken zu den Schützen gedreht und die Hände, die Hinterköpfe schützend hinter dem Kopf verschränkt. Grell spritzte die rosafarbene, grüne und gelbe Farbe beim Aufprall der Kugeln auseinander und hinterließ ein buntes Farbmuster auf der Kleidung des vorher schwarzen Blocks. Der sich anschließende Kugelhagel traf die Rücken der Opfer und machte unter dumpfen Aufprallgeräuschen das Farbspektakel fast perfekt. Vereinzelt aber hatten schon Kugeln ihr menschliches Ziel verfehlt, und waren an die Hinterwand der Bühne geklatscht. Die Opfer aber blieben auch weiter wie angewurzelt stehen. Auch das Rednerpult war inzwischen bunt eingefärbt.

In dem Moment, als der Kugelhagel losging, waren alle Redner auf der Bühne zusammen mit Leonie Demuth hinter dem Tisch in Deckung gegangen. Leonie war überwältigt von der immensen Schnelligkeit und

Feuerkraft dieser modernen Paintball-Gewehre. Ihre Gedanken wurden unterbrochen vom jetzt einsetzenden Lärm des Schlagzeugs, das Klaras Gitarrensolo aus einem berühmten Alice-Cooper-Song eindrucksvoll unterstrich.

Eine dritte Ladung Munition hagelte zeitgleich in die Wolke der Luftballone über dem Rednerpult. Die teilweise mit flüssiger Farbe gefüllten Gummiteile entleerten nun auch noch ihren bunten, schleimigen Inhalt über den fünf Männern, die daraufhin wie auf Kommando in die Hocke gingen und letztendlich als ein kunterbunter Haufen übereinanderliegender Menschen auf der Bühne eine Endformation einnahmen.

Das Publikum war immer noch sprachlos und von der Schnelligkeit des Geschehens überrumpelt. Das gelbe Licht erlosch und genauso schnell, wie sie gekommen waren, waren die beiden Schützen auch schon wieder durch den Haupteingang verschwunden.

Die grelle Musik kam zu einem plötzlichen Ende und die vorher in gleißendes Licht getauchte Bühne war auf einen Schlag dunkel. Nur ein Spotlight flammte wieder auf und fokussierte sich nun auf die Schulsozialarbeiterin. Leonie Demuth kam langsam aus ihrer Deckung und trat vor den Expertentisch.

Im Moment, und obwohl die Veranstaltung noch nicht zu Ende war, fühlte sie sich richtig gut. Eine Riesenanspannung fiel gerade von ihr ab. All die Anstrengungen für diesen Abend hatten sich gelohnt. Sie ergriff ihr Tischmikrofon.

„Liebe Schülerinnen und Schüler, liebe Gäste, Sie können ganz ruhig bleiben. Aber ich muss zugeben dass ich, in Jugendsprache ausgedrückt, im Moment mal gerade maximal geflasht bin! Das, was Sie soeben erlebt haben, war Gott sei Dank keine echte Gewalt, sondern eine Performance der Gruppe ‚Darstellendes Spiel‘ unter der Leitung von Frau Schmattke mit Verstärkung von einigen Personen, die sich der Gruppe extra für dieses Projekt angeschlossen haben.“

Es dauerte ein zwei Sekunden, bis das Publikum die Situation neu einordnen konnte. Der erst langsam beginnende Applaus steigerte sich danach zum reinsten Orkan. Leonie Demuth musste abwiegeln, um ihre Rede fortsetzen zu können.

„Wir haben unsere fünf Opfer am Pult natürlich auch geschützt. Alle haben sie Rücken- und weitere ihren Körper schützende Protektoren getragen. Ich bedanke mich noch einmal ganz herzlich bei euch Jungs, dass ihr heute Abend zwar die Täter gespielt, aber in Wirklichkeit euch zu Opfern habt machen lassen.“

Herr Direktor Zalundo stand inzwischen am Rednerpult und hatte jedem der Eingefärbten ein Handtuch gereicht, mit denen diese sich die Farbe aus Haaren und Gesicht rieben.

In diesem Moment betraten Noah und sein Vater noch etwas atemlos die Aula durch den Haupteingang. Sie schauten sich suchend um. In der vorletzten Reihe nahmen sie neben einem älteren Herrn Platz. Noah genoss die positive Stimmung im Saal, die er vorher schon am tosenden Applaus durch die geschlossene Tür mitbekommen hatte. Er fuhr sich mit beiden Händen durch die Haare und atmete tief durch.

„Da haben Sie aber eben was verpasst!", raunte der Mann Noah zu. „Hier war gerade der Bär los!"

„Ach, wie schade, aber wir konnten leider nicht früher", antwortete Noah. Bei den nachfolgenden Worten seines Nachbarn musste er allerdings etwas grinsen.

„Ich bin Jugendrichter, wissen Sie, und ich habe mir heute Abend mal angeschaut, wozu meine Klienten doch trotz manchem Fehlverhalten so in der Lage sind!" Noahs zufriedenen Gesichtsausdruck schien er nicht wahrzunehmen, da Frau Demuth erneut das Wort ergriff. Noah überkam ein seltenes Gefühl der Dankbarkeit, dass diese engagierte und mutige Frau an seiner Schule tätig war.

„An dieser Stelle möchte ich noch einmal all den Fachlehrern danken, die den heutigen Abend tatkräftig unterstützt haben. Neben Frau Schmattke sind das noch Herr Fröhlich für Musik, Frau Langeloth für Politik und Wirtschaft und Herr Patschke für das Fach Englisch. Auch die Justiz hat uns unterstützt. Die Herren von der Polizei waren informiert und zeigten sich wirklich äußerst kooperativ. Die Idee aber zu diesem Spektakel heute Abend kam von Frau Leisetanz, bei der ich mich hiermit noch einmal ganz herzlich bedanke und die Ihnen jetzt weitere Erläuterungen zum Thema geben wird."

Starker Applaus brandete auf und die Veranstaltung nahm danach einen ruhigeren Verlauf. Frau Leisetanz erläuterte ihr Konzept von ‚Schule der Vielfalt' und wie alle Beteiligten diese Anstrengungen gegen Diskriminierung und Ausgrenzung heute Abend umgesetzt hatten. Sie wies auf die Nachhaltigkeit des Programms hin und dass schon viele weitere konstruktive Vorschläge zur Vertiefung des Themas auf dem Tisch lägen.

Irgendwie war Noah, was den Vortrag von Frau Leise-
tanz anging, unkonzentriert. Den Grundtenor ihrer Rede
glaubte er auch schon zu kennen.

Mit langem Hals scannte er die Sitzreihen vor ihm.
Und tatsächlich: Sechs bis sieben Reihen vor ihm konnte
er sie ausmachen. An der Frisur erkannte er ohne jeden
Zweifel auch von hinten seine Mutter. Rechts von ihr saß
– er hatte wirklich Wort gehalten – unverkennbar Finn.

In Noah flammte bei diesem Anblick das Feuer verlo-
ren geglaubter Emotionen auf.

Er schaute seinem neben ihm sitzenden Vater ins
Gesicht. Der erwiderte nickend seinen Blick und deutete
mit dem Kopf in Richtung Finn. Dann zwinkerte er Noah
mit einem Auge zu und klopfte mit der rechten Hand
leicht auf dessen Oberschenkel.

„Er hat es gewusst und mir nichts gesagt. Sicher hat er
auch schon ein gemeinsames, spätes Abendessen organi-
siert", dachte Noah und boxte als Zeichen der Anerken-
nung seinem Vater leicht gegen den Oberarm.

Noah war in diesem Moment ohne Zweifel glücklich.

Lieselotte oder auf den letzten Drücker

Sie stellte ihren kleinen Rucksack, der alle wichtigen Dinge ihres Lebens enthielt, sorgfältig neben sich auf die Sitzbank der Biertischgarnitur. Sie drückte den dunkelbraunen, aus Rindsleder gearbeiteten Beutel mit den deutlichen Gebrauchsspuren fest gegen ihren Oberschenkel. Die gespreizten Finger der rechten Hand hielten dauerhaft den Kontakt.

Nervös musterte sie ihr Umfeld. Sie hatte ihren Bruder, der sich schon seit Kindertagen selbst gern König René nannte, hierherbestellt und sie war sich sicher, dass er ihrer Einladung auch folgen würde. Sie wusste, dass er Biergärten liebte.

Und es waren – Gott sei Dank – auch genug Gäste da. Das beruhigte sie, gab ihr Sicherheit. Er würde sich zusammennehmen müssen. Keine Chance auf Lautwerden!

Eine chinesische Reisegruppe links neben ihr war einfach perfekt platziert. Ohne es zu wissen, war diese Männerrunde zu ihrem Schutz hier. Sie würden hören, aber nicht verstehen können, was sich in ihrer unmittelbaren Nähe heute ein für alle Mal klären sollte.

Ein Paar mittleren Alters hatte in einigem Abstand zu den Chinesen Platz genommen. Fast lautlos unterhielten sich die beiden in Gebärdensprache. Rasant wechselten sich die Finger und Handbewegungen ab, die durch Lippenspiel, Mimik und Körperhaltung ergänzt wurden. Lieselotte war fasziniert. Auf geheimnisvolle Weise schien das Paar sie an diesen Tisch gelotst zu haben. Sie nickte den weiteren Schutzengeln freundlich zu.

Ihr Bruder musste jeden Moment hier sein. Meistens war er pünktlich. Warum trug sie gerade heute keine Armbanduhr? Jetzt wollte sie aber auch keine Zeit mehr damit verschwenden, in ihrem Rucksäckchen nach dem Handy zu suchen.

Wie hatte es eigentlich so weit kommen können? Ja, sie hatte auch Fehler gemacht, aber sie hatte sich immer Mühe gegeben, ihre starke Ablehnung gegenüber René zu verbergen, während er schon von Kindesbeinen an bemüht war, seine große Schwester „in Unmut zu erregen", wie es ihr Vater immer genannt hatte. Die Überheblichkeit des kleinen Königs war eigentlich das Schlimmste an ihm. Sie drohte heute, das Fass zum Überlaufen zu bringen.

Noch zeigte ihr Gesicht eine ruhige Oberfläche, die das Brodeln der aufgestauten Wut noch mit dem Make-up der gespielten Gleichgültigkeit gekonnt überdeckte.

Eigentlich waren diese negativen Emotionen gegenüber ihrem Bruder tief in Lieselottes Innerstem verankert, ordentlich verstaut und verborgen, aber bei dem, was in letzter Zeit passiert war, war ihr Zorn dramatisch aufgewühlt und gefährlich knapp unter ihre dünne Haut geschäumt worden. Eine ungute, inzwischen sogar hassgetriggerte Mischung aus Frustrationen, Neid und Rachsucht drängten da ans Licht. Lieselotte war sich mittlerweile sicher, dass es die immer wieder aufflammende Rivalität mit ihrem Bruder war, die ihr Leben so anhaltend negativ beeinflusst hatte!

War es in jungen Jahren noch das Buhlen um die Gunst der Eltern gewesen, so machte sich im weiteren

Verlauf ihres Lebens das Gefühl der nie enden wollenden Niederlagen gegenüber ihrem Bruder breit.

In seltenen Momenten, zum Beispiel nach dem Genuss von reichlich Alkohol, konnte sie sich eingestehen, dass sie ihren sechs Jahre jüngeren Bruder eigentlich schon seit dessen Geburt im Jahre 1961 hasste. Ja, es war die Wahrheit: Seit nunmehr siebenundfünfzig Jahren spürte sie eine abgrundtiefe Abneigung gegenüber diesem überflüssigen Nachkömmling. Hatte sie in den ersten fünf Jahren ihres Lebens dermaßen versagt, dass ihre Eltern lieber einen neuen Versuch unternehmen wollten?

„Geschwister, Menschen mit gleichen Wurzeln, müssen einander einfach lieben!", pflegte die Mutter oft zu sagen, wenn sie wieder einmal einen Streit zwischen den beiden schlichten musste.

„Einfach", pah, was war schon einfach gewesen im Umgang mit diesem geborenen Supertalent? Sie sah das Gesicht ihrer verstorbenen Mutter ganz nah vor sich. „Schau an, schau ihn dir an. Er ist einfach ein Talent ..."

Und dann, nach fünf Jahren enger Vertrautheit, in der sie ihre Mutter für sich allein gehabt hatte, war diese einfach zu René übergelaufen! Nur, weil diese Nervensäge ein Junge war, wurde er ihr jetzt vorgezogen. Er schien einfach alles besser zu machen als sie. Obwohl sie von ihren Eltern immer als die Vernünftige und Große bezeichnet wurde und obwohl sie auf diesen Zwerg häufig genug aufpassen musste, gewann sie trotzdem nie das Gefühl, den Eltern ihre wahre Überlegenheit gegenüber diesem kleinen Scheißer vermitteln zu können. Das Leben war ungerecht!

Lieselotte schüttelte kaum merklich den Kopf und bestellte ein großes Bier. Als das schaumige Getränk vor der zierlichen Frau abgestellt wurde, signalisierte die chinesische Nachbarschaft durch anerkennendes Nicken und ein Daumen-nach-oben-Zeichen ihre Anerkennung. Lieselotte hob ihr Glas und prostete mit leicht gequältem Lächeln der Runde zu. „Prost, auf eure Frauen! Ihr Machos!", rief sie freundlich in die Runde.

Die Männer hoben ihrerseits die schweren Bierkrüge an und grüßten freundlich lachend mit imitierten „Ho, ho"-, „Macho, Macho"-Rufen zurück.

Da sah sie René kommen. Kurz hielt er im Eingang zum Garten in seiner Bewegung inne und scannte die Gruppierungen. Selbst Lieselotte musste zugeben, dass ihr Bruder noch immer ein gutaussehender, attraktiver Mann war. Sein mittellanges, mittlerweile graues Haar trug er mit Gel gefestigt nach hinten gekämmt. In seinem gebräunten Gesicht fiel unter den wachen dunklen Augen ein heller schmaler Oberlippenbart ins Auge. In seinem blauen Leinenjackett auf roter Hose mit einem lässig gebundenen Halstuch bahnte er sich seinen Weg durch das Labyrinth der Tische, nachdem er seine zögerlich winkende Schwester erspäht hatte.

Er nahm gegenüber von Lieselotte Platz, die sich zu seiner Begrüßung demonstrativ nicht erhoben hatte. Lieselotte starrte auf seinen Mund. Keine Begrüßung, keine Floskeln.

„Warum bestellst du mich hierher?"

„Weil ich Post von deinem Anwalt bekommen habe und ..."

„Und warum in einen Biergarten?"

„War mir egal, hätte auch eine andere Kneipe sein können."

„Du weißt aber schon noch, dass ich trockener Alkoholiker bin, oder?"

„Ach komm, du wirst es damit sicher nicht so ernst nehmen."

„Doch, doch absolut, das tue ich! Aber egal, sag mir einfach, was du willst."

„Ich habe eine Bitte an dich."

„Ich höre."

„René, ruf deinen Pitbull an und nimm diese dämliche Anzeige zurück. Ich habe nichts gemacht und könnte im Übrigen eine Strafe nicht einmal zahlen. Ich bin nämlich finanziell im Moment ..."

„Das hättest du dir vorher überlegen sollen! Diesmal bist du wirklich zu weit gegangen! Wie kommst du nur dazu, meinen Oldtimer so zu zerkratzen! Ist es, weil Papa ihn mir vermacht hat?

Egal. Wenn du nicht zahlen kannst, dann gehst du dafür eben wenigstens ein paar Tage in den Bau!"

„Niemals!" Fast geschrien schrill kam die Antwort, sodass zwei Männer aus der Chinesengruppe sich erstaunt zu ihr umdrehten.

Sie entdeckte in Renés Gesicht so etwas wie Genugtuung, ein angedeutetes Grinsen.

„Damit du es weißt, René: Ich war's nicht und damit basta!"

„Mein Anwalt hat dir doch geschrieben, dass wir Beweise vorlegen können. Meine Überwachungskameras haben dich voll erwischt!" Er lachte höhnisch auf.

„Die zeigen gar nichts! Es war nämlich stockdunkel!", versuchte Lieselotte einen Konter, bemerkte aber im selben Moment die Dummheit ihres Argumentes! Wieder einmal hatte sie sich überrumpeln lassen.

Renés Grinsen wurde breiter. Sie versuchte in seinem Gesicht zu lesen, aber sie sah nur noch diesen Mund. Der Rest war irgendwie unscharf geworden ... Nur dieser Mund, Renés schärfste Waffe, war gnadenlos auf sie gerichtet und bedrohte ihre Existenz.

„Für wie doof hältst du mich eigentlich? Natürlich habe ich Kameras installieren lassen, die mit moderner Technik ausgestattet sind und auch nachts gestochen scharfe Bilder liefern! Nee, nee, diesmal bist du dran!"

Verdammt, dieser Mund! Nein, eigentlich war das kein Mund mehr, es war ein Maul! Ein hämisch sabberndes Maul mitten in einer widerlichen – Fratze. Das Schandmaul, das sie leider nie verstummend seit Jahrzehnten und auch jetzt wieder mit herablassend überlegenen Worten ankotzte ...

Lieselotte konnte den Blick nicht abwenden. Sie hockte auf der Bank wie das Kaninchen vor der Schlange. Vor ihr dieser bedrohliche Schlund, der etwas ausspuckte, was ihr einfach nur noch Angst einflößte. Ihr trockener Hals machte sie unfähig, selbst zu reden. War ihr Bruder jetzt dabei, ihr nicht nur die Argumente, sondern auch noch ihre Stimme zu stehlen?

Sie spürte aufkommende Panik.

Ihre rechte Hand tastete sich langsam in ihren Lederbeutel hinein und das Gefühl des festen, kühlen Metalls gab ihr wieder etwas Halt, als sie kurz davor gewesen war, die Fassung zu verlieren.

Mit einem Ruck zog sie die Pistole aus dem Versteck und richtete sie auf René. Sie entsicherte die Waffe und zielte nun mit dem fast ausgestreckten rechten Arm direkt auf Renés Gesicht, genauer gesagt auf das, was sie noch davon wahrnahm. „Halt endlich dein verdammtes Maul!", war alles, was sie mit rauer Stimme hervorbrachte.

Die Gruppe der Chinesen verstummte – überhaupt konnte Lieselotte plötzlich gar keine Stimmen mehr wahrnehmen. Stattdessen begann ein schriller Pfeifton ihr Innenohr zu fluten, überlagerte alle anderen Geräusche und verschlimmerte damit gewaltig ihre aufkommende Panik.

In Zeitlupe stellten sich die Chinesen nun halbkreisförmig hinter René, um in dieser Haltung zu erstarren. Das alles nahm Lieselotte nur am Rande wahr. Ihre Konzentration galt ausschließlich der Reaktion ihres Bruders.

Das taubstumme Pärchen hatte die Arme nach oben gerissen, schaute mit angsterfüllten Augen auf Lieselotte und hörte dabei nicht auf, vehement die Köpfe zu schütteln.

Und René? Lieselotte suchte nach Regungen der Angst, einem Zeichen des Einlenkens, des Versuchs einer Beschwichtigung in seiner Mimik. Aber nichts! Nein! Absolut gar nichts war in dieser Richtung erkennbar! Im Gegenteil. War das möglich? Die Lippen um diese schaurige Öffnung verformten sich zu … einem Lachen. Ja, tatsächlich! Frech und dreist lachte er ihr mitten ins Gesicht, die weißen Zähne gebleckt, trotz der Pistole wenige Zentimeter vor seinem Gesicht.

„Das wird dich auch nicht –"

Weiter kam er nicht. Lieselotte drückte ab.

Die Kugel schlug in Höhe der Unterlippe ein – drehte ihm das letzte Wort im Munde um –, aber er hörte nicht auf zu lachen. Lieselotte schoss ein zweites Mal. Ein weiteres, hässliches Loch entstand in der oberen Zahn-reihe, jetzt endlich das hämische Lachen zerfetzend. Doch erst beim dritten Treffer in Höhe der Nasenwurzel links riss es René nach hinten. Mit beiden Armen durch die Luft fahrend, wie zum Abschied winkend, kippte das jetzt durch Blut, Speichel und Gewebsfetzen fast unkenntliche Gesicht überraschend langsam erst nach hinten, dann nach unten und verschwand so aus Lieselot-tes Blickfeld.

In diesem Moment wurde auch sie brutal an den Schultern herumgerissen und – ERWACHTE!

„Hey, mein Schatz, was ist mit dir? Hast du schlecht geträumt? Du hast geschrien und dich gebärdet, als woll-test du jemanden ermorden." Ihr Ehemann Peter schaute sie erschrocken an und wischte ihr beruhigend mit dem Ärmel seines Schlafanzugs den Schaum aus den Mund-winkeln.

„Das wollte ich nicht nur … Oh Gott! Ich habe soeben meinen Bruder erschossen."

Verschwitzt und mit noch weichen Knien erhob sie sich und wankte unsicher ins Badezimmer.

***

„Ja, liebe Lieselotte, tatsächlich ist es in meiner Praxis bis-her noch nie vorgekommen, dass eine Frau in Ihrem Alter – Sie entschuldigen bitte, aber Sie sind jetzt, im Novem-ber, gerade dreiundsechzig Jahre alt geworden, richtig?"

„Ja, richtig."

„Also, was ich damit sagen will: Es ist zumindest unge-wöhnlich, dass bei Erwachsenen allein ein Albtraum den

Besuch bei einem Therapeuten wie mir zur Folge hat. Meist steckt doch mehr dahinter, also, hinter so einem, wie Sie es schildern, singulären nächtlichen Ereignis. Im vorliegenden Fall könnte der Traum zum Beispiel durch Ihr problembehaftetes, nicht geklärtes Verhältnis zum Bruder ausgelöst worden sein. Aber bevor wir zur Besprechung dieses Problemfeldes kommen, habe ich vorher doch noch einige Fragen zu Ihrer Person und Lebensgeschichte."

Lieselotte war tatsächlich aktiv geworden. Der schlimme Traum hatte sie länger und intensiver verfolgt, als sie für normal hielt. Immer wieder waren diese schrecklichen Bilder mit einer quälenden Deutlichkeit vor ihrem inneren Auge aufgetaucht, dass sie manchmal fast geneigt war anzunehmen, diese Bluttat wirklich begangen zu haben.

Letztendlich war sie nach etlichen Umwegen und einer Suche von über einem Vierteljahr mit Empfehlungen in der Praxis von Raphael Wahnfried gelandet. Wenn sie auch am Anfang noch etwas distanziert auf die manchmal gespreizten und ihrer Meinung nach zu sachlichen Formulierungen ihres Therapeuten reagierte, so wollte sie ihn zum Ende der Sitzungen nicht mehr missen.

Es gelang ihm nach und nach, sie von der Sorge freizusprechen, als Kind versagt zu haben.

„Der weitere Kinderwunsch Ihrer Eltern war doch nur Ausdruck der Tatsache, dass sie sich über Sie, Lieselotte, so sehr gefreut haben, dass die sich ein weiteres Kind überhaupt erst zutrauten! Sie waren doch auch bis zu der Zeit nach Ihren eigenen Schilderungen ein unkompliziertes, fröhliches Kind gewesen. Eine richtige kleine

Prinzessin. Das hat Ihren Eltern erst so richtig Mut gemacht "

„So konnte ich das noch gar nicht sehen", kam ihre zurückhaltende Antwort.

Zögerlich hatte sie über ihre schulisch-berufliche Entwicklung erzählt. Klasse neun wiederholt (wegen Mathe und Bio) und nach der Zehn dann abgegangen. Das mit den Kurzschuljahren in den Sechzigern war für sie auch kein Vorteil gewesen.

Die Pubertät und ein schwieriges Verhältnis zum strengen Vater, der nur forderte, hatten ihr ebenfalls nicht gutgetan.

„Ja, es war falsch gewesen, aber damals, also im Sommer 1972, habe ich die Schulbank verlassen. Ich konnte mich einfach nicht mehr motivieren."

„Sie brauchen sich bei mir nicht zu rechtfertigen oder gar zu entschuldigen. Wir beide suchen nach Erklärungen für Ihr Verhalten, Lieselotte", kommentierte Herr Wahnfried mehrfach ihre verbalen Selbstgeißelungen.

Doch schließlich sollte ihr Therapeut nicht annehmen, dass Selbstkritik kein Thema für sie wäre.

Bereitwillig hatte sie ihm auch von ihrer Essstörung erzählt. Und sie war verwundert, dass er sie auch bei diesem Thema nicht kritisierte, sondern glaubhaft Verständnis für ihre Situation aufzubringen schien.

Dann die Zeit der Banklehre (auf Druck ihres Vaters!). Ein hartes Jahr der zunehmenden Entfremdung von ihrem Zuhause.

Bis dann Ramin im September 1973 in ihr Leben trat und nichts mehr so war wie vorher.

„Es winkte meine Befreiung aus häuslichem Muff! Ein Ende der täglichen Diskriminierung! Ja, wirklich, genau so habe ich das damals empfunden!"

Lieselottes Hoffnungsträger: ein Junge mit persischen Wurzeln, der neben gutem Aussehen, seiner Jugend und Empathie eine weitere, große Gabe besaß. Er war in der Lage, mit seinen Reden selbst Steine zu erweichen. Die Fähigkeit, seine subjektive Sicht auf die Dinge durch beispiellose Übertreibung, Inbrunst und Wiederholung zur Geltung zu bringen, war extrem eindrucksvoll. Lieselottes Vater stand Ramin von Anfang an mit größter Skepsis gegenüber. Doch dem jungen Mann gelang es, zumindest für kurze Zeit, mit dem Schildern seiner goldenen beruflichen Zukunft das eisige Herz des Schwiegervaters in spe ein wenig zu erwärmen.

„Ramin hatte einen ganz eigenen Blick auf die Situationen im Leben! Mein Vater hat ihn deswegen einen Gaukler und Fantasten genannt, der sich und allen anderen Halbwahrheiten und Lügen so oft erzählen würde, bis er selbst auch daran glauben würde. Aber das stimmte natürlich nicht! Für mich war er der ideale, ersehnte, mich befreiende Märchenprinz – ein Berufener aus 1001 Nacht."

Aber ganz so vieler heimlicher Nächte bedurfte es nicht, um Lieselotte noch im Jahr 1973, vor Vollendung ihres 19. Lebensjahrs, zu schwängern. Die Bulimie wurde jetzt abgelöst vom Schwangerschaftserbrechen, einer kraftraubenden Erfahrung der besonderen Art. Doch tief in ihrem Inneren war Lieselotte glücklich mit ihrer Schwangerschaft und der Begriff Konfliktschwangerschaft beschrieb eigentlich nur die Sicht ihrer kompletten Familie auf die Situation.

„Ich konnte es kaum abwarten, auszuziehen ... Ja, vielleicht war ich etwas blauäugig und halt einfach noch zu unerfahren ...“

Lieselotte freute sich auf ein schönes neues Leben, endlich ohne ihre Familie! Ramins Neigung, in jedem zweiten Satz Ehre, Gewissen, Respekt und moralische Werte zu betonen, nötigten schließlich sogar ihrem strengen Vater das Jawort zur Eheschließung ab. Eine Entscheidung, die er aber schon ein Jahr später zutiefst bereute und sie auch jedem, der es hören wollte (oder auch nicht), mit auf den Weg gab.

„Und mein lieber Bruder war natürlich damals schon im Alter von 12, 13 Jahren nur ein Echo – oder sollte ich eher sagen ein Sprachrohr? – meines Vaters. Er hat halt einfach immer alles nachgeplappert. Nie hat er für mich Partei ergriffen! Und irgendwie ist das bis heute so geblieben. Vom kleinen König René höre ich bis heute nur Kritik!“

„In der kurzen Zeit Ihres Kennenlernens und danach während der Schwangerschaft, hatte in dieser schwierigen Zeit wenigstens Ihre Mutter ein offenes Ohr für Sie?“

Lieselotte lachte kurz, aber hörbar enttäuscht auf.

„Meine Mutter? Ein offenes Ohr für mich? Nee, das war so gar nicht der Fall! Die war längst ins andere Lager gewechselt. Oh, was war ich froh, mir wenigstens nie mehr etwas von ihr zum Thema Essen anhören zu müssen. Eine tiefe Genugtuung hatte mich ergriffen. Mutters Argument: ‚So mager findest du nie einen Mann!‘ hatte ich eindeutig widerlegt.“

„Hatten Sie noch irgendwo Unterstützung in der Familie?“

„Nein, in der Familie ... Die haben alle immer nur aufs Geld geschaut. Und dann erinnern Sie sich doch nur mal an diese frauenfeindlichen, verkrusteten Familienstrukturen in den Siebzigerjahren ... Bei uns zu Hause herrschte eben auch das Patriarchat. Punkt. Ende der Diskussion!"

„Sie sehen die Situation damals wie auch heute noch so, dass Sie allein gegen die Welt kämpften, oder wie soll ich Ihre Aussagen werten?"

Lieselotte schaute Herrn Wahnfried erstaunt an.

„Ja, natürlich! War doch auch so! Und vielleicht wäre es ja sogar gutgegangen mit Ramin, wenn ich nicht so einen Arsch als Bruder gehabt hätte."

„Stopp, stopp, stopp!" Herr Wahnfried fiel Lieselotte ins Wort. „Ihren Bruder wollten wir heute doch noch ausklammern. Und bitte, wenn es möglich wäre – keine Kraftausdrücke." Der Therapeut machte mit beiden Händen eine beruhigende Geste.

„Okay, also ich fasse kurz zusammen. Ramin und ich heirateten im April 1974. Fünf Monate später wurde unser kleiner Darius Saleh geboren. Drei Monate nach der Geburt ging ich wieder auf die Bank und habe meine Lehre dort auch fertig gemacht. Ramin brach seine Lehre ab. Also: Eigentlich flog er raus bei seinem Lehrherrn. Angeblich soll er Geld aus der Kasse genommen haben. Was total ungerecht war, aber Ausländer sind ja immer leicht zu beschuldigen ...

Nun gut; mit Windelnwechseln war das bei Ramin auch eher nichts. Meine Mutter sprang ein in der Kindsversorgung und mein Vater finanzierte uns ein Auto. Und lieh uns auch das Geld für alle größeren Anschaffungen in unserem noch jungen Haushalt.

Ja, für Ramin wurde die Situation zunehmend schwierig. Sein Ehrgefühl ließ Armut eigentlich nicht zu. Und seine Eltern waren weit weg!

Mit Geld konnte er zudem leider so gar nicht umgehen. Hatte er etwas auf der Hand, dann neigte er zu Glücksspiel oder unsinnigen Ausgaben. Stellen Sie sich bitte vor: An einem Abend im Sommer 1975 verlor er beim Pokern 640 D-Mark (mit denen wir eigentlich Schulden zurückzahlen wollten). Nur, um zwei Tage später mit neu geliehenem Geld zwei Konzertkarten für Frank Sinatra zu erwerben. Und das für schlanke 300 Mark pro Ticket, versteht sich! Mein Vater bekam einen Tobsuchtsanfall, als er davon Wind bekam.

Der Freundeskreis schrumpfte auch, weil wir schon zu viele angepumpt hatten und es mit dem Zurückzahlen halt zunehmend schwierig wurde für uns."

„Ihren Worten entnehme ich aber, dass Ihre Eltern Sie doch finanziell und mit persönlichem Einsatz unterstützt haben, oder?"

„Na ja, sie konnten sich das ja auch leisten. Und ist es nicht auch die Pflicht von Eltern, ihre Kinder in schwierigen Situationen zu unterstützen? Meiner Mutter bin ich auch dankbar für ihren Einsatz in der jahrelangen Kinderbetreuung, was übrigens zur Folge hatte, dass Darius auch sehr an ihr hing. Und als sie später nach dem Tod meines Vaters in die Demenz abglitt, konnte ich ihr etwas durch meine Pflege zurückgeben."

„War es denn nicht gut, dass Ihre Eltern es Ihnen ermöglichten, Ihre Lehre abzuschließen?"

„Ach, wissen Sie. Das war so typisch für meinen Vater. Der definierte den Wert eines Menschen nur über Beruf und Geld. Wer keine Ausbildung hatte, der war auch ein Nichts für ihn! Das hat er natürlich auch Ramin spüren lassen – mit meinem kleinen Bruder im Schlepptau ...“

„In der nächsten Therapiestunde werden wir uns endlich einmal Ihren Bruder vorknöpfen“, versprach Herr Wahnfried, „aber heute möchte ich noch mehr über Ramin erfahren.“

Lieselotte seufzte und hielt einige Sekunden inne.

„Also, ja, einige Dinge spitzten sich so peu à peu zu. Und dann verschwand er plötzlich. Ja, Ramin war plötzlich weg! Im Januar 1976, nach nicht einmal zwei Jahren Ehe, war er plötzlich von der Bildfläche verschwunden. Wie vom Erdboden verschluckt. Hat einen ziemlichen Wirbel verursacht. Ersparen Sie mir die Details!

Ein ganzes Jahr wusste ich wirklich nicht, was mit ihm passiert war.

Und dann war er plötzlich zurück – aus Teheran. Der Arme! Hatte so viel Heimweh gehabt, dass er einfach abgehauen war. Ja, also ... Das war dann schon Ende 1977.

Als ich dann so nebenbei erfahren musste, dass er auch in Teheran ein Kind hatte, war ich schon ziemlich enttäuscht. Aber ich hatte andererseits ja selbst erlebt, wie schnell so etwas passieren kann. Meine Eltern und mein Herr Bruder haben uns beiden einen Neuanfang danach einfach unmöglich gemacht.

Jedenfalls geriet ich durch Ramins Inhaftierung (wegen wiederholtem Autodiebstahl) Mitte 1980 so unter Druck, dass ich mich nach sechs bewegten Jahren letztlich von diesem für mich bis heute wichtigen Menschen scheiden ließ. Der massive Druck zu diesem Schritt ging von meinen Eltern aus!“

Zum ersten Mal in einer Therapiestunde fing Lieselotte an zu weinen.

„Eltern können ja so grausam sein!", war ihre letzte Bemerkung, mit der Herr Wahnfried sie nach Hause entließ.

***

„Für heute, liebe Lieselotte, habe ich Ihnen ja versprochen, dass wir uns endlich einmal dem Verhältnis zu Ihrem Bruder widmen wollen. Als Einstieg zum Thema habe ich noch eine Frage vorweg: Haben Sie eigentlich einmal darüber nachgedacht, was Sie bei den Eltern mit Ihrem auffälligen Essverhalten systemisch gesehen bewirkt haben, vielleicht sogar bewirken wollten?"

„Wie soll ich das verstehen? Ich hatte damals einfach das Gefühl, dass ich zu dick wäre, nachdem ich in der Grundschule schon wirklich ein Dickerchen war und deswegen auch gehänselt wurde. Schließlich ist das Körpergewicht nur eine Frage der Disziplin und des Essverhaltens, wenn Sie verstehen, was ich meine?"

„Ich glaube, Lieselotte, Sie wissen selbst, dass es nicht so einfach ist ... Wir Menschen machen ja vieles unbewusst und erkennen erst später, was die eigentliche Triebfeder unseres Verhaltens gewesen ist. Können Sie folgendem Gedanken etwas abgewinnen: Im Konkurrenzverhalten zu Ihrem Bruder, das Sie selbst ja immer wieder erwähnen, hatten Sie vielleicht das Gefühl gewonnen, in vielen auf der Hand liegenden Bereichen, wie schulische Leistungen, Beliebtheit und Anerkennung bei den Eltern, zunehmend nicht mehr wettbewerbsfähig zu sein. Wenn Ihre Eltern Sie schon nicht positiv wahrnehmen konnten, dann sollte wenigstens die Sorge um Ihre Gesundheit für Aufmerksamkeit und Zuwendung sorgen. Man könnte es überspitzt formulieren: Besser negativ auffallen als gar nicht!

Ich wiederhole mich; das war keine Haltung, die Ihnen damals bewusst war. Aber es könnte heute eine systemische Erklärung für damaliges Verhalten sein. Sie haben ja oft genug erfahren, dass gerade für Ihre Mutter, die Köchin der Familie, Ihr Essverhalten und Aussehen am Rand des Untergewichts eine starke Provokation darstellte.

Vielleicht gab Ihnen damals auch die Fähigkeit, Gewicht und Essverhalten unter Kontrolle halten zu können, ein Gefühl der Sicherheit und Überlegenheit. Waren doch Eltern und Bruder nach Ihren Angaben zum Übergewicht neigende, sogenannte Genussmenschen."

„Meinen Sie wirklich?"

„Es geht hier nicht um meine Meinung; ich halte Ihnen nur einen Teil der möglichen Wahrheit hin, wie eine Jacke. Und dann schauen wir gemeinsam, ob Sie sich diese Jacke anziehen können oder ob sie überhaupt nicht passt. Sie haben doch vermeintliche Wahrheiten schon zu oft wie ein nasses Handtuch um die Ohren gehauen bekommen. Nehmen Sie sich ruhig Zeit für die Antwort und geben Sie sie mir in einer der nächsten Stunden."

Lieselotte nickte nachdenklich.

„Vielleicht wollen Sie mir aber inzwischen etwas über ihren Vater –"

Lieselotte zuckte bei dem Begriff Vater regelrecht zusammen, klatschte die Hände gegeneinander, die sie danach gefaltet vor ihr Gesicht führte, die Nase in den Spalt zwischen den gestreckten Zeigefinger gepresst.

„Oh Gott!", stöhnte sie auf. „Mein Vater ..." Sie atmete hörbar aus.

„Okay, mein Vater war mit mir viel strenger als meine Mutter. Außerdem war er ein ungeduldiger und manchmal auch jähzorniger Mensch! Deswegen habe ich mich meiner Mutter auch wesentlich näher gefühlt, da sie oft selbst unter seinen Launen litt."

„Aber er war doch auch großzügig mit Geld, oder?"

„Na ja, aber er hatte ja auch gut Geld, so als Abteilungsleiter bei der Bank ..."

„Aber nicht jeder, der Geld hat, ist deswegen auch großzügig, oder?"

„Na ja, das stimmt schon, aber ..."

„Aber was?" Der Therapeut hakte nach.

„Na, ich hatte oft den Eindruck, dass er die Leute gekauft hat, so mit seinem Geld. Wenn auch unausgesprochen, erwartete er nach Geschenken schon immer besonderes Wohlverhalten. Und darunter verstand er, dass man tat, was er sich vorstellte."

„Geben Sie doch mal ein Beispiel dafür."

„Ja, da fällt mir Folgendes ein: Als er uns zur Hochzeit 1974 ein Auto finanzierte, also: Offiziell wollte er uns das Geld dafür schenken, aber das war natürlich nur die halbe Wahrheit. Wir haben das Geld nie gesehen! Denn er schrieb uns einfach vor, was es für ein Auto sein musste. Und da gab es dann auch prompt Streit zwischen meinem Vater und uns, weil Ramin eigentlich einen Sportwagen kaufen wollte. Da hatte mein Vater aber schon beim Händler einen gebrauchten Kombi reserviert. War vielleicht letztendlich auch praktischer, für eine Familie mit Kind … Aber eigentlich kann man es so nicht machen. Geschenk ist Geschenk und ich will damit machen können, was ich will, Vernunft hin oder her." Lieselotte setzte einen entschlossenen Gesichtsausdruck auf.

„Hat Ihr Bruder das auch an seinem Vater kritisiert?", hakte der Therapeut nach.

„Der? Nee, der hat seinen Vater nicht kritisiert. Die waren ‚ein Arsch und ein Eimer'! Und Sie können sich das nicht vorstellen, Herr Wahnfried. Mit seinem Söhnchen, mit König René, hat man meinen Vater quasi nicht wiedererkannt. Da ließ er sich auf dem Kopf herumtanzen, und wenn der Kleine sich danebenbenahm, dann lachte er meistens nur.

Ich erinnere mich an eine Szene, als mein Bruder – er muss damals so etwa drei Jahre alt gewesen sein – versucht hat, am Esstisch eine Glasflasche mit Milch zu öffnen. Trotz mehrfacher Ermahnungen, die Flasche in Ruhe zu lassen, schmiss er, tapsig genug, die Flasche vom Tisch, wo sie mit lautem Knall auf dem Boden in tausend Scherben zerbrach. Ich erwartete eine sofortige, deutliche Ansage meines Vaters. Jedoch: Fehlanzeige! Mein Vater lachte nur über das erschrocken verzerrte Gesicht des kleinen Terroristen. Ich war mir sicher, dass ich an seiner Stelle eine gehörige Standpauke abbekommen hätte."

„Wie haben Sie Ihren Vater denn in Erinnerung, als Ihr Bruder noch klein war?"

„Ja, da hat er mich auch schon immer gefordert; natürlich sollte ich mich in der Schule anstrengen, aber meine Leistungen waren ihm nie gut genug. Dann sollte ich möglichst noch ein Instrument lernen, aber die

Flötentöne haben sich mir einfach nicht beibringen lassen … Nach einem halben Jahr habe ich den Unterricht dann selbst beendet."

„Gibt es Dinge, die Sie mit Ihrem Vater gemeinsam hatten?"

Es entstand eine längere Pause, bis Lieselotte zögerlich antwortete.

„Eigentlich wenig – bis gar nichts! Autos waren nicht mein Ding. Bank auch nicht. Dazu wurde ich gezwungen. Wie gesagt: Hab ja dann die Lehre gemacht, aber … Sport und Bücher auch nicht. Essen auch nicht! Tja, was bleibt da noch? Vielleicht die Musik: Also, ich höre auch gerne Musik und gehe gerne auf Konzerte. Kurz vor seinem Tod hatten wir mal ein gutes Gespräch über die Musik von Pink Floyd, weil ich auf einem Konzert einer Revival-Band gewesen war … aber sonst …"

Herr Wahnfried machte keine Anstalten, die erneute Stille zu unterbrechen.

„Karten spielen sollte ich mit ihm, aber das machte mir überhaupt keinen Spaß. Manchmal war er dann beleidigt. Aber: All das hat er ja dann mit seinem René nachholen können." Ihre Stimme hatte einen zynischen Unterton angenommen.

„Apropos René. Wann haben Sie Ihren Bruder eigentlich das letzte Mal persönlich getroffen und gesprochen?"

„Ja, ich glaube das war vor gut zehn Jahren, als plötzlich noch ein Sparkonto unserer verstorbenen Mutter aufgetaucht war."

„Und dabei gab es dann Streit um das Erbe?"

Lieselotte schaute überrascht auf.

„Nein, überhaupt nicht. Wir haben nie um Geld

gestritten. Bei keiner unserer Auseinandersetzungen ging es ums Geld. Mein Bruder ist zwar ein Arsch, aber mit Geld war er immer großzügig. Hat vielleicht damit aber auch seine Überlegenheit dokumentieren wollen. Er, der große Herr Doktor. Aber ehrlich, ich habe das Geld immer gerne genommen, Arsch hin oder her! Einmal hat er in jungen Jahren meinem Ramin Geld geliehen. Da war er selbst noch Schüler. Ja, und da kam es dann auch zum großen Krach zwischen Ramin und meinem Bruder."

„Ist das der Konflikt, den Sie schon einmal erwähnten? Der einen Neuanfang zwischen Ihrem Mann und Ihnen nach fast zwei Jahren Teheran so stark erschwert hat?"

„Ja, genau den meine ich!"

„Dann erzählen Sie doch mal bitte." Herr Wahnfried lehnte sich zurück.

„Na ja, also René hatte uns zweitausend D-Mark geliehen und dann verschwand Ramin. Da hat René noch nicht gemault. Aber kaum war Ramin wieder da, hat René gefragt, was jetzt mit dem Geld sei. Er habe ja schließlich auch Verpflichtungen und wolle sich ein Moped kaufen ... Wir sitzen in der Tinte und er denkt nur an sein Moped! Aber dann hat er angefangen, Ramin moralisch massiv unter Druck zu setzen. Leihschulden seien Ehrenschulden, hat er Ramin um die Ohren gehauen und danach überall im Ort rumerzählt, was passiert war!

Er sei für ihn kein Ehrenmann mehr, hat er ihn dann noch in unserer Küche angebrüllt! Da kam es fast zur Schlägerei und Ramin hat meinen Bruder aus unserer Wohnung geschmissen. Und dann: Stellen Sie sich das nur vor: Das Bübchen geht nach Hause zu Papi, und was passiert? Papa hat uns das Geld in den nächsten Monaten von seinen Zahlungen abgezogen und seinem verhätschelten ‚Bubele' das Scheißmoped vorfinanziert!"

Eine kurze Stille entstand. Herr Wahnfried räusperte sich.

„Wann kam es denn eigentlich zum endgültigen Bruch mit Ihrem Bruder?"

„Ja, das war, als er mich geohrfeigt hat. Da war dann endgültig Schluss!"

„Warum kam es zu dieser Tätlichkeit?"

„Also, das ist fast elf Jahre her. Damals war mein Bruder noch im Fußball aktiv. Er kam zu der Zeit bei mir nur noch vorbei, wenn er sicher sein konnte, dass Ramin nicht zu Hause war. Als er mich wieder einmal besuchte, war er extrem schlecht drauf. Seine Launen hat er dann gerne an irgendjemand ausgelassen. Also fing er an, herumzukrakeelen. Scheiß-Schiri, blöder Trainer und so weiter. Was er für Probleme hätte im Sportverein und überhaupt ... Er ging mir furchtbar auf die Nerven, und da hab ich ihn irgendwann einen ‚larmoyanten Alki' genannt. Oh, da hat er die Kontrolle über sich verloren und mir eine geknallt. Ja, und das war es dann ..."

Eine längere Pause entstand, die erst nach einer langen Minute vom Therapeuten beendet wurde.

„Sie haben Ihren Bruder also zuletzt vor mehr als zehn Jahren gesprochen?"

„Ja, und das ist auch gut so. Mir geht es besser ohne ihn!"

„Also, bei Ihrer Hochzeit mit Peter vor sieben Jahren war er nicht eingeladen?"

„Nein, ich wollte mir doch nicht die Feier verderben lassen. Sicher hätte er es sich nicht verkneifen können, hämische Bemerkungen loszuwerden."

„Sie wissen also gar nicht, wie es Ihrem Bruder inzwischen geht? Aber Sie wissen natürlich, was er bei Ihrer Hochzeit gesagt hätte ... Halten Sie es nicht für möglich, dass er sich vielleicht sogar gefreut hätte, mal wieder von Ihnen zu hören?"

„Das ist ja nun wirklich Unsinn. Hat er mich in den letzten zehn Jahren angerufen? Nee, dafür kenne ich ihn zu gut." Sie lachte mit abfälligem Unterton. „Die Grenzen sind abgesteckt und wir beide leben halt jeder so sein Leben."

„Wieso sind Sie dann zu mir gekommen? Ich dachte, dass Ihr Traum Sie aufgeweckt hat. Waren Sie nicht über sich selbst erschrocken? Sich selbst so verroht erleben müssen; hat Sie das nicht geschockt? Sie haben sich sogar einen Mord zugetraut?"

„Ich weiß jetzt nicht ..." Lieselotte wirkte ratlos.

„Sie sind doch kein Mensch, der Hass genießt, oder?"

„Ja, das ist schon wahr, aber ..."

„Diese ständig offene Wunde des Verhältnisses zu Ihrem Bruder hat Sie doch nicht in Ruhe gelassen? Oder? Weshalb sonst Ihr Traum?"

Lieselotte schien verunsichert.

„Schauen Sie: Zwischen Ihnen und Ihrem Bruder hat sich bis heute eine Riesenportion Enttäuschung und Frust aufgebaut. Die Ursache dafür ist die angenommene (oder auch inzwischen wirklich vorhandene) grobe Respektlosigkeit voreinander. Wenn ich mich nicht respektiert, ja sogar herabgesetzt fühle, untergräbt das mein Selbstwertgefühl. Diese Tatsache macht mich dann so enorm wütend! Damit fängt eine negative Spirale an, sich zu drehen, die entstehenden Zorn und nicht bekämpfte

Wut zu einem Pulverfass werden lassen. Ein Pulverfass des Hasses, das, wenn es gutgeht, nur in einem Traum explodiert."

Herr Wahnfried machte eine Pause. Lieselotte hatte inzwischen gelernt, besser zuzuhören und ertrug die Stille.

„Ich will, dass Sie den folgenden Satz immer wieder überdenken und dann begreifen! Ja, ich wünsche mir, dass Sie sich diesen Satz immer wieder einmal laut vorsprechen!" Seine Stimme war eindringlich geworden.

„Wut und Zorn verhindern jede Empathie!"

„Was soll mir das jetzt sagen?" Lieselotte schaute etwas ratlos.

„Wut und Zorn verhindern jede Empathie! Wenn ich mich oder auch andere mit Zorn und Wut anstachele bis hin zum Hass, dann verliere ich jedes Mitgefühl."

Herr Wahnfrieds Körper hatte Spannung angenommen. Er hatte sich von seinem Stuhl erhoben und sprach betont langsam. Dabei fing er an, im Zimmer auf- und abzugehen.

„Wenn ich hasse, kann ich einen Mord plötzlich für gerechtfertigt halten, obwohl ich als Kind gelernt habe: Du sollst nie töten! Im Übrigen erklärt dieser Satz, weshalb Menschen bereit waren, Konzentrationslager zu bewachen, Kriege zu führen und jede Menge individuelle Gräueltaten zu begehen. Der Verlust der Empathie durch Wut oder Zorn kann zur Wurzel des Bösen werden! Selbst wenn diese hassenden Menschen damit vordergründig ein Problem lösen, so bleibt ihnen danach das neue Problem der Schuld. Auch ein Gefühl, mit dem ich nur ungern auf Dauer in Berührung kommen möchte.

Ihr Traum, liebe Lieselotte, hat Ihnen genau das gespiegelt. Ihr Zorn ist trotz fehlenden Kontaktes zum Bruder nicht kleiner geworden. Im Gegenteil! Ihrer beider Sprachlosigkeit hat die Wut nur immer weiter angestachelt. Aber die zugrunde liegenden Probleme haben sich dadurch nicht lösen lassen. Und es hat Sie beide auch nicht glücklich gemacht."

„Vielleicht ist mein Bruder ja zufrieden mit der Situation?" Lieselottes Stimme hatte einen provozierenden Unterton.

Herr Wahnfried lächelte. „Ohne dass ich Ihren Bruder kenne, behaupte ich einfach mal das Gegenteil! Allein schon wegen meiner langjährigen Erfahrung als Therapeut! Sie glauben ja gar nicht, wie viele Menschen an Streit erkranken und mich aufsuchen. Aber es ist nie zu spät, eine Situation noch zu retten. Selbst im hohen Alter kann es uns gelingen" – Lieselotte schaute etwas gekränkt auf –, „auch die eingefahrensten Vorurteile aufzulösen. Vielleicht haben wir ja nur ein ganz falsches Bild voneinander? Missverständnisse? Nein, es sind die Unterstellungen, die die Situation verschlimmern. Diese Annahmen, was der andere sicherlich denkt, was er wahrscheinlich gewollt und gemeinerweise dann auch bestimmt noch zu Dritten geäußert hat ... Die gilt es zu überwinden!"

Lieselotte machte keine Anstalten, den Vortrag von Herrn Wahnfried unterbrechen zu wollen.

„Ich will Ihnen ein Beispiel geben aus meinem Schulunterricht, eine Erfahrung, die mehr als dreißig Jahre zurückliegt, bei mir aber bis heute nachwirkt. Bei Interpretationen von Literaturtexten in der Klasse 13 gefiel mir lange meine Formulierung: ‚Der Autor will uns sagen ...'

Unser Englischlehrer hat diese Formulierung immer mit fettem Rotstift kommentiert: ‚Woher wissen Sie das? Haben Sie den Autor dazu befragt?‘

Ich fand das zunächst einen schlechten Einwand. ‚Wie soll ich denn sonst mit dem Text umgehen?‘, glaubte ich kontern zu müssen.

Die Antwort meines Lehrers kam umgehend. ‚Indem Sie zunächst darüber nachdenken, was der Text mit Ihnen macht!‘

Und wenn Sie, Lieselotte, einen Moment über diese Aussage nachdenken, dann verstehen Sie sicher auch, was ich damit ausdrücken will und wie wichtig diese Aussage ist."

Herr Wahnfried machte eine erneute Pause und nahm wieder auf seinem Stuhl Platz. Er beugte sich nach vorne in Lieselottes Richtung, mit beiden Ellbogen auf den Oberschenkeln abgestützt. Er legte sein Kinn auf die zur Faust übereinandergelegten Hände und schaute sein Gegenüber einige Sekunden an.

„Ja, so ein Text erreicht mich und bewegt etwas, oder eben nicht … Da ist mir egal, ob der Autor das so gewollt hat oder nicht!"

Der Oberkörper des Therapeuten schnellte nach oben.

„Perfekt! Genau das ist die Aussage. Meine Betroffenheit ist hier das wichtige Kriterium und nicht die eventuelle Motivation hinter einer Aussage. Heißt also: Wenn Ihr Bruder etwas tut oder sagt, was Sie zum Beispiel wütend macht, dann muss er das so nicht notgedrungen auch beabsichtigt haben … In diesem Fall könnten Sie Ihrem Bruder entgegnen: ‚Es macht mich wütend, wenn du dies und das tust oder sagst …‘

Vielleicht machen Sie dann die überraschende Erfahrung, dass er gar nicht beabsichtigt hatte, Sie zu beleidigen. Miteinander im Gespräch bleiben, klärende, nicht verletzende Ich-Botschaften senden. Das kann Gräben überwinden helfen.

Und zum Abschluss dieser Stunde noch ein Gedanke: Ja, das Leben ist nie gerecht! Geschwister werden nie gleich erzogen. Die Zeiten, auch die Eltern sowie das Umfeld sind ständigen Veränderungen unterworfen. Sie, Lieselotte, lebten in einem System, in dem sich Ihre Eltern sicherlich alle Mühe gegeben haben, gerecht zu sein. Ein System, das irgendwie funktionieren sollte und das bei den so ungleichen Geschwistern dann doch aus dem Ruder lief."

Es war die einzige Stunde bei Herrn Wahnfried, die er unbemerkt um ganze zwanzig Minuten überzog. Nach einem guten dreiviertel Jahr entließ der Therapeut Lieselotte in ihre neue Selbständigkeit. Sie ging mit dem Gefühl, viel über sich selbst gelernt zu haben.

* * *

Ein weiteres halbes Jahr später waren sie so weit. Auf ihre Initiative hin verabredeten Lieselotte und René ein Treffen zu zweit.

René schlug vor, sich in einem bekannten Biergarten zwischen ihren Wohnsitzen zu treffen. Das wunderbare Wetter, es war ein warmer Spätsommertag Anfang September vorhergesagt, machte zusätzlich Lust auf dieses Ambiente.

Peter setzte Liselotte vor dem Eingangstor ab.

„Toll, dass du das eingefädelt hast. Ruf mich an, wenn ich dich wieder abholen soll."

Mit einem Kuss verabschiedeten sich die beiden und Lieselotte betrat mit gemischten Gefühlen den Biergarten.

„René und ich wohnen eigentlich gar nicht so weit auseinander", ging ihr durch den Kopf, während sie nach einem passenden Platz Ausschau hielt.

Wie immer war sie überpünktlich. Ihr Bruder war natürlich noch nicht erschienen. Sie fand einen gemütlichen, noch leeren Vierertisch und nahm schon einmal Platz. Ihren kleinen Rucksack hängte sie über die Stuhllehne.

Sie hatte mit Peter lange beraten, was sie zu diesem Treffen anziehen sollte.

„Auf keinen Fall zu schick", hatte sie immer wieder gemahnt. „Aber doch irgendwie gut, damit er nicht denkt, ich sei ein Sozialfall geworden", worauf Peter schallend gelacht hatte.

Sie hatte sich dann für eine Jeans mit teurer, weißer Bluse darüber und einer regenfesten, aber auch wärmenden Überjacke entschieden. Die weißen Sneakers rundeten nach ihrem Gefühl das Bild passend ab und sollten dazu verhindern, dass sie noch kalte Füße bekäme.

Und dann sah sie ihren Bruder im Eingang stehen. Oder war er das gar nicht? So dick hatte sie ihn … Aber an der Mundpartie und an den Augen, die sich zu freuen schienen, als er sie winken sah, erkannte sie ihn doch zweifelsfrei wieder.

Die weißen Haare in alle Richtungen abstehend, kam er lachend auf sie zu.

„Mensch Lottie, du alte Hexe, das ist ja ein Ding! Ich

freue mich, dass du wirklich gekommen bist! Komm, lass dich mal drücken!" Er legte eine unförmige Plastiktüte auf den Tisch und öffnete die Arme.

Lieselotte erhob sich zögerlich von ihrem Stuhl. War sie doch irgendwie überrascht von dem Überschwang, mit dem ihr Bruder sie begrüßte. Sie hielt beide Handinnenflächen in Brusthöhe nach vorne gerichtet. In großer Geste schlang René seine langen Arme um die zierliche Frau, die er um fast anderthalb Kopflängen überragte, und zog sie kraftvoll an sich.

Im kurzen Moment der Nähe glaubte Lieselotte in seinem Atem Hochprozentiges gerochen zu haben.

"Ja, ich freue mich auch, dass es heute geklappt hat. Komm, setz dich!"

"Oh, einen kleinen Moment noch, Lottie, ich hab meine Zigaretten in der Fahrradtasche vergessen. Ich gehe sie grad mal holen. Ich bin nämlich heute mit dem E-Bike da." Er fuhr sich mit der rechten Hand durch die Haare, als ob er sie damit nach hinten kämmen wollte. "Deswegen sehen meine Haare auch so wild aus. Aber Helm muss schon sein." Er klopfte mit der Hand auf die Plastiktasche auf dem Tisch.

"Oh, da bist du aber ganz schön lange geradelt. Sind doch sicher mehr als zehn Kilometer von dir bis hierher."

"Genau gesagt sind es elf Kilometer, aber was tut man nicht alles für die Gesundheit. Ich bin gleich zurück."

Lieselotte nahm wieder auf ihrem Stuhl Platz, und nach kurzer Zeit war René wieder da und rückte mit seinem Stuhl dicht neben sie.

"Apropos Gesundheit – du rauchst immer noch, Herr Doktor?"

„Ach, Lotti, du weißt doch: Wir Ärzte sind unsterblich." Er lachte kurz auf. „Komm, lass uns doch mal ein Bierchen bestellen, oder bist du mit dem Auto hier?"

„Nein, Peter hat mich hier abgesetzt und holt mich auch wieder ab. Die haben hier übrigens auch alkoholfreies, René, weil du doch ..."

„Um Gottes Willen, Schwesterherz, willst du mich vergiften mit so einer Plörre? Und wer ist eigentlich Peter? Oh Gott, ich bin wirklich gar nicht mehr informiert, was du so treibst."

„Ja, also Peter –"

„Hallo, Herr Ober, bitte mal zwei Maß Bier hier abstellen, aber pronto!" Er wandte sich wieder Lieselotte zu. „Entschuldige bitte, aber die Jungs stehn hier nur rum und wir sind am Verdursten."

„Herr Ober, für mich bitte keinen Maßkrug. Ich nehme ein 0,5er Kristallweizen." Lieselotte sah sich genötigt, die Bestellung zu korrigieren.

„Oh, Entschuldigung, mein Fräulein Schwester trinkt jetzt vornehm!"

„Nein, aber Weizen schmeckt mir besser, ist aber doch kein Streitpunkt, oder?" Sie schaute ihm provozierend ins Gesicht.

Ihr Bruder wich ihrem Blick aus. „Und was machst du beruflich so? Immer noch Bank und so?" René versuchte, das Gespräch wieder in Gang zu bringen.

„Eigentlich wollte ich dir gerade von Peter erzählen."

„Stimmt, Süße, wir hatten es ja gerade von Peter. Ist wohl dein neuer Lover, was?"

„Nee, das ist mein Ehemann; wir sind seit sieben Jahren verheiratet und ich bin richtig glücklich mit ihm."

Die Bedienung stellte das Bier auf den Tisch.

„Na endlich!" stöhnte René.

„Denn mal Prost auf uns beide, Schwesterherzchen."

„Ja, auf uns beide!"

Es entstand eine kurze Stille, in der sie tranken. René hatte mit dem ersten Zug schon ein Drittel seines Glases geleert.

„Du hast mir gefehlt, du alte Nörgeltussi." Er wischte sich grob mit dem Handrücken den Schaum von den Lippen und unterdrückte einen Rülpser.

Lieselotte empfand eine seltsame Mischung aus Überraschung und Verlegenheit.

„Weißt du: Ich meine, das mit dem Fehlen, das ist kein Gefühl für jeden Tag. Aber als mich Brigitte vor zwei Jahren verlassen hat, da war ich drauf und dran, dich anzurufen."

„Wie, Brigitte und du? Ihr seid auseinander?"

„Ja, stell dir vor: Kurz nach meinem Fünfundfünfzigsten, also nach 21 Jahren Ehe, ist sie einfach abgehauen. Die Kinder wären schließlich groß und sie wollte noch mal was erleben. Und nebenher erfahre ich dann, dass sie schon seit drei Jahren was mit ihrem Tennislehrer hatte, die Schlampe. Na, und jetzt arbeitet sie die Hälfte des Jahres im Freizeitclub auf Kreta." René nahm einen weiteren tiefen Schluck.

„Aber du bist noch am Krankenhaus?"

„Ja, keine Angst, in dem Laden werde ich wohl auch bleiben bis zu meiner Pensionierung. Oh Gott, noch über zehn Jahre. Ich bin da sozusagen der lebende Grabstein in der Abteilung. Und ja, ich bin immer noch Assistenzarzt!" Er nahm einen weiteren Schluck Bier. „Leider haben die mich schon vor zwei Jahren auf die Geriatrie abgeschoben. Und die frei gewordenen Oberarztstellen haben sie mir auch nie angeboten! Aber ich will dich nicht langweilen mit dem ganzen Mist. Erzähl lieber mal von dir." Er leerte seinen Krug und bestellte sofort lautstark einen neuen.

Lieselotte erzählte von ihrer Tätigkeit bei der Bank, aber bei diesem Thema wirkte René irgendwie unkonzentriert und abwesend. Lieselotte wagte einen Vorstoß.

„Sag mal ehrlich, René: Du hattest doch mir und Mama schon vor 15 Jahren erzählt, dass du alkoholkrank seist, oder habe ich da was falsch verstanden?"

„Ja, das stimmt, aber was soll die Frage?" Seine Stimme klang plötzlich aggressiv.

„Solltest du dann nicht ganz auf Alkohol verzichten? Du hast schon jetzt anderthalb Maß drinnen."

René räusperte sich. „Meine vernünftige große Schwester. Also, in der modernen Medizin wird das nicht mehr so ernst genommen mit dem absoluten Verbot. Ich kenne mich aus als Internist. Außerdem habe ich schon zwei Mal einen Entzug gemacht. Man muss es nur unter Kontrolle haben und immer wieder Pausen machen."

„Und du hast es unter Kontrolle? Mit den Pausen und so?"

„Scheiße, Mensch, du laberst jetzt schon wie Brigitte ..."

Lieselotte beschlich die Angst, dass ihr Bruder gleich schon wieder richtig laut werden könnte.

„René, hallo, René." Sie legte ihre Hand beruhigend auf seine Schulter. „Hör mir doch bitte einmal zu: Es macht mir Angst, wenn du so laut wirst und nur noch mit Schimpfworten um dich wirfst."

„Alles okay, Schwesterchen, alles okay. Ich bin weit davon entfernt, wieder handgreiflich zu werden. Ich habe aus meinen Fehlern gelernt." Er tätschelte beruhigend ihren Handrücken.

„Sag mal, hast du eigentlich noch Vaters alten Flitzer, den dunkelgrünen Benz?"

„Nein, mit dem hatte ich schon vor Jahren einen Unfall und danach habe ich ihn verkauft."

„Oh, das ist aber schade. Ich sehe Papa immer vor mir, stolz wie Bolle mit diesem Auto."

„Ja, stimmt! Ich habe aber immer noch meinen Kleinbus, an dem ich und die Kinder auch sehr hängen. Der ist auch schon fast ein Oldtimer. Zurzeit hat ihn Luise und müsste bald damit aus Österreich zurückkommen. Ich habe eh im Moment keinen Führerschein. Vier Wochen Pause, weil ich … zu viel Promille hatte." Er machte eine wegwerfende Hand-bewegung. „Stell dir vor: So ein blöder Zufall. Da kontrollieren die mich doch auf dem Parkplatz vor dem Krankenhaus. Plötzlich stand da die Polizei – sonst noch nie, aber egal. Man muss daraus lernen …"

„Da hast du recht, René. Man muss aus Fehlern lernen."

„Ich bin ja auch vernünftig, Schwesterchen, und belasse es heute bei den zwei Glas Bier. Muss ja noch nach Hause kommen."

Sie zahlten Ihre Rechnungen getrennt.

„Ich werde Peter mal anrufen, dass er mich abholen kommt. In der Zwischenzeit bringe ich dich noch zu deinem Rad."

Renés Gang war leicht unsicher, als er sich die Jacke zuzog und den Helm aus der Tüte fingerte.

„Sollen wir dich nicht doch besser nach Hause fahren?"

„Ach, Quatsch! Das klappt schon. Komm her, Schwesterherz, lass dich noch mal drücken. Er umklammerte sie unangenehm fest und zog sie an sich. Lieselotte musste sich regelrecht aus seinen Armen herauswinden.

Danach war sie sich sicher. Der erstickende Geruch von Alkohol kam nicht nur vom Bier. Mitleid war plötzlich das Hauptgefühl, das Lieselotte überkam, als sie ihm nachblickte, wie er in leichten Schlangenlinien vom Kiesweg auf die Bundesstraße bog, dann aber in schräger Fahrt über die Fahrbahn hinaustrudelte und mit einem knirschenden Geräusch im gegenüberliegenden Straßengraben verschwand. Lieselotte stand wie angewurzelt.

„René, um Gottes Willen ... Mensch, was machst du denn bloß?"

Dann rannte sie los. Sie übersah den Lieferwagen, der im Dunklen ziemlich schnell herangeflogen kam. Der Fahrer nahm die zierliche Frau zu spät wahr, weil er gerade dabei war, eine Nachricht in sein Handy zu tippen.

René befreite sich mühsam von seinem Fahrrad, unter dem er noch zur Hälfte lag. Er hörte Lieselotte rufen. Noch kniend richtete er seinen Oberkörper auf, um auf die Fahrbahn zu schauen. Im Lichtkegel des Lieferwagens erkannte er für den Bruchteil einer Sekunde seine Schwester, unfähig zu schreien.

Unglaublich laut empfand er das dumpfe Geräusch des Aufpralls, das ihm durch Mark und Bein ging. Er warf sich erneut zu Boden und presste seine Stirn in die warme Wiese.

Nach nur wenigen Sekunden hob er seinen Kopf und rief in die entstandene unheimliche Stille: „Lieselotte? Sag was, bitte!"

Doch seine Schwester blieb ihm eine Antwort schuldig.

STOWASSER

Diese Erzählung spielt in nicht zu ferner Zukunft, wenn die Rechtsprechung und private TV-Sender sich soweit aufeinander zubewegt haben, dass die geschilderten Ereignisse genauso stattgefunden haben könnten ...

Seine Überlebensinstinkte, um die er sich in den letzten Monaten zunehmend Sorgen gemacht hatte, waren über Nacht wiedergekehrt.

„Nein, eigentlich schon ‚über Abend', pflegte er später zu formulieren, wenn er von seinem großen Auftritt in dieser bekannten Fernsehshow erzählte. Und er erzählte wirklich gerne und oft davon.

„Bei der ersten Kandidatin, die so schnell abgekanzelt wurde, hatte ich plötzlich so ein Gefühl, dass *mir* das nicht passieren wird! Da ist instinktiv eine Wut in mir hochgekommen, die mich dann irgendwie gepusht hat! Echt, von einem Moment auf den nächsten habe ich meine Kräfte neu gespürt!"

Ja, Kampfeslust und ausgeprägter Widerspruchsgeist hatten Gerhard Stowasser schon seit Kindertagen beseelt. Immer wieder hatten diese beiden Eigenschaften seine Biografie einschneidend geprägt. Aber jetzt, mit vierundfünfzig Jahren, genau an diesem Abend, in der entscheidenden Viertelstunde seines Lebens, hatten sich seine Unerschrockenheit und Aggressivität im wahrsten Sinn des Wortes endlich einmal ausgezahlt.

Durch seinen Auftritt vor einem Millionenpublikum und das sich anschließende mediale Echo hatte er für sich das Gefühl gewonnen, dass er nun berühmt sei. Obwohl seit dieser Sendung schon wieder fast sieben Wochen vergangen waren, fühlte sich Gerhard Stowasser immer noch von diesem unglaublichen Hochgefühl beflügelt, das ihn zum Ende der Sendung erfasst hatte und ihn seither umtrieb.

Das Fernsehformat, dem er seinen plötzlichen Ruhm zu verdanken hatte, trug den knalligen wie erfolgreichen Titel:

ALL RiGHT! – ALL DEiNE RECHTE! – REDEDUELL miT ROLAND RASSEL

In dieser Reality-Show zur besten Samstagabendsendezeit standen die aktuellen Rechtsstreitigkeiten der Kandidaten im Mittelpunkt. Das Hauptkriterium für eine Einladung in die quotenstarke Sendung war, dass man einen Prozess geführt haben musste, der bereits eine gewisse Aufmerksamkeit in den Medien geweckt hatte. Eingebettet in ein aufwendiges musikalisches Unterhaltungsprogramm ging es für die jeweiligen Kandidaten im Kern darum, ihr juristisches Anliegen in maximal fünfzehn Minuten gegen den Showmaster zu verteidigen. Dem Publikum kam dann die Rolle einer Jury zu, die über die Verteilung der Gelder entschied.

Bisher waren für Gerhard Stowasser die meisten Prozesse mit seiner Beteiligung verlustreiche und schmerzhaft verlorene Schlachten gewesen. Leider hatte es davon schon zu viele gegeben.

Er erinnerte sich an seine teure Scheidung (auch schon wieder sieben Jahre her), an den schneidenden Sorgerechtsstreit um den einzigen Sohn und dann noch den für ihn so enttäuschenden Prozess gegen seinen Arbeitgeber. Doch die bisher letzte und wirklich aufsehenerregende gerichtliche Auseinandersetzung um seinen „Wohnsitz" auf dem Friedhof, den hatte er überraschend vor dem Oberlandesgericht in erster Instanz gewonnen.

„Da musste ich schon vierundfünfzig Jahre alt werden, um endlich einmal gerecht beurteilt zu werden", hatte er vor sich hin geknurrt.

Aufgrund des großen Medienechos war dann die Einladung in die bekannte Fernsehshow erfolgt.

„Wer auf dem Friedhof wohnt, muss noch nicht tot sein", war seinerzeit die reißerische Überschrift auf Seite drei des Lokalblattes gewesen. In dem sich anschließenden Artikel über eine halbe Seite wurde ausgeführt, dass dem „inzwischen bekanntesten Obdachlosen des Ortes unter Auflagen gestattet werden musste, auch weiterhin auf dem Grab seiner Eltern" (eigentlich war es ja nur das Grab seiner Mutter) „zu zelten". Die handgreifliche Räumung durch das Ordnungsamt, die der Bürgermeister zuvor angeordnet hatte, war dadurch hinfällig geworden.

Bei allem Erfolg, den die Ausstrahlung der Sendung für Gerhard Stowasser mit sich gebracht hatte, bewegten ihn seitdem doch immer häufiger die Fragen, denen er zuvor so viele Jahre aus dem Weg gegangen war. Wieso war er überhaupt so tief gefallen? Was hatte seinen sozialen Abstieg derart befördert, dass er sich auf das letzte Stück eigenes Land, das Grab seiner Mutter, hatte zurückziehen müssen? Als er sich zum ersten Mal mit Zelt zum Friedhof begeben hatte, hatte er dies einfach getan, ohne länger darüber nachzudenken.

Doch spätestens seit die Gerichte über sein Schicksal stritten, hatte er angefangen, seine Situation zu analysieren.

Nach längerem Nachdenken glaubte Gerhard Stowasser nun, den Hauptgrund für seine prekäre Situation ausgemacht zu haben:

Es war das fehlende Glück! Ja, in seinem ganzen Leben hatte er eben noch nie so richtig Glück gehabt!

Seinen Lebenslauf empfand er als zutiefst ungerecht. Und es war schon recht früh im Leben nicht gut für ihn gelaufen.

Ab seinem zweiten Lebensjahr war die Mutter alleinerziehend gewesen: Pech für ihn! Sein Pech, so formulierte er es einmal, betraf hauptsächlich die anhaltend schlechte finanzielle Lage der noch sehr jungen Mutter. Seinen Vater hatte Gerhard Stowasser nie ernsthaft vermisst. Denn die meiste Zeit seiner Kindheit hatten immer auch verschiedenste Partner der Mutter mit im Haushalt gelebt. Doch diese blieben entweder von sich aus nicht lange (einmal war er angeblich sogar die Trennungsursache gewesen), oder aber sie stellten sich schnell als zusätzliche Belastung für Mutters Haushaltskasse heraus, was dazu führte, dass Mutter sie schnell wieder vor die Türe setzte.

Und dann, als er älter wurde: trotz Abitur – keine Chance auf ein Studium.

Schon wieder Pech! Aber für ein Studium waren sie eben auch immer zu arm gewesen (Bildung war eben doch eine Frage des Geldes!).

Trotz aller Schwierigkeiten hatte er dann seine Ausbildung zum Großhandelskaufmann durchgezogen. Das war schon eine Leistung! Okay, die Abschlussprüfung hatte er verschieben müssen, wegen seines Unfalls mit dem Motorrad und dem damit verbundenen Unterschenkelbruch. War wieder so ein verdammtes Pech gewesen! (Obwohl die Ärzte ihm einreden wollten, dass er bei *der* Geschwindigkeit noch Glück gehabt habe, „nur" mit einem Beinbruch davongekommen zu sein.)

Sein größtes Pech im Leben aber war wohl seine Ehefrau Hildegard gewesen!

„Oh Mann", stöhnte er oft, wenn das Gespräch wieder einmal auf dieses leidige Thema kam. „Selbst mein sogenanntes Eheglück hat sich im Alltagsstress viel zu schnell als Niete herausgestellt. Die Welt ist einfach ungerecht. Wie hätte ich ahnen können, dass meine Ex mich derart hat ruinieren wollen? Sie hat es ja sogar geschafft, meinen eigenen Sohn gegen mich aufzuhetzen!"

Nicht nur sein Sohn Ulli, sondern auch seine komplette restliche Familie hatten sich Stück für Stück, einer nach dem anderen, von ihm abgewandt. Die einzige Ausnahme war bis heute seine Schwägerin geblieben, mit der ihm auch ein sexuelles Verhältnis nachgesagt worden war.

„Ich kann mich da an nichts mehr erinnern", wandte er stets ein, wenn die Sprache auf dieses Thema kam, um dann sofort abzulenken. „Es stimmt wirklich, dass ich damals viel getrunken habe; ja, ich habe es vielleicht wirklich auch damit übertrieben. Aber – und das werde ich auch nicht vergessen – in diesen schweren Zeiten damals war der Alkohol oft das Einzige, das mich beruhigt und getröstet hat."

Seit seinem Entzug vor drei Jahren (mit starker Unterstützung der Schwägerin) hatte er dieses Problem jetzt auch im Griff.

Es war sicher Fakt, dass der Alkohol manche seiner Entscheidungen vergiftet hatte, aber von Natur aus war er eben auch ein gradliniger Mensch, der sich nicht so leicht verbiegen ließ! Worauf er auch ein wenig stolz war.

Apropos Stolz: Er erinnerte sich noch an den ausgewachsenen Streit mit seiner Mutter, weil er sich damals, vor zweiundzwanzig Jahren, zusammen mit seinem Freund Peter, nachdem sie den Film „Braveheart" gesehen hatten, die schottische Fahne hatte auf den rechten Oberarm tätowieren lassen. Diese Flagge, eine der ältesten der Welt, war seit diesem Film für ihn zum Ausdruck seines Stolzes und seines Freiheitdrangs geworden. Danach hatte er angefangen herumzuerzählen, dass sein Vater ein Schotte sei. Doch seine Mutter hatte für diese Art seiner „Abstammungsbeurkundung" so überhaupt keinen Sinn, sondern war bei ihrer „lächerlichen Behauptung" geblieben, dass sein Vater ein „jämmerlicher Italiener aus Sizilien" gewesen sei, der sich nach Feststellung seiner Vaterschaft „wieder in die Heimat verpisst" habe.

Für Gerhard Stowasser jedoch blieb dieser Italiener bis zum heutigen Tag ein tragischer Schotte. Schließlich hatte er ihn noch nie gesehen und verspürte vielleicht deswegen auch bis heute überhaupt kein Interesse, ihn jemals kennenzulernen. Wer wollte sich schon eine schöne Illusion zerstören lassen? Und desillusioniert war er von anderen Dingen wahrlich genug!

Mit der Mutter hatte er seinen Frieden zu diesem Thema gemacht, und ihr tragischer Tod bei einem Verkehrsunfall vor drei Jahren hatte ein für alle Mal einen Schlusspunkt unter jedwede Art von Diskussion gesetzt. Ihr damaliger Partner Phil war bei diesem Ereignis ebenfalls ums Leben gekommen, weshalb dessen Angehörige dann das komplette Begräbnis organisiert und sogar die Beerdigung inklusive der Grabstätte an seiner Stelle bezahlt hatten. Er war damals gesundheitlich nicht in der Lage gewesen, diese Dinge zu regeln.

Er war zu diesem Zeitpunkt ja nicht einmal in der Lage gewesen, persönlich an der Beerdigung teilzunehmen. Es war die Zeit, in der ihm die Umstände extrem böse mitgespielt hatten. Scheidung, Verlust des Arbeitsplatzes, Obdachlosigkeit und dann noch der Tod der geliebten Mutter.

Immerhin war ihr Tod letztendlich irgendwie zum Anlass seines Entzugs geworden!

Angesichts all dieser Schicksalsschläge war es doch nur zu verständlich, dass man nicht immer gut gelaunt durch die Welt laufen konnte. Okay, er hätte seinem Chef keine Prügel androhen sollen, diesem intriganten Drecksack! Aber: Er hatte damals schon ganz schnell gemerkt, dass der ihm gegenüber nie neutral gewesen war.

Nein, der war von Anfang an komplett voreingenommen und deswegen so ausgeprägt ungerecht gewesen! Nein, nein und nochmals nein! Mit seiner Meinung würde er, Gerhard Stowasser, auch heute nicht hinter dem Berg halten. Als einer dieser Charakterlosen könnte er nie mehr in den Spiegel schauen!

Jetzt, nach dem ersten für ihn positiven Urteil hatte er sich in seiner unbeugsamen Haltung zum ersten Mal bestätigt gesehen. Endlich einmal war seine Position juristisch gewürdigt und bestärkt worden und nicht von einem dieser unsäglichen Rechtsverdreher, die sein sowieso schon schweres Schicksal in den vorangegangenen Prozessen immer weiter negativ bestimmt hatten, wieder zerstört worden. Nein, der Richterin am Oberlandesgericht war er direkt ein wenig – dankbar. Dazu gesellte sich jetzt noch der triumphale Sieg in dieser Fernsehsendung. Seitdem ging es wieder steil aufwärts mit ihm. Wie Phönix stieg er langsam aus der Asche ... Die Tatsache, dass er inzwischen nicht mehr obdachlos war, war nur der erste Schritt nach oben.

Ja, er hatte tatsächlich freiwillig sein Zelt auf dem Friedhof geräumt. Vom Geld, das er in der Show gewonnen hatte, hatte er sich ein neues (wenn auch gebrauchtes) Wohnmobil gekauft und wohnte wieder als Dauercamper auf dem ihm gut bekannten Campingplatz „Südkehre".

Und er besaß inzwischen auch wieder ein Handy (mit Vertrag). Seitdem er wieder kommunizierte, war er überrascht, wie viele Menschen, von denen er zum Teil jahrelang nichts gehört hatte, sich inzwischen wieder für ihn interessierten. Wie höflich diese Schleimer plötzlich zu ihm waren Er schüttelte instinktiv den Kopf. Sogar wildfremde Personen hatten beim Sender angerufen und sich nach seinem Schicksal erkundigt. Er musste es zugeben: Das alles hatte eine positive Wirkung auf seine Stimmung gehabt; geradezu euphorisch gestimmt war er in den vergangenen Wochen pausenlos damit beschäftigt gewesen, sein neues Leben wieder in den Griff zu kriegen, zu organisieren und aktiv zu gestalten.

Er hatte bisher noch nicht einmal die Zeit gefunden, sich die Sendung, die seine Schwägerin extra für ihn aufgezeichnet hatte, noch einmal anzuschauen. Heute wollte er das nachholen. Erst letzte Woche hatte er neben einem Fernseher mit neuestem Satellitenempfang auch einen neuen Blu-Ray-Player in seinem Wohnmobil installiert. Der würde nun mit einer wahrhaft würdigen Sendung eingeweiht. Er holte die DVD aus der Hülle, auf der in großer, knallroter Schrift „All right! 17. Juni 2017" notiert war.

Er machte es sich bequem, legte eine warme Decke neben den Sitz und holte sich sein vorbereitetes Essen aus dem Küchenbereich. Die Flasche alkoholfreies Bier versenkte er im Getränkehalter am Sesselrand. Den auf dem Tisch vor ihm liegenden Ordner räumte er wieder auf den Boden des hinter ihm eingebauten Kleiderschranks. Ja, die Zeitungsartikel, die ebenfalls seine Schwägerin für ihn gesammelt hatte, füllten inzwischen fast einen kompletten DIN-A-4-Ordner.

Mit Stolz dachte er daran, dass selbst überregional die große WILD-Zeitung ihm nach seinem Auftritt in der Fernsehsendung auf Seite drei mit Farbbild eine fette Schlagzeile gewidmet hatte: „Stowasser schlägt Showmaster – ein cooler Typ im Recht!" Darunter war zu sehen (wieso eigentlich neben einer Cognacwerbung?), wie er, das Ergebnis des Televotings mit seiner Gewinnsumme auf der Riesenleinwand im Rücken, die rechte Faust neben dem Gesicht geballt, breit grinsend, die Zunge herausgestreckt, direkt in die Kamera des Fotografen lacht.

Unübersehbar hatte er es durch diese Sendung auch im Lokalanzeiger seiner Stadt sogar auf die Titelseite der Montagsausgabe geschafft. „Obdachlos, aber nicht sprachlos!" war die Überschrift in klotzigen Lettern. Im dazugehörigen Artikel wurde ausgeführt, wie „unser Gerhard Stowasser" die Abstimmung des Publikums bei der bekannten Talkshow gewinnen konnte.

Stowasser hatte bis heute über die Gründe für seinen Sieg in der Sendung wenig nachgedacht, und er schüttelte erneut den Kopf, während er sich daran erinnerte, wie wenig er sich auf diesen Auftritt vorbereitet hatte.

Die Show selbst lief nach einem bewährten und immer gleichen Schema ab. Natürlich hatte er früher von Zeit zu Zeit einige Folgen dieser sogenannten „Rassel-Show" gesehen, darunter auch die Skandalsendung damals, nach der sich ein Malermeister zwei Tage später im Wald erschossen hatte. Als Erstes wurden die Kandidaten und ihr Anliegen in kleinen vorproduzierten Filmchen von jeweils zwei Minuten Länge präsentiert. Nach dieser Vorstellungsrunde mit einführenden Worten des Moderators ging es dann im anschließenden Rededuell schon gleich um Alles oder nichts. Denn nur, wer dieses Rededuell gegen den Moderator „siegreich" überstand, wer also das Saalpublikum auf seine Seite bringen konnte, der hatte dann auch am Ende der Sendung eine Chance auf die Prämie von maximal einhunderttausend Euro aus dem Televoting des Fernsehpublikums.

Er erinnerte sich noch lebhaft daran, wie ihn die Herren vom Sender in Begleitung des Redakteurs der Lokalzeitung auf dem Friedhof aufgesucht hatten. Mit der Euphorie des gerade gewonnenen Prozesses im Rücken hatte er sich auch sofort für die Teilnahme an der Sendung entschieden. Er hatte den Vertrag an Ort und Stelle unterschrieben, ohne das Kleingedruckte überhaupt gelesen zu haben.

Die meisten Folgen der Show waren eine ziemlich einseitige Angelegenheit. Ein sprachlich versierter Talkshow-Master nahm jeweils den Part des juristischen Gegners der Kandidaten ein, gegen den der Duellant sich nun ohne Anwalt (Vertragsbedingung im Kleingedruckten!) mit eigenen Worten durchsetzen musste. Dem Publikum im Saal kam die Funktion einer Jury zu, die am Ende des Rededuells für oder gegen das Anliegen des Kandidaten stimmen musste.

Roland Rassel hatte vier Semester Jura studiert, bevor er in einer Casting-Show für das Fernsehen entdeckt worden war. Gewissermaßen sei diese Sendung seine „späte Abrechnung mit dem Rechtssystem in Deutschland". Diese überhebliche These hatte der inzwischen fünfundvierzigjährige Moderator mit dem typischen Aussehen eines dauergrinsenden Models für Trachtenanzüge (er trug nie etwas anderes) salbungsvoll einer Zeitung mitgeteilt, hinter der eigentlich kluge Köpfe sitzen sollten.

Rassel machte seine Bemerkungen und Witze meistens auf Kosten seiner aufgeregten und nervösen „Duellanten", bis das Publikum entweder vor Lachen grölte und ihn mit vorzeitigem Buzzern zum Sieger des Duells erklärte oder seinen Sieg forderte, weil die Auseinandersetzung anfing, die Leute mit zu vielen juristischen Details zu langweilen. BRRRR!! – Geräuschvolles Aufleuchten der berühmten roten Lampe! Mit solch einem vorzeitigen Sieg des Moderators war das Rededuell dann sofort beendet, und der rasche Abgang bedeutete eine weitere Niederlage für das Selbstwertgefühl der Kandidaten, denen dann aber zumindest noch die Antrittsbörse von eintausend Euros verblieb.

Manchmal aber, und das waren dann die spannenderen Folgen für die Zuschauer, kam es vor, dass ein Kandidat die Menschen im Saal für sich und sein Anliegen gewinnen konnte. Das zeigte sich dann nach 15 Minuten des Rededuells durch den mehrheitlichen Schlag des Publikums auf den grünen Buzzer. Der Sieg des Kandidaten wurde von einer Fanfare der Melodie „Applaus, Applaus" einer berühmten deutschen Indie-Pop-Band untermalt. Wortreich fing nun der Moderator an, sich zu rechtfertigen: Er habe ja – wie in der Sendung vorgeschrieben – den „advocatus diaboli" geben müssen, und er sei nun mal kein Jurist ... und so weiter.

Nach einer kurzen musikalischen Unterbrechung folgte dann die Gratulation an den „so tapferen Kandidaten", dessen Gewinnsumme aber erst am Ende der Sendung mit dem abschließenden Televotum der Zuschauer zu Hause prozentual ausgespielt wurde.

Gerhard Stowasser startete die Wiedergabe der DVD und lehnte sich genüsslich zurück.

Die Show hatte mit der Köchin angefangen, der man gekündigt hatte, nur weil sie Raucherin war. Trotz Abmahnungen ihres Arbeitgebers war die Frau nicht bereit gewesen, ihre Leidenschaft zum blauen Dunst aufzugeben. Der Prozess vor dem Arbeitsgericht hatte große Aufmerksamkeit erregt und für jede Menge Gesprächsstoff gesorgt. Sogar die Gewerkschaft hatte sich in das Geschehen eingeschaltet, hatte aber nicht verhindern können, dass in erster Instanz der Prozess verloren ging. Die Richter waren den Argumenten des Arbeitgebers gefolgt, der seine Kündigung mit einem einfachen Argument begründet hatte: „Wer raucht, der kann nicht abschmecken!" So war die Kündigung zunächst rechtswirksam geworden. Die so schon durch das Gerichtsurteil gebeutelte Kandidatin trat nach dem Trailer, der

ihren Konflikt an der Arbeitsstelle in kurzen Bildern dar-
stellte, unter den heiteren Musikklängen von: „Ein Mops
lief in die Küche..." aus dem üblichen Nebelvorhang auf
die Bühne.

Sofort gab es die ersten Lacher. Aus dem wabernden
Wasserdampf wankte mit sichtlichen Beschwerden beim
Gehen eine stark übergewichtige Frau schwer bestimm-
baren, mittleren Alters die mit tapsigen, unsicheren
Schritten, geblendet vom grellen Spotlight, auf das
Mikrofon zusteuerte, an dem sie schon der fesche Show-
master im Trachtenanzug erwartete. Überschwänglich
applaudierend begrüßte er den ersten Gast seiner Sen-
dung.

Das übliche Vorstellungsblabla – Nahaufnahme – und
dann die Signalfrage (schon Kult am Anfang des Rede-
duells!):

„Sind Sie bereit für das Duell?"

Das hatte die Frau vorschnell mit „Ja" beantwortet und
nicht mit dem ersten verbalen Tiefschlag des Moderators
gerechnet, der frech fragte, ob sie glaube, dass ihr Überge-
wicht eine gute Werbung für ihre Kochkunst sei. Gelächter,
Pfeifen und erstes Grölen im Publikum. Sprachlosigkeit
bei der Kandidatin. Hatte sie richtig gehört? Ihr Mund öff-
nete sich zuerst ohne Worte, bis sie herauspresste: „Was
hat das denn bitte mit meiner Kündigung –"

„Na ja, liebe Frau Sauer, ich kann ja verstehen, dass Sie
mit dem Rauchen nicht aufhören konnten, sonst wäre
das mit dem Gewicht wohl noch mehr aus dem Ruder
gelaufen ... und dann hätten Sie ja gar nicht mehr in die
Küche hineingepasst, haha – nein, das war natürlich ein
Scherz!"

Die erneute Sprachlosigkeit der Kandidatin war wohl ihrer Ratlosigkeit geschuldet. Ihre im massigen Gesicht winzig wirkenden Äuglein rollten suchend über das Publikum. Sie blinzelte, da das grelle Gegenlicht sie zu blenden schien.

„Das ist schon ziemlich unverschämt von Ihnen, mich als Köchin –"

„War doch nur ein Scherz, liebe Susi Sauer. Entschuldigung, aber sagen Sie doch mal frei heraus: Kochen Sie eigentlich auch Diätgerichte, oder immer nur vollfett?"

Gelächter im Publikum. Vereinzelt Applaus für diesen gelungenen Gag!

„Hat das etwas mit meiner Kündigung zu tun?" In der Stimme der Frau schwang unüberhörbar ein Zittern mit, dann ein anschwellendes Tremolo, das sich plötzlich zu einem schwallartigen Schluchzen steigerte, welches sich gnadenlos den Weg ins Mikrofon bahnte. Zum Lachen und den vereinzelten Pfiffen aus dem Publikum fing die arme Frau nun an, bitterlich zu weinen. Ein Tränenstrom, den man in dieser Stärke den kleinen Äuglein kaum zugetraut hätte, rann über ihr erstarrtes Gesicht, das mit jeder Falte ihre ungläubige Enttäuschung kundtat. Und dann geschah etwas, womit Rudi Rassel nicht gerechnet hatte.

Die überforderte Frau drehte abrupt ab, weg vom Mikrofon, weg von diesem aggressiven Spotlight inklusive Showmaster, weg von diesem Publikum. Sie suchte ihr Heil in der Flucht. Sie tapste, nach dem Ausgang fahndend, orientierungslos nach hinten über die Bühne, mit der flachen Hand gegen die Dekoration schlagend (Bild einer Küche mit überdimensioniertem Nudelholz darüber hängend). Dann, nur fünf Sekunden später, war ein weiteres Schlagen zu hören, nein, jetzt war es bereits ein Trommeln, mit beiden Fäusten an die Bühnenhinterwand.

„Oh, so bleiben Sie doch – war doch nicht böse gemeint! Ich habe doch nur ein wenig provoziert." Das Gelächter ebbte ab und aus dem Dunkel der Deko tauchte – mit Kopfhörer und entschuldigendem Lächeln – eine Regieassistentin auf und führte die Kandidatin von der Bühne. Musik und Applaus.

„Na, da kann man nichts machen – nicht gerade gute Nerven, unsere Frau Sauer – ein kleiner Scherz und schon so eine Reaktion … Ja, so kann's passieren. Dabei wollte ich mich doch nur geistig duellieren – aber so läuft es eben, wenn eine Seite unbewaffnet erscheint!" Gelächter, Grölen und Pfeifen im Publikum.

BRRRR – der rote Buzzer!

Zum Abschluss der Publikumschor: „Rassel, Rassel du hast Massel …", ganz spontan, von Zauberhand animiert.

Und überraschend schnell kam nun *er*, Gerhard Stowasser, schon an die Reihe. Reflexartig richtete er sich auf seinem Sitz auf, nahm automatisch Haltung an, er räusperte sich sogar. Instinktiv musste er auch jetzt wieder in Erinnerung seiner damaligen Anspannung tief durchatmen. Doch, doch; er erinnerte sich noch genau an die letzten Sekunden, damals, vor seinem großen Auftritt.

„Bitte schön, Herr Stowasser … alles okay?", fragte die Assistentin mit mitfühlendem Blick für den nächsten Kandidaten. „Noch zwei Minuten … und bitte hier entlang".

Aus dem Off ertönte eine Stimme: „Kandidat zwei auf Start" – und – „Trailer ab!"

„Die Geschichte unseres jetzigen Kandidaten beginnt mit seinem sozialen Abstieg. Mitverursacht durch seine Alkoholerkrankung wird Gerhard Stowasser, heute vierundfünfzig Jahre alt, vor sieben Jahren zunächst geschieden und dann auch noch arbeitslos. Der gelernte Großhandelskaufmann verliert sein Einfamilienhaus und anschließend den Prozess gegen seinen einstigen Arbeitgeber; seine Frau und sein Sohn ziehen zu den Großeltern nach Scharbeutz. Gerhard kauft sich vom verbliebenen Geld diesen gebrauchten Camper, Typ Goldnugget." Zum etwas plärrenden O-Ton des Textes wurde Gerhard Stowassers erstes Handybild vom Fahrzeug gezeigt. Es war auch sein einziges Bild von dieser mobilen Wohnstätte geblieben. „Diesen bewohnt der Arbeitslose – nachdem er vorher zwischenzeitlich für fast zwei Jahre bei seiner Schwägerin im Nachbarort untergekommen war – auf dem Dauercampingplatz ‚Südkehre' bis zum vergangenen Februar.

Durch einen selbstverschuldeten Schwelbrand mit einer überhitzten, nicht für diesen Typ Camper zugelassenen Gasspiralheizung schmilzt das Nugget dahin und unser Kandidat wird obdachlos. Herr Stowasser überlebt dieses Feuer nur, weil er zur Zeit des Ausbruchs – Gott sei Dank – gerade zum Aufwärmen in der ‚Zwitscherstube', der Gaststätte des Campingplatzes, unterwegs ist."

Nahaufnahme des Tresens und der beleuchteten Bierwerbung.

„Bis Ende April dieses Jahres überwintert er noch in leer stehenden Hütten auf dem Campingplatz, aber seit Mai zeltet er auf dem örtlichen Zentralfriedhof Gang Ost I auf dem Familiengrab seiner Eltern.

Ein schnell ausgestellter und dann auch durchgesetzter Räumungsbeschluss des Ordnungsamtes unter Berufung auf die gültige Friedhofssatzung führt im Juli dann leider zum Zerreißen der Zeltkuppel. Der ruppige Einsatz der Ordnungshüter verursacht zusätzlich eine schmerzhafte Prellung der rechten Hüfte sowie der linken Schulter unseres Kandidaten, die sogar einen ambulanten Krankenhausaufenthalt im örtlichen St. Martins-Krankenhaus notwendig machen.

Dem zornigen Widerspruch unseres Kandidaten gegen diese Räumungsaktion folgt das Oberlandesgericht in erster Instanz und erlaubt unter Auflagen das Verbleiben von Gerhard Stowasser auf dem Friedhof. Der Bürgermeister entschuldigt sich in einem Rundfunkinterview bei Herrn Stowasser – gibt aber zu bedenken, dass er mit den Begriffen ‚Sozialschmarotzer' und ‚Pack' in der Ortszeitung nur unvollständig zitiert worden sei. Ganz besonders aber legt der Bürgermeister auf die Feststellung wert, dass er mit dem Hinweis einer ‚wehrhaften Demokratie' die diensttuenden Angestellten des Ordnungsamtes, die die Räumung des Friedhofs durchführten, keineswegs zu einer Prügelstrafe an unserem Kandidaten aufgefordert habe. Die fünfhundert Euro Strafe wegen Beleidigung habe der Bürgermeister dem Unterhalt des örtlichen Schwimmbades spenden müssen. Sie käme auf diese Weise auch Herrn Stowasser zugute …

Und hier ist er: unser inzwischen durch seinen Zeltplatz auf dem Grab seiner Eltern und durch seinen Prozess bekanntester Obdachloser: Begrüßen Sie mit uns Herrn Gerhaaard Stowasser!"

Bei diesen Bildern bekam er heute eine richtige Gänsehaut. Und zum ersten Mal sah er sich selbst im Fernsehen. Wow! Applaus! Unterlegt von Klängen aus dem Lied „Lang lebe der Zentralfriedhof" von Wolfgang Ambros sah er sich aus dem Nebel in das gleißende Scheinwerferlicht treten.

Er war auch heute wieder stolz, da er sich selbstbewusst die Bühne betreten sah. Er fand, dass er in seinen neuen Jeans einen schlanken Eindruck machte und größer wirkte als sonst mit seinen 178 Zentimetern Körperlänge. Sein ebenfalls neues, weißes Hemd noch mit Bügelfalten unterstrich seinen gepflegten Eindruck, der durch die modische Kurzhaarfrisur seiner doch schon leicht angegrauten Haare abgerundet wurde.

Glatt rasiert und mit offenem Gewinnerlächeln war er in die Sendung gestartet.

Er wusste, dass er damals so gar nicht das Bild abgegeben hatte, das die meisten bei seiner Vorgeschichte vielleicht von ihm erwartet hätten.

Er sah sich selbst aufgeregt zu, wie er der Stimme des Moderators folgte, die mitten aus den gleißenden Scheinwerfern zu tönen schien:

„Kommen Sie doch hierher – zu mir. Sie sind ja wirklich ein Verrückter! Vom Friedhof direkt hierher ins Studio! Sonst geht der Weg doch immer nur in die andere Richtung ..." Ha, ha, ha – vereinzelte Lacher. „Ich grüße Sie, lieber Herr Stowasser. Sind Sie bereit für das Duell?"

„Aber klar doch! Herr Rassel, hab nicht mehr viel zu verlieren."

„Okay, dann lassen Sie uns starten! Dafür, dass Sie direkt vom Friedhof kommen, sehen Sie aber wirklich noch lebendig und proper aus!" Gekicher im Publikum ...

„Ja, dafür hat hier, hinter den Kulissen, Ihre Maske gesorgt; die hätten mich nicht *wirklich* ungeschminkt zu Ihnen auf die Bühne gelassen!" Applaus aus dem Publikum! Nicht frenetisch, nein, eher überrascht ob der gelungenen Antwort.

War da ein kurzes, erstauntes Augenflackern bei Rassel zu sehen gewesen?

„Was haben Sie sich eigentlich dabei gedacht, als Sie einfach auf den Friedhof gezogen sind?"

„Na ja, nach den Schicksalsschlägen, die ich erleben musste, war das Grab meiner Eltern das letzte Stück Land, das mir gehört. So etwas wie mein letzter Zipfel Heimat. Und über den Begriff habe ich wirklich schon länger nachgedacht. Ja, Heimat bedeutet für mich: im Kontakt mit meinen Vorfahren, also ‚geerdet' zu leben... Ich habe ja schließlich für die Nutzung der Grabstelle bezahlt" (dass das nicht stimmte, wusste hier ja niemand) „und deswegen ..."

„Aber das ist doch absurd", fiel ihm der Moderator ins Wort. „Ein Grab ist doch für die Toten!"

„Nein, es ist *auch* für die Toten, aber ein Grab existiert doch ebenso und ganz vordergründig gerade auch für die Angehörigen. *Die* suchen doch hier den Kontakt mit den Verstorbenen. Hier, am Grab, ist das Erinnern doch so eine Art Zwiesprache. Also ... trauern ...äh, wie nennen das die Fachleute? Ja – Trauerarbeit leisten – *das* tun sie dann – ja, und ich mache das auch! Und ich habe weiß Gott viel zu betrauern und so kann ich halt das Grab noch für weitere Jahre selbst nutzen! So ist es zu meiner neuen Heimat geworden."

Raunen im Publikum! Auf der riesengroßen Leinwand im Hintergrund erschien das berühmte Bild aus der Zeitung mit dem Zelt auf dem Grab! Unruhe im Publikum …

„Sagen Sie, Stowasser, warum sieht das Zelt so neu aus?"

„Weil das ja auch ein neues Zelt ist! Ein bekannter Outdoorladen in unserer Stadt hat mir das neue Zelt gesponsort, weil bei der ersten gewaltsamen Räumung meiner Wohnung das alte Teil zerrissen wurde!" Unruhe im Publikum.

„Ja, und danach haben Sie dann geklagt?"

„Nein, nein, ich *bin* verklagt worden – ich habe mich nur verteidigt! Es hieß, dass ich die Totenruhe stören und gegen die Friedhofssatzung verstoßen würde."

„Das tun Sie doch auch, oder? Wo waschen Sie sich denn und wo gehen Sie auf die Toilette? So viel Gebüsch kann es dort doch gar nicht geben …"

Verhaltenes Gelächter, aber auch vereinzelte Pfiffe.

„Zum Duschen gehe ich in das benachbarte Hallenbad. Das ist ein Fußweg von knapp fünf Minuten. Und für meine ‚natürlichen Bedürfnisse' benutze ich die Herrentoilette am Haupteingang des Friedhofs. Da die Gebäude nachts abgeschlossen sind, musste die Gemeinde mir dann sogar den Generalschlüssel für den gesamten Friedhof aushändigen. Das stand so im Urteil des Prozesses …"

Jetzt hob Rassel die rechte Hand – den Zeigefinger spitz nach oben. „Sie sind doch, wie Sie ja selbst immer zugegeben haben, Alkoholiker. Die schlucken doch sonst immer alles runter – im wahrsten Wortsinn." Gelächter, aber auch Murren im Publikum … „Wieso sind Sie denn in *diesem* Fall, also bei ihrem Wohnsitz, so rebellisch und stur?"

Zu diesem Zeitpunkt, und Gerhard Stowasser erinnerte sich genau daran, war er noch überraschend cool und konzentriert, obwohl ... Mit der Fernbedienung hielt er das Bild kurz an. Nein, seine geballte rechte Faust war in der Naheinstellung nicht zu sehen. Er löste die Stopp-Taste. Zufrieden folgte er seinem weiteren Bühnenauftritt.

Toll, wie er immer noch ohne sichtbares äußeres Zeichen seiner inneren Erregung, und scheinbar ohne auch nur eine Sekunde länger über die provokante Formulierung der Frage nachgedacht zu haben, antwortete. Da die Kamera in der Naheinstellung verharrte, konnte der aufmerksame Zuschauer die wachen Augen von Gerhard Stowasser mit einem für eine Millisekunde sichtbaren, kritisch zuckenden Reflex im Augenwinkel erkennen.

„Die Aussage stimmt so nicht ganz, Herr Rassel. Ich bin zwar Alkoholiker – bleibe ich wohl auch immer –, aber ich bin jetzt trocken! Während des Aufenthalts bei meiner Schwägerin habe ich einen Entzug gemacht. Und was das Beste daran ist: Der ist mir sogar gelungen, obwohl ich Stowasser heiße. Der Name bedeutet nämlich übersetzt: Hundertwasser ...“

Der Moderator schaute fragend.

„Ja, ich habe Hunderte von verschiedenen ‚Wassern‘ probiert, bevorzugt Obstwasser, also alle Sorten von Obstlern und so. Immer schön hochprozentig und vor allem hundertprozentig wirksam ... Meine Kumpels nannten mich damals deswegen Stoiobstler! Ich bin aber leider dadurch in meinen Problemen ertrunken – oh Mann, so richtig abgesoffen bin ich damals! Was ich aber erst spät, ja eigentlich viel zu spät, gemerkt habe. Denn, lange Zeit habe ich noch gedacht, ich wäre mit ‚allen Wassern gewaschen' und mein Weg wäre so okay. Aber unter Alkohol war ich eben nicht den anderen, den Spießern und Warmduschern, überlegen. Das war leider eine überhebliche Fehleinschätzung von mir ...“

Für zwei, drei Sekunden entstand eine ungewohnte Stille.

Der plötzlich – trotz seiner forschen Fragen – kraftlos wirkende Showmaster musste sich nun etwas einfallen lassen, wenn er noch entscheidend punkten wollte.

„Aber Sie verhalten sich doch immer noch überheblich. Denn bis jetzt haben Sie ja schon einen ziemlichen Wirbel um Ihren Wohnsitz auf dem Friedhof veranstaltet; ist es nun nicht mal an der Zeit, wieder auf den Teppich zurückzukommen und von Ihrem verrückten Einsatz auf dem Friedhof abzulassen?“

Für den Bruchteil einer Sekunde hatte Gerhard Stowasser das Gefühl, dass sein Gegenüber ihn aus der Fassung bringen könnte. Aber er hatte sich genauso schnell auch wieder im Griff.

Aber bei dieser Provokation veränderte sich, zum ersten Mal, deutlich sichtbar seine Haltung. Die Spannung im Saal – konzentrierte Aufmerksamkeit und fast totale Ruhe – war mit Händen greifbar.

Gerhard Stowasser reagierte parallel zu damals: Auch heute in seinem Wohnmobil richtete er sich erneut auf; auch heute schien er direkt ein Stück zu wachsen und schaute sich voller Stolz dabei zu, wie er damals das Mikro vom Stativ gezerrt hatte und zwei Schritte auf den Moderator zugegangen war. Der hatte ihn erstaunt angeschaut.

Kamera 1 zeigte ihn schon wieder in Nahaufnahme: „Nein, lieber Rassel, was heißt hier denn verrückt? Sehen Sie: Ich will Ihnen mal klarmachen, wo ich war und was hier wirklich wichtig ist. Wenn Ihnen erst mal Stück für Stück der Teppich unter den Füßen weggezogen wurde und Sie ganz unten angekommen sind, dann sehnen sogar Sie sich wieder nach Bodenhaftung. Auf welchen Teppich soll ich denn da zurückfinden? Nein, verdammt noch mal, mir ist damals schlagartig gedämmert: Ich bin total entwurzelt! Das wird mich umbringen! Ich war fast tot, Mann! Das war meine letzte Chance.

Diese Reaktion war mein persönliches *Back to the roots* – ich wollte wieder Wurzeln haben, verstehen Sie? Mich auf *meine* Wurzeln besinnen!" Tiefes Ein- und Ausatmen des Kandidaten auf und vor dem Bildschirm. Pause.

Stille im Publikum – ungläubiges Gesicht des Moderators – Kamera immer noch nah: „Und von diesen meinen Wurzeln, *kann* und *will* ich mich jetzt nicht mehr trennen lassen! Genau von hier muss ich neu anfangen und für mich, für mein Überleben kämpfen!"

Ein verunsicherter Showmaster versuchte zu reagieren: „Na, aber was hat denn der Friedhof mit Ihren Wur–"

„Sie haben leicht lachen als Medienmillionär mit mehreren Wohnsitzen in der Schweiz, in München und in Köln …" Er redete sich langsam, aber sicher in Rage, obwohl er doch hatte „cool" bleiben wollen … aber er hatte jetzt den Mut, den „großen Meister" erneut zu unterbrechen. Das Publikum war auffallend ruhig geblieben – kein Gelächter mehr –, ein Duell auf Augenhöhe.

Jetzt setzte Rassel nach: „Meine Situation steht ja hier nicht zur Debatte." Die Stimme des Moderators hatte den überheblichen Unterton verloren und klang plötzlich wacher, ernster und schärfer. „*Sie* sind hier, um uns von *Ihrem* Anliegen und *Ihrer* Rechthaberei zu überzeugen."

„Das stimmt natürlich! Nein, zur Debatte stehen *Sie* hier wirklich nicht … Wenn es hier in Deutschland für Sie nicht mehr passt oder der Sender Sie rausschmeißt, dann haben Sie in der Schweiz ja immer noch Ihr gekauftes Netzwerk, Ihr prall gefülltes Konto als den Teppich, auf den Sie sich zurückziehen können. Eine beruhigende Aussicht! Aber ich, und das muss hier auch mal gesagt werden: Ich hatte in meinem Leben nicht so viel Glück wie Sie! Also, bitte schön, *Sie* haben andere Wurzeln, andere Dinge, die Sie absichern, als ich!"

„Aber Stoiobstler, das haben Sie sich doch auch selbst so eingebrockt …"

„Ach, nennen Sie mich doch bitte weiterhin Herr Stowasser." – Raunen im Publikum – „Oder haben wir schon zusammen gesoffen und ich habe es nur vergessen?"

Das Gesicht des Showmasters sah plötzlich wie eingefroren aus. Vom bekannten Zahnpasta-Werbelächeln war nichts mehr zu sehen. Und bevor der Moderator noch Luft holen konnte, drehte sich Gerhard Stowasser – das Mikrofon immer noch in der rechten Hand – zum Publikum:

„Ja, das stimmt: Vieles, vielleicht sogar das meiste an meiner Situation, habe ich selbst verschuldet; für etwas anderes hatte ich von Anfang an viel zu wenig Glück in meinem Leben! Mein einziges Glück war, dass ich wenigstens das Kämpferherz meines viel zu früh verstorbenen Vaters, eines tapferen Schotten, geerbt habe. Ja, und dann kam auch noch Pech dazu, aber *Fakt* ist doch, dass ich an der Stelle angekommen war, an der ich jetzt noch bin: ganz unten. Jetzt wohne ich noch *auf* dem Grab. Aber wenn mir kein Neuanfang gelingt ..." Seine Stimme klang plötzlich erschöpft.

Roland Rassel nutzte die kurze Pause. „Mensch, Stowasser, der Friedhof ist eine Endstation, kein Neuanfang!"

„Für mich muss ich da widersprechen! Natürlich: Toll wohnt es sich dort nicht. Und sicher können Sie das auch nicht nachempfinden. Aber die Verankerung meines Zeltes mit meinen Vorfahren gab mir wieder neue Kraft zu kämpfen für meine Zukunft! Wissen Sie, mein Vater war ein Schotte mit Charakter und Willenskraft! Ja, ich ziehe neue Energie aus meinen Wurzeln! *Coming back from the roots!* Verstehen Sie? Und, um ehrlich zu sein: Ich plane auf diese zugegeben etwas unorthodoxe Weise mein Comeback in ein normales Leben." Er musste einen Moment durchschnaufen. „Das Wohnen auf dem Friedhof, also mein im wahrsten Sinn des Wortes bodenständiges Leben, hat meinen Blick wieder geschärft für das, was jetzt wichtig für mich ist. Ich habe mich auf meine Abstammung besonnen! Aus meiner Wut über das, was war, war ich zunächst vielleicht rechthaberisch. Aber danach, in einem Lernprozess, der auch eine große Portion Trauer und Wut enthielt, hat mir meine ‚Besserwisserei' dann die richtige Richtung gewiesen. Und heute weiß ich, was das Wichtigste für meine Zukunft ist, wenn ich die überhaupt noch erleben darf."

Jetzt wurde es aber höchste Zeit für ein aktives Lebenszeichen des Moderators oder er würde dieses Duell ...Grell sprang er dazwischen: „*Das* wollen unsere Zuschauer aber jetzt wirklich wissen. Sagen Sie uns bitte, Herr Stowasser:

Was ist die Antwort auf diese spannende Frage nach der *wichtigsten* Sache in Ihrem weiteren Leben?"

Das Publikum, offenbar ohne Häme, ruhig. Keine Lacher.

Die Kamera immer noch nah: „Sie, Herr Rassel, würden wahrscheinlich an Geld denken als Antwort auf meine Probleme, als Wichtigstes für mich. Aber – falsch gedacht! Ich spreche täglich auf dem Friedhof mit meinen Eltern. Mein Vater, dieser alte, weise Schotte, hat mir zugeflüstert: ‚Junge, such dich zuerst mal wieder selbst. Was hat dich als Kind ausgezeichnet? Damals, als du noch *nicht* vom Pech verfolgt und von falschen Freunden verraten warst. Waren das nicht dein geradliniger Wille, deine Sensibilität und deine Klugheit? Gewinne zuerst einmal wieder dein *Ich*, deine Würde, und damit deinen Lebenswillen zurück! Das nötige Geld wird sich dann schon einstellen. Und bedenke: Lügen – besonders *sich selbst belügen* – führt immer in die falsche Richtung!' Ich muss mich, und da hat mir neben meinem Vater auch dieser Prozess die Augen geöffnet, wieder auf meine Stärken besinnen. Und dann noch einmal neu ansetzen, da, wo ich mich zu wenig gegen mein Pech gewehrt habe. Nur so werde ich überleben können!"

Absolute, gespannte Stille im Studio. Mitten hinein ein überzogen polternder Moderator: „Ein richtiger Philosoph hier, unser Herr Stowasser! Warum sind Sie nicht in die Politik gegangen? Ha ha ..."

Als Antwort Pfiffe aus dem Publikum, Zwischenrufe!

„War ja nur ein Scherz, ist doch schließlich eine Show hier und unser tapferer Kandidat – äh – wir müssen leider zum Schluss kommen." Der Moderator hob seine rechte

Hand an sein Ohr. „Ich höre gerade von der Regie: Noch eine Minute. Er wird uns also noch eine letzte Frage beantworten müssen: Lieber Stowasser, *wie* soll es denn jetzt ganz konkret weitergehen mit Ihnen?"

„Na ja, Rassel – Entschuldigung, Herr Rassel" (kaum Gelächter, aber Raunen im Publikum), „so viel Zeit muss sein …Sie werden ja wissen, dass ich den Prozess beim Oberlandesgericht mit Auflagen gewonnen habe. Ich darf ja nur von Mai bis einschließlich September auf dem Friedhof wohnen. Ich darf keinen Besuch von mehr als einer Person empfangen. Öffentliche Interviews dürfen nur außerhalb des Friedhofes stattfinden. Und, und, und. Und natürlich – wenn ich mal wieder Arbeit und Geld oder sogar beides haben werde, dann denke ich über meine Wohnung neu nach …"

Bei diesen Worten, fünfzehn Minuten waren exakt vorbei, nahm ihm der Moderator auch schon das Mikro aus der Hand, und auf ein Handzeichen hin begann die Regie schon mit der Zusammenfassung dieses Duells in sechzig Sekunden. Applaus – die Kamera distanzierte sich zum ersten Mal bei diesem Duell!

„Nun, das war wirklich ein tolles Schlusswort unseres Kandidaten und das mit dem Geld können wir heute vielleicht auch noch für ihn verbessern: Hier, nun meine Frage an Sie, das Saalpublikum: Sollte Herr Stowasser weiter auf dem Friedhof wohnen dürfen? Dann drücken Sie gleich auf den grünen Buzzer. Oder aber sollte dieser Störenfried und Querulant vom Gottesacker entfernt und somit die Totenruhe wiederhergestellt werden? Dann drücken Sie bitte den roten Buzzer. Und eins, zwei, drei – dabei!"

Langsam stieg die grüne Ergebnissäule: hellgrün, richtig grün, noch grüner, dunkelgrün. Ein eindeutiges Ergebnis: keine Chance für den sonst so sieggewohnten Showmaster!

Genau zwanzig Sekunden später stand Gerhard Stowasser als deutlicher Gewinner des Rededuells fest.

„Unser Gerhard Stowasser: Er wird weiter für sein Recht kämpfen und wir wünschen ihm dabei alles Gute. Ich bin eben doch kein Jurist – solche Rechtsfragen sind kompliziert … Nun gut. Herr Stowasser, nehmen Sie bitte noch bis zum Schlussvoting der Fernsehzuschauer auf unserem Sofa Platz."

Mit deutlich beschleunigtem Puls saß Gerhard Stowasser immer noch aufrecht vor dem Bildschirm. Er atmete laut aus. Er hatte sein Essen noch nicht einmal angerührt.

„Scheiße, war ich gut! Und wie angefressen der Rassel dreinschaut!", frohlockte er innerlich. Eigentlich wollte er hier die Wiedergabe unterbrechen, aber an den dritten Teil der Show konnte er sich fast gar nicht mehr erinnern. Er war damals so voller Adrenalin gewesen. Dabei hätte er wirklich noch viel mehr zu sagen gehabt Aber das Gefühl, Rassel besiegt zu haben, hatte in ihm – und nicht nur wegen des Geldgewinns – ein geradezu rauschartiges Glücksgefühl hervorgerufen.

Eine Woge der Selbstzufriedenheit überkam ihn auch heute wieder. Wie gerne hätte er sich auch heute wieder für seine tolle Leistung belohnt! Jetzt wäre doch wirklich die perfekte Gelegenheit, mal wieder etwas Leckeres zu trinken … Etwas, das ihn wie ein guter Freund endlich einmal wieder beruhigt hätte. Es war anstrengend, die ganze Zeit so überdreht zu sein … Er wollte ja gar nicht viel, denn, das wusste er inzwischen, zu viel war eben auch zu viel. „Scheiße, zu viel Beruhigung – und man ist tot! Die logische Folge …", dachte er in einem Anflug von Sarkasmus.

Sein alkoholfreies Bier war indes warm geworden und schmeckte grässlich. Er nahm nur einen kleinen Schluck und stellte die Flasche wieder weg.

Er ließ die Sendung weiterlaufen, um seine schemenhaften Erinnerungen an den letzten Teil der Show aufzufrischen. Natürlich hatte er damals mitbekommen, dass auch der dritte Kandidat Rassel im Dialog besiegt hatte und neben ihm auf der Couch Platz nehmen durfte.

Der Kandidat, ein junger Mann mit sizilianischen Wurzeln (bei dem Wort Sizilien zuckte er heute nur kurz zusammen), hatte seiner Schwiegermutter im Streit ein halbes Ohrläppchen abgetrennt, weil sie ihn wiederholt als „Handykranken" bezeichnet hatte. Die füllige Schwiegermutter hatte überraschenderweise nicht stillgehalten bei seinem Versuch, ihr die komplette Ohrmuschel abzutrennen. Das Gericht hatte den fünfundzwanzigjährigen Mechatroniker zunächst wegen schwerer Körperverletzung zu drei Jahren und sieben Monaten Haftstrafe verurteilt und diese dann wegen seiner Reue in eine Bewährungsstrafe umgewandelt. Dagegen hatte die „nachtragende" und gekränkte Schwiegermutter Revision eingelegt. Dieses Urteil war noch nicht ergangen.

Im Raum stand also die Frage, ob ein so schweres Vergehen noch „auf Bewährung" zu bestrafen sei oder ob das Publikum den Missetäter hinter Gittern wünschte. Am Ende votete das Publikum für den jungen Mann und fand seine finale Zusammenfassung zwar, wie man an den Reaktionen bemerkte, erschreckend ehrlich, aber offenbar doch überzeugend: Schließlich habe er die Schwiegermutter ja nicht töten, sondern nur eine kleine, erzieherische Warnung vornehmen wollen. Es tue ihm auch leid, dass dann, nicht zuletzt wegen des Geschreis der Schwiegermutter, die Sache etwas aus dem Ruder gelaufen sei ...

Mit dieser einsichtigen Argumentation war Rassel geschlagen! Grüner Buzzer! Applaus – Applaus!

Über Nacht war er, Gerhard Stowasser, so richtig bekannt geworden. Im Televoting der Fernsehzuschauer hatte er mit 63 % zu 37 % gegen den smarten sizilianischen Traumschwiegersohn die Geldverteilung zu seinen Gunsten entschieden.

Und jetzt saß er hier! Auf dem Absprung nach oben. Mit der Einladung in diese Fernsehshow hatte er zum ersten Mal im Leben Glück gehabt.

Die zur Antrittsbörse von 1000 Euro hinzugekommenen 63 000 Euro (!) hatte er bisher nur teilweise wieder in sein neues Leben investiert.

Sein neues Nugget hieß jetzt Gran Paradiso. Er hatte sogar eine neue Arbeitsstelle in Aussicht. Die Firma Grünkern und Söhne, für ihre ausgezeichneten Bioprodukte bekannt, hatte ihm eine Stelle in der Verwaltung angeboten. Als Pendler könnte er die 25 Kilometer bis zur Firmenzentrale leicht täglich meistern. Demnächst hatte er dort einen Vorstellungstermin.

Schon seit Mitte Juli hatte er sein Zelt auf dem Friedhof abgeschlagen, zwischenzeitlich eine Holzhütte gemietet und sich seit Erwerb seines neuen Wohnmobils wieder auf dem Campingplatz eingelebt.

Er hatte in einer privaten Zeremonie des Gedenkens am Grab seiner Mutter und Phil für ihre Kraft und seine zurückerlangte Würde gedankt und ihnen versprochen, den Kontakt mit ihnen aufrechtzuerhalten.

„Jetzt geht es nur noch aufwärts", hatte er sich selbst immer und immer wieder vorhergesagt.

Er würde nach einer preiswerten, kleinen Mietwohnung, eventuell sogar in der Nähe seiner Schwägerin, Ausschau halten. Zu ihr hatte er ein gutes Verhältnis, obwohl sie immer streng und wenig nachsichtig mit ihm umging. Er hatte auch ihr erläutert, seine Zukunft weiter unbeirrt positiv angehen zu wollen. Das musste er ihr sogar in die Hand versprechen, als sie ihn hier auf dem Campingplatz besucht hatte, um ihm die DVD mit der Aufzeichnung seines Triumphes zu bringen.

Er war auf dem richtigen Weg.

Plötzlich hörte er ein Klopfen an der Tür seines Wohnmobils und erkannte die Stimme des Platzwartes. „Hallo, Herr Stowasser, sind Sie da? Ich bringe die Post."

Freudig erhob er sich von seinem Sitz. „Moment, bin gleich da!"

Sollte das heute noch ein zusätzlicher Glücksmoment werden?

Er musste sich zum Platzwart hinunterbeugen, um das ziemlich schwere Paket entgegenzunehmen. Er bedankte sich höflich und zog sich wieder in seine gute Stube zurück.

Als Absender prangte groß das Logo des Fernsehsenders auf dem Adresszettel. Der Absender war Rudi Rassel persönlich!

Neugierig öffnete Gerhard Stowasser die Verpackung. Obenauf lag eine Autogrammkarte des Quotenkönigs, auf der Bildseite mit schwarzem Filzstift handsigniert. Und auf der Rückseite stand mit Kugelschreiber geschrieben: „Lieber Gerhard! In Erinnerung an einen großen Sieg! Möge er Dir bekommen! Wenn das mal keine Fügung des Schicksals ist ... Back to the roots! Dein Freund Rudi"

Ungläubig hob er die erste Flasche aus dem Sechserpack. Ein Wein mit dem Etikett: „Rheingauer Friedhofshecke – Kabinett".

Mit Freude konnte er erkennen, dass es Flaschen mit Schraubverschluss waren. Er war in seinem Camper noch nicht wieder vollständig eingerichtet.

Eine zehntel Sekunde zögerte er; dann nahm er ein passendes Glas aus dem Schrank.

Seit langer Zeit winkte endlich wieder einmal eine wahre, freundschaftliche Belohnung. Die hatte er sich auch wirklich verdient. Er war schließlich ein Siegertyp.

Und er war jetzt berühmt.

Aufgeschoben – aufgehoben

Es war der denkbar schlechteste Moment für einen Wut-anfall. Doch aufhalten ließ er sich auch nicht mehr.

„Im Ernst jetzt? Verschieben? Wie soll ich denn jetzt noch meine Feier verschieben?" Nils, das Geburtstags-kind, funkelte seine Frau wutschnaubend an. „Du spinnst wohl. Was soll ich denn bitte meinen Gästen erzählen? Wir waren zu doof? Das kann doch nicht dein Ernst sein!"

„Ach komm, jetzt reg dich doch bitte nicht so auf!"

Sarahs Versuch, ihren Ehemann zu beruhigen, ging gründlich schief. Sie legte ihre Hand auf seine Schulter. Doch der schüttelte sie nur ab wie ein lästiges Insekt.

„Nicht aufregen? Wie tickst du denn? Wo soll ich denn in dieser kurzen Zeit noch Essen für dreißig Personen herbekommen?"

„Ist doch nicht so schlimm, ich schau mal, ob ich noch was zum Knabbern –", weiter kam sie nicht.

„Nicht schlimm!", höhnte Nils mit schriller Stimme. „Vergisst diese Frau einfach, mein Geburtstagsessen zu bestellen! Und alles, was ihr dazu einfällt, ist: *Macht doch nichts! Wir haben ja noch Knabberlies.* Das glaub ich jetzt nicht! So blöde kann doch kein Mensch sein!" Seine Stimme überschlug sich bei diesen gebrüllten Worten und mit hochrotem Kopf stürzte er aus der Küche, vorbei an Martin und Bernd, die die Lautstärke des Streits schon aus dem Wohnzimmer gelockt hatte.

„Das würdet ihr auch nicht aushalten!", schleuderte Nils seinen verdutzten Freunden entgegen und zog seine Jacke vom Haken. „Sieh zu, wie du das jetzt noch regelst!", brüllte er über seine Schulter in Richtung Küche. Drei Sekunden später war er durch die Wohnungstür, die er mit einem gewaltigen Rums hinter sich zuschlug.

Die im Eingangsbereich dekorierte Happy-Birthday-Lampionkette seufzte noch einmal gequält unter dem Luftzug auf und dann war es plötzlich auffallend still im Flur. Martin und Bernd schauten gerade noch ratlos und etwas beschämt auf die nachbebende Tür, als die Stille auch schon wieder durch das grelle Läuten der Türklingel unterbrochen wurde.

Inzwischen war auch Mareike aus dem Wohnzimmer in den Flur getreten. Erneut erschallte das schrille, nervende Geräusch der Klingel. Die drei standen wie paralysiert.

Martin hatte sich als Erster wieder gefasst und rief, um den negativen Schwingungen etwas Lustiges entgegenzusetzen: „Na, wolle mern widder roilasse? Nahallamarsch!"

Der Türöffner summte, Martin öffnete die Tür, verbeugte sich mit großer Geste, aber zur Überraschung aller war es gar nicht Nils. Eine junge Frau, etwa im gleichen Alter wie das abgerauschte Geburtstagskind, erschien im Türrahmen, in dem sie abrupt stehen blieb. Erstaunt schaute sie in die überraschten Gesichter des Empfangskomitees.

„Hey Leute, was ist denn mit Nils los? Ist der auf der Flucht vor der Dreißig? Jetzt bin ich schon mal im Lande und da übersieht der mich vor seiner eigenen Haustür?" Sarah trat gerade mit sichtlich geröteten Augen von der Küche auf den Flur.

„Ach, Katie, hi, komm doch erst mal rein!" Katie ging, nein, nach Martins Empfinden schritt sie anmutig durch den Flur, sah ihn im Vorbeigehen mit hochgezogenen, fragenden Augenbrauen kurz an, um dann ihrer Freundin Sarah um den Hals zu fallen. Diese nahm sie an der Hand und zog sie in die Küche.

Wow! Martin war sofort fasziniert von Katies stahlblauen, leuchtend fröhlichen Augen, deren Farbe durch die Sonnenbräune im Gesicht noch zusätzlich betont wurde. Erst jetzt schloss er langsam die Wohnungstür.

An die nun folgenden Stunden des Spätnachmittags erinnerte sich Martin später oft und erzählte wohl auch gerne davon.

Nachdem er mit Bernd die Musikanlage aufgebaut und über seinen Laptop die Steuerung eingerichtet hatte (schließlich war er ja deswegen so früh bei Nils erschienen), hatte er zunächst Sarah getröstet und dann für die Gastgeberin doch noch das Abendessen gerettet. Ein ihm bekannter Pizzaservice war in die Bresche gesprungen und bereit gewesen, trotz eigenem Wochenendgeschäft die gut vierzig Pizzas in zwei Wellen anzuliefern. Den meisten Gästen wäre diese unplanmäßige Änderung des Speiseplans wahrscheinlich gar nicht aufgefallen, wenn nicht das Geburtstagskind den ganzen Abend über mit Abwesenheit geglänzt hätte. Da hatte sich dann natürlich auch schnell der Grund für das Fehlen des eigentlichen „Festerregers" herumgesprochen. Für Martin aber war es ein großartiges Fest, denn es war der Tag, an dem er seine Traumfrau Katie kennenlernen durfte.

„Hey Katie, darf ich dir einen Arbeitskollegen und sehr guten Freund von Nils vorstellen? Das ist Martin. – Martin, das hier ist meine Schulfreundin Katie. Ihr seid doch schon groß, sodass ich euch wohl einen Moment allein lassen kann, oder?"

Katie hatte Martin später einmal gestanden, dass ihr erstes, scheinbar so spontanes Aufeinandertreffen eigentlich von Sarah arrangiert gewesen war. Sie hatte auf Katies Frage, wer denn der gut aussehende „Butler" gewesen sei, der ihr vorhin die Tür geöffnet habe, erklärt, dass dies der Martin gewesen sei, von dem sie Katie doch schon vorgeschwärmt habe, und dass er im Moment solo sei und ein super Musikkenner und überhaupt. „Ich stelle ihn dir nachher vor", hatte sie noch großzügig versprochen.

„Also, bis gleich."

Sarahs Klaps auf Martins rechten Oberarm weckte ihn aus der begeisterten Starre, mit der er Katie während Sarahs Vorstellung angeschaut hatte. Allein? Das war leider ein voreiliges Versprechen von Sarah gewesen. Denn allein waren die beiden keineswegs. Das Wohnzimmer begann sich inzwischen schon gut mit Gästen zu füllen, die alle auf Nils warteten.

Sarah war nervös wieder in die Küche geeilt, um ihren verschollenen Ehemann (beim inzwischen fast einhundertsten Versuch) endlich auf seinem Handy zu erreichen.

Etwas unbeholfen schüttelte Martin die Hand der jungen Frau und hielt sie vielleicht für eine Zehntelsekunde zu lang fest.

„Mir ist so ein Malheur wie Sarah auch schon mal fast passiert", begann Katie im Wohnzimmer das Gespräch.

„Na ja, fast bedeutet aber, dass es nicht wirklich passiert ist, oder?", hatte Martin interessiert nachgefragt.

„Aber passieren kann einem so was doch mal, oder nicht? Und dabei ist Sarah immer diejenige, die sich mit der Deko und den Einladungen und allem so eine Riesenmühe macht. Nur manchmal ist sie halt auch ein bisschen verpeilt. Aber ist das nicht gerade auch liebenswert?"

„Das mag schon sein, solange dabei keine wirklich schlimmen Pannen passieren …"

„Ach, was ist schon wirklich schlimm?", unterbrach sie ihn.

„Ganz einfach: Schlimm ist für mich etwas, was die Zukunft von Personen anhaltend negativ beeinflusst!" Über die Bedeutung des Wortes „schlimm" hatte er in der Tat schon häufiger nachgedacht und daher jetzt auch so schnell eine Antwort parat.

„Wenn ich also deine Definition zugrunde lege, ist die Sache mit dem nicht bestellten Essen nicht wirklich schlimm?"

„Stimmt genau! Es ist eine Panne, die sich aber doch noch recht gut beheben ließ. Ich habe mit etwas Glück noch einen Pizzaservice auftun können, der das mit dem Abendessen nachher wuppen wird."

„Oh, das klingt ja gut! Dann werden wir heute zumindest nicht verhungern", fügte Katie an.

Und Martin ergänzte: „Genau, deswegen ist dieses Malheur nach meiner Meinung ja auch nicht schlimm. Im Alltag mag ich Menschen, die manchmal verpeilt oder vielleicht auch ein wenig naiv und fehlerhaft sind, weil ich dann keine Minderwertigkeitsgefühle haben muss, aber als Operateur oder Pilot wünsche ich mir dann doch lieber die anderen."

„Oje, das stimmt. Als Flugbegleiterin gebe ich dir in diesem Punkt absolut recht; da hoffe ich auch immer, dass die vorne im Cockpit die richtige Peilung haben! Aber echt, Martin: Deine Definition von schlimm gefällt mir!"

Leider kam in diesem Moment Bernd dazu und zog Martin wegen eines Problems zur Musikanlage. Martin beeilte sich, den Fehler im System zu finden, und schon zehn Minuten später suchte er wieder Katies Nähe. Er drängelte sich in ihr Umfeld und bemerkte, dass sie inzwischen ein Glas Sekt in der Hand hielt.

„Wenn wir noch länger warten müssen, wird der Sekt noch warm", bemerkte sie in die Runde.

Martin warf ein: „Das wäre wirklich schlimm! Das muss verhindert werden!"

In das Gelächter der Umstehenden mischten sich die ersten „Hoch-soll-er-leben-Rufe" auf das immer noch abwesende Geburtstagskind. Martin prostete mit leerer Hand Katie zu und bedeutete ihr, dass er sich jetzt ein Glas Sekt besorgen wolle.

In seiner Erinnerung war das der Startschuss für eine wirklich ausgelassene und fröhliche Party gewesen. Als er mit einem Glas Schampus in der Rechten vorsichtig durch die Menge zu Katie zurückruderte, war die bereits in eine angeregte Unterhaltung mit Jojo und Julia vertieft, in die er sich nicht einmischen wollte. Er genoss es für den Moment, diese hübsche, quirlige Frau aus der zweiten Reihe beobachten zu können. Gestenreich und temperamentvoll führte sie die Unterhaltung. Ihrem Gegenüber Jojo, den Martin aus der Radsportclique um Nils kannte, stieß sie gerade mit ihrem halbvollen Sektglas vor die Brust. „Nein, so stur muss man sich wirklich nicht verhalten!"

Jojo war einen halben Schritt zurückgewichen, um seine kostbare Seidenkrawatte zu schützen, ging aber sofort wieder nach vorne in die Offensive. „Doch – doch,

Nils hat recht! Irgendwann muss man auch mal ein Zeichen gegen den Schlendrian setzen!"

„So ein Quatsch! Er straft damit doch nur seine Gäste, die enttäuscht –", wandte Katie entschlossen ein, wurde aber diesmal von Julia unterbrochen.

„Du, entschuldige bitte. Aber ich glaube, er straft sich selbst am meisten mit seinem Dickkopf! Er verpasst immerhin eine lustige Fete mit uns!"

„Vielleicht hast du sogar recht damit", lenkte Katie ein, „aber Sturheit bewegt halt nichts."

„Doch, diese Art Sturheit wirkt erzieherisch", warf Jojo ein.

„Blödsinn, Jo, Sarah hat das doch nicht extra gemacht. Seit wann bist du so streng?" Julia boxte Jojo scherzhaft auf den Oberarm.

„Bin ich doch gar nicht", wandte der noch ein, als Katie ergänzte: „Mein Opa, also, der hat immer gesagt: ‚Zu jedem Standpunkt gibt es auch eine Gegenmeinung, so wie es Himmel und Erde gibt. Und am Horizont, da, wo Himmel und Erde sich berühren, da findest du den Kompromiss!' Aber, um den zu finden, musst du dich eben auch bewegen und kannst nicht nur stur stehen bleiben."

„Na, vielleicht kommt Nils ja auch heute noch zurück, wenn sein Ärger verraucht ist", bemerkte Jojo einlenkend und hob sein Glas. „Auf Nils, egal wo der Bursche im Moment steckt! Prosit!" Alle drei erhoben ihre Gläser und brachten einen Toast auf Nils und danach auf seine Frau Sarah aus.

„Hey, Martin", Katie winkte ihn zu sich. „Von wem ist eigentlich dieses tolle Lied, das da gerade läuft?"

Martin freute sich, von Katie angesprochen worden zu sein, und erklärte ihr kurz das Notwendigste über die mexikanische Popband Mana.

Der Rest dieser Feier ist schnell erzählt.

Martin und Katie hatten sich an diesem Abend leider nicht noch länger unterhalten können. Martin war es aber immerhin gelungen, Katies Adresse und Handynummer zu ergattern, weil er versprach, ihr etwas über die Musik von Mana zusenden zu wollen. Leider war seine Angebetete (er hatte darauf geachtet, ihr nicht zu penetrant nachzustellen) dann relativ zeitig nach Hause gegangen, da sie am nächsten Morgen wieder früh „in der Welt unterwegs sein musste", wie sie es auszudrücken pflegte.

Nils war bei seiner 30-Jahr-Feier allen Wetten zum Trotz nicht mehr aufgetaucht. Martin hatte sich bemüßigt gefühlt, die von ihrem Mann sehr enttäuschte Sarah noch einmal zu trösten und sie dabei möglichst unauffällig über Katie auszufragen. Wie später durchsickerte, hatte Nils seinen Frustrausch, den er sich im Tennisclub zugezogen hatte, bei seinen Eltern ausgeschlafen.

Nils und Sarah waren übrigens bis zum heutigen Tag – fast zweieinhalb Jahre nach der Party – ein Paar. Die Zeitspanne kam Martin rückblickend viel kürzer vor. Als wäre alles erst gestern passiert!

* * *

Er hatte Katie vier Tage nach der Party wiedergesehen. Wiedersehen müssen! Ja, er hatte sich mit seinen zweiunddreißig Jahren seit langer Zeit wieder einmal richtig verliebt! Er konnte fast an nichts anderes denken, musste sich zur Arbeit zwingen und erwartete den Zeitpunkt ihrer angekündigten Rückkehr aus Mexiko voller Ungeduld. Katie hier, Katie da …

Telefonisch konnte er sie leider nicht erreichen. Mist-Handy oder Berufskrankheit?

Natürlich hatte er vier Tage später nicht nur die neue CD von Mana (Titel: „Amar es combatir!") für seinen Augenstern besorgt, sondern auch eine Flasche teuren Sekt sowie eine rote Rose (aus dem Garten seines Vermieters) dabei. Damit hatte er sie dann exakt um 19.45 Uhr vor ihrer Wohnung überrascht. Sie sah müde aus, schien sich aber doch über seinen „Überfall" zu freuen.

„Mensch, Martin, was machst du denn hier? Woher weißt du überhaupt, dass ich wieder da bin? Ich bin erst vor zwei Stunden aus Mexiko gelandet."

„Ja, du bist halt eine gläserne Flugbegleiterin … Nein, im Ernst: Ich habe dich über die Infopage deiner Airline rund um den Globus verfolgt und so stehe ich jetzt pünktlich hier. Die haben dich in ihrem Computer übrigens um zehn Jahre älter gemacht! Wenn es nach denen geht, bist du schon achtunddreißig Jahre alt und nicht achtundzwanzig."

„Ja, ich weiß. Aber den Druckfehler kriegen die irgendwie nicht aus dem System. Aber sag mal: Hast du nicht meinen Freund, den Leo, gesehen? Der wollte *auch* hier auf mich warten." Sie schaute sich suchend um und machte ein ängstliches Gesicht. „Er ist übrigens Karatemeister und dazu sehr eifersüchtig …"

„Aber Sarah hat mir doch verraten, dass ihr seit vier Monaten getrennt seid?", entgegnete Martin plötzlich leicht verunsichert. Als er sie jedoch genauer anschaute, bemerkte er in ihren matt glänzenden, aber immer noch stahlblauen Augen trotz aller Müdigkeit ein Lächeln, das sie verriet. „Du foppst mich hier und willst mich schocken. Aber es ist dir nicht gelungen! Ich wollte dir auch nur kurz die CD vorbeibringen."

„Wie bitte? Und den Sekt willst du wieder mitnehmen?", fragte sie schlagfertig.

„Okay, okay, du hast mich ertappt, aber jetzt helfe ich dir erst mal, den Koffer hochzutragen".

„Oh, danke, das mache ich schon selbst, ist eh nur leichtes Handgepäck. Aber du kannst wirklich kurz mit raufkommen."

Beide waren sie dann wortlos mit dem Aufzug bis in den zweiten Stock gefahren. Katie hatte ihre Wohnungstür aufgeschlossen, im Flur das Licht eingeschaltet und den Koffer an die Seite gerollt. Dann standen sie für einige Sekunden schweigend voreinander.

„Ich habe mich echt auf dich gefreut!", traute Martin sich zu sagen, aber als Antwort legte sie ihren rechten Zeigefinger vor seine geschlossenen Lippen und er hörte nur ein leises: „Pssssst!"

Martin stellte den Sekt ganz langsam auf den Boden, legte die CD und die Rose dazu. Wer wen zuerst angefasst hatte (Katie wollte später schwören, es sei Martin gewesen), wusste in der Rückblende keiner mehr genau. Aber beide erinnerten sich später übereinstimmend, dass sie sich in einer wahren Explosion der Gefühle zuerst bis zur Atemlosigkeit geküsst hatten (ihre Zungen hatten in einer Vertrautheit „miteinander getanzt", O-Ton von Martin, der das so noch nie erlebt hatte). Dann hatten sie sich noch im Flur gegenseitig entkleidet, waren gemein-

sam in Küssen versunken unter der warmen Dusche ver-
schwunden, um danach schwer atmend in die Kissen von
Katies großem Bett abzutauchen.

Der viel zu kurze Schlaf der Erschöpfung wurde am
nächsten Morgen durch Martins Handywecker jäh unter-
brochen. „Oh, Entschuldigung, ich muss dann mal los",
murmelte er Katie ins Ohr, was sie mit einem müden
Lächeln quittierte.

„Du arme Socke ..."

Er suchte tatsächlich zunächst seine Socken und
dann seine restliche Kleidung zusammen, stieg über eine
im Flur liegende leere Sektflasche samt einer zerrupften
Rose und zog die Tür leise hinter sich zu.

* * *

Von nun an trafen sie sich immer häufiger. Wenn Katie
unterwegs war, hielten sie – so gut es eben ging – Kontakt
über ihre Mobiltelefone. Es war die Zeit auf Wolke sieben
für das junge Paar.

„Wie bist du eigentlich zur Fliegerei gekommen?",
fragte Martin eines Tages. „Hast du nicht eigentlich
Romanistik und Germanistik auf Lehramt studiert?"

„Ja, das stimmt; nach dem Abi – oh Mann, das ist auch
schon wieder acht, nein neun Jahre her – habe ich direkt
zum Wintersemester mit dem Studium angefangen. Hat
eigentlich schon Spaß gemacht, aber ich glaube, dass ich
da zu genau rangegangen bin ..."

„Wie meinst du das: zu genau?"

„Na ja, ich wollte nicht oberflächlich sein und habe
mich in den Stoff so richtig reingekniet ... habe aber den

Fehler gemacht, mich dann jeweils *nicht* zur Prüfung anzumelden. Ich hab gedacht, dass ich ein Semester später mit dem Stoff erst richtig durch wäre, um dann die ganzen Tests auch leichter und besser zu bestehen. War aber dann überraschenderweise nicht so! Na ja, dann kam halt auch an Inhalt immer mehr dazu, sodass sich immer mehr aufgestaut hat und ich irgendwann einfach nur noch panisch war. Ich war wie gelähmt von der Vorstellung, dass mich die riesige Menge an nicht bewältigtem Lernstoff wie ein Tsunami überrollen würde. Deswegen habe ich dann selbst nach drei Semestern die Notbremse gezogen und habe den Werbeanzeigen meiner jetzigen Airline nachgegeben. Seitdem bin ich für einen ‚Riesengehalt' in der Welt unterwegs!" Sie lachte kurz auf und Martin hatte den Eindruck, dass bei diesem etwas gequälten Lacher auch eine gehörige Portion Enttäuschung mitklang.

„Ach, das hast du richtig gemacht. Wenn es nicht passt, dann sollte man sich auch nicht auf Dauer gegen den Strich bürsten. Ich habe die ersten zwei Semester zunächst Psychologie studiert und bin dann zu den Betriebswirtschaftlern gewechselt. Und seit zwei Jahren arbeite ich jetzt schon mit Nils in der gleichen Abteilung."

„Du Streber!", rief sie lachend und schlug ihm das Sofakissen auf den Kopf.

„Na warte!", knurrte er. „Das verlangt nach Rache!" Die lautstarke Verfolgung durch die Wohnung fand wie so oft in dieser Zeit im Schlafzimmer von Katie ihren versöhnlichen Höhepunkt. Und manchmal sogar unter den Klängen der Musik von Mana: „Amar es combatir!"

„Sag mal, wie verhütest du eigentlich?", traute sich Martin nach zwei Monaten gemeinsamen Liebesglücks erstmals nachzufragen.

„Oh Mann, ich habe die Pille ja überhaupt nicht vertragen –", fing sie an, aber er unterbrach sie: „Ich will nicht wissen, was du *nicht* machst, sondern was du effektiv *tust*?"

„Lass mich halt mal ausreden!", entgegnete sie. „Durch die vielen Zeitunterschiede auf der Langstrecke weiß man ja nie, wann man diese doofen Pillen einwerfen soll, und so hatte ich dauernd Zwischenblutungen. Das ging fast zwei Jahre so, ja und deswegen habe ich dann die Pille weggelassen."

„Und wie hat dir deine Ärztin da weitergeholfen?"

„Na ja, in den letzten Monaten bestand ja keine Notwendigkeit zur Verhütung, und seitdem ich mit dir zusammen bin, hatte ich noch keine Zeit für einen Arztbesuch. Außerdem haben diese Praxen immer so lange Wartezeiten. Und dann habe ich auch noch so oft Stand-by … Wann hätte ich das bitte machen sollen?"

„Heißt das, dass du im Moment *gar nicht* verhütest?", fragte er etwas verunsichert nach. „Quatsch! Ich passe schon auf, ich weiß schließlich, wie mein Körper funktioniert! Und deswegen habe ich auch – wie du sicher schon gemerkt hast – nicht *immer* Lust auf dich, mein Romeo! Aber du hast schon recht. Ich muss demnächst mal wieder zu meiner Gyn gehen. Da ist eh eine Vorsorgeuntersuchung dran."

„Sollten wir nicht sicherheitshalber mit Kondomen …?"

„Ach nee, Martin, auf Gummis bin ich wirklich allergisch und überhaupt: Bin ich die letzten Jahre vielleicht irgendwann ungewollt schwanger geworden?"

Ein so großes Maß an Selbstbewusstsein überzeugte nun auch ihn. Er nahm sie in den Arm, küsste sie und war bereit für mehr.

* * *

Die Monate gingen ins Land. Katie und Martin waren ein tolles Paar. Beide jung, hübsch, sportlich und beruflich zufrieden. Gemeinsame Hobbys, wie Joggen, Sauna und die Liebe zur Musik (im ersten Jahr waren sie schon gleich auf zwei Popkonzerten gewesen), festigte schnell ihre emotionale Bindung. Zu ihrem Einjährigen gratulierten sie Nils zum Geburtstag und Katie gestand Martin, dass sie sich ein Leben ohne ihn gar nicht mehr vorstellen könne. Sie schienen fast am goldenen Horizont ihrer Beziehung angekommen.

Wenn Martin überhaupt etwas an Katie zu kritisieren hatte, dann war es ihre unerklärliche Neigung, manchmal Dinge sehr lange oder seiner Meinung nach sogar viel zu lange vor sich herzuschieben. „Du und deine Verschieberitis!", seufzte er dann.

Er hatte es ihr nicht übel genommen, als sie die Flugbuchung des ersten gemeinsamen Urlaubs versäumte und sie dann zum doppelten Flugpreis nach Kreta flogen, weil sie ja dort auch schon die Hotels gebucht hatten.

Er hatte es ihr auch nicht verübelt, dass er sein Geburtstagsgeschenk, einen besonderen Schaukelstuhl bei Ebay, doch nicht bekam, weil Katie den Zeitpunkt zum Ersteigern verpasst hatte. All das fand er nicht wirklich schlimm.

Auf sein kritisches Nachfragen antwortete sie stets: „Mensch, Martin, bei dir muss wirklich alles immer *sofort und gleich* passieren! Kannst du dir nicht mal etwas Geduld angewöhnen? Es ist eine *Tugend*, gewisse Entscheidungen vorher noch mal zu überdenken! Und schiefgehen kann halt immer mal was …"

Eine Sache aber stimmte Martin nachdenklich, und das war die Tatsache, dass er nach mehr als einem Jahr, in dem er nun mit Katie zusammen war, immer noch nicht ihre Eltern kennengelernt hatte. Geplante Treffen waren aus den verschiedensten Gründen immer wieder verschoben worden. Selbst an Familienfesten wie Weihnachten und Ostern war ein Besuch bisher noch nie zustande gekommen. Katie selbst hatte aber auch noch nie über Heimweh geklagt. Ihr schien es zu genügen, wenn sie den Kontakt zu ihren Eltern per Telefon hielt. Und außerdem: Beschäftigt waren sie alle und immer! Der Terminplan der beiden war eng getaktet. Im Zweifelsfall war Katie wieder einmal gerade „in ihrer weiten Welt unterwegs".

Dagegen lief das in seiner Familie ganz anders. Seine Eltern suchten Kontakt zu ihrem Sohn und hatten schon nach dem ersten Treffen Katie mit offenen Armen in die Familie aufgenommen. Martin wirkte einfach glücklich mit ihr. Die junge Frau schien ihm richtig gutzutun und so konnten sie sich keine bessere „Schwiegertochter in spe" vorstellen. Allerdings wohnten sie auch ganz in der Nähe und nicht über zweihundert Kilometer entfernt wie Katies Eltern.

Genau eineinhalb Jahre nach ihrem Kennenlernen waren Katie und Martin dann in einer spontanen Hau-Ruck-Aktion zusammengezogen. Ein Arbeitskollege von Martin war überraschend für drei Jahre ins Ausland versetzt worden und so hatten sich die beiden blitzschnell für dessen schöne, helle Wohnung in zentraler Lage als Nachmieter eintragen lassen. Den „Himmel" im Flur hatten sie hellblau (ohne Wolken) gestrichen und den Boden im Wohnzimmer mit einem erdfarbenen, kuscheligen Teppich ausgelegt. Sie fanden diese Kombi einer Flugbegleiterin wahrlich würdig.

Mitten im Umzugsgewirr zwischen Kisten und Kästen, vielleicht noch vom Dunst zu frischer Farben euphorisiert, hatte Martin seinem Augensternchen dann einer spontanen inneren Eingebung folgend, vielleicht zu unvermittelt, einen Antrag gemacht.

„Sag mal Katie, würdest du mich heiraten?"

Ein peinlicher Moment der etwas zu langen Stille entstand, in dem Katie weiter konzentriert versuchte, einen Stapel Bücher aus einer Umzugskiste zu bergen. Sie setzte den Stapel betont vorsichtig ab. Mit einem gequälten Lächeln im Gesicht drehte sie sich zu Martin um.

„Oh, jetzt überfährst du mich aber gerade ein wenig", entgegnete sie leise und schien verlegen. Lächelte sie ihn dabei wirklich an oder erkannte er da auch Schatten auf dem sonst so blendenden Blau ihrer Augen? „Da sollten wir später noch mal drüber reden; wir ziehen doch gerade erst zusammen! Da ist Heiraten vielleicht noch etwas zu voreilig ... Aber eines solltest du wissen: Ich liebe dich!"

Er bedauerte es, Katie zur unpassenden Zeit so überfallsmäßig gefragt zu haben. Er hätte sich dafür ohrfeigen können! „Okay, okay", hatte er noch gemurmelt und hatte plötzlich das dringende Bedürfnis, an die frische Luft zu kommen.

Eigentlich empfand er ihre Antwort, trotz einer gewissen Enttäuschung, nicht als schlimm; er hatte es selbst vergeigt! Es würde sich schon noch einmal eine bessere Gelegenheit ergeben. Da war er sich sicher!

* * *

„Warst du eigentlich inzwischen mal bei deiner Frauenärztin?", fragte er einige Wochen später unvermittelt beim Abendessen.

„Nein, aber nächste Woche werde ich mal hinmüssen. Irgendwie sind die Blutungen zurzeit ganz weg. Aber, keine Panik! Das passiert bei mir öfter! Und das ist auch typisch für uns Flugbegleiterinnen."

„Hey, bist du vielleicht schwanger? Sollten wir nicht einen Test machen?"

„Ja, am besten rennst du gleich zur Apotheke und besorgst einen Test noch für heute Abend!", zischte sie mit erbost sarkastischem Unterton. Den schien Martin in seiner Aufregung völlig überhört zu haben.

„Nein, Schwangerschaftstests werden mit dem *Morgenurin* durchgeführt! Das habe ich irgendwo gelesen. Dann sind sie am genauesten!"

„Na prima, Herr Doktor, dann mach doch am besten gleich morgen früh mit *deinem* Morgenurin den Test! *Ich* bin jedenfalls *nicht* schwanger!" Sie stand auf, ging aus der Küche und redete den ganzen Abend nicht mehr mit ihm.

Eigentlich kamen beide erst Tage später wieder ins Gespräch, nachdem Katie von der Langstrecke aus den USA zurück war.

Die roten Rosen und der selbst gemixte Aperol Spritz verbesserten die Stimmung schlagartig und die beiden schienen für diesen Abend zu ihrer alten Verliebtheit zurückgefunden zu haben. „Ich hatte übrigens inzwischen meine Blutung, aber du hast ja recht, dass ich noch mal zu meiner Ärztin gehen sollte. Die Blutung war nämlich diesmal ganz schön schmerzhaft, obwohl sie eigentlich nicht stark war!"

„Na, dann ist doch alles gut, mein blinkblaues Augensternchen. Komm, rück doch mal ein bisschen näher, damit der kleine Martin dich ein wenig kraulen und verwöhnen kann."

* * *

Drei Tage später kam für beide dann der Schock. Obwohl der Tag an diesem herrlich sonnigen Spätsommermorgen noch mit einem gemeinsamen Frühstück begonnen hatte, stufte ihn Martin rückblickend als wirklich schlimmen Tag in seinem Leben ein.

Gut gelaunt war er damals erst eine Stunde später als sonst ins Büro gefahren. Die Arbeit ging ihm heute gut von der Hand. Gedanklich war er schon fast beim Mittagessen in der Kantine, als als jemand mit Schwung die Tür hinter ihm öffnete.

„Mensch, Martin: dringendes Telefonat für dich! Krankenhaus Rosenhöhe!"

Martin unterbrach seine Schreibtischtätigkeit abrupt

und fuhr auf seinem Stuhl herum. „Für mich? Ich habe niemanden im Krankenhaus …“

Nils stand hinter ihm und hielt ihm ein Handy hin. „Wo hast du denn bitte *dein* Handy? Da bist du die ganze Zeit nicht drangegangen …“

„Oh ja, Mist! Das habe ich wohl zu Hause liegen lassen, aber wer ist es denn?“

„Geh halt mal dran!“, murmelte Nils und ließ sich auf einen Hocker fallen, der die einzige zusätzliche Sitzgelegenheit in Martins Büro darstellte.

„Ja, hier Martin Winterling, wer spricht?“

Eine weibliche Stimme undefinierbaren Alters räusperte sich durch den Äther. „Ach gut, endlich kann ich Sie erreichen! Sie sind doch Herr Winterling, der Partner von Frau Katie Numquam, ja?“

„Ja, oh Gott, was ist passiert?“, fragte er ungeduldig dazwischen.

„Ja, also, ich bin Schwester Dunja von Station 211. Ihre Partnerin bittet Sie hierher, in das Krankenhaus Rosenhöhe, in die gynäkologische Abteilung, zu kommen.“

„Um Gottes willen! Was ist denn bitte passiert?“, intervenierte er erneut.

„Das darf ich Ihnen telefonisch nicht mitteilen. Aber seien Sie unbesorgt. Es ist nichts Schlimmes passiert, aber Ihre Partnerin wird erst einmal hierbleiben müssen. Können Sie kommen?“ So richtig beruhigend wirkten die Worte von Schwester Dunja nicht auf ihn.

„Ja doch, ja, und wohin soll ich kommen?“

„In die Frauenklinik, zweiter Stock, und wenn Sie vielleicht den Kulturbeutel und etwas Wäsche mitbringen könnten?“

Benommen ließ Martin eine Liste der mitzubringenden Dinge über sich ergehen, von denen er aber höchstens zwei, drei Begriffe wie Zahnbürste und Nachthemd wirklich aufnahm. „Haben Sie mich verstanden?"

„Ja doch, ja, oh Gott!"

„Ist übrigens auch gut ausgeschildert. Bis dann."

Tuut, tuut … Ungläubig hielt er das Mobiltelefon noch in der Hand, unfähig, auch nur die rote Taste zu drücken.

„Hast du gehört?", sprach er eigentlich mehr zu sich selbst und reichte dabei das Handy an seinen Freund zurück. „Katie ist im Krankenhaus. Ich muss dahin!"

Das „Fahr-vorsichtig-und-melde-dich-mal!" seines Freundes hörte er noch, dann war er schon unterwegs.

* * *

Knapp eine halbe Stunde später sprang er die Treppen im Krankenhaus nach oben und klingelte am Eingang zur Frauenstation. Das Zusammenpacken der angeforderten Sachen für Katie, die er hastig in seine alte Sporttasche gestopft hatte, hatte ihn nicht lange aufgehalten. Dafür war Katie zu oft im Stand-by-Modus. Er wusste, wo ihr Reiseset bereitlag.

„Ja, Winterling hier, ich muss zu Frau Numquam." Das Summen des Türöffners übertönte sein schnelles Atmen.

„Na, dann kommen Sie mal rein!", begrüßte ihn eine ältere Frau in Schwesternuniform. „Frau Numquam liegt in der 213."

Und da lag sie, seine Katie. Sie sah schon auffallend blass aus. Vielleicht aber wirkte das nur durch diese hellgrüne Bettwäsche so?

„Mensch, Katie, wie geht's dir, was ist passiert?"

„Ach, Martin, ich bin schwanger! Nein, eigentlich muss ich sagen: Ich war schwanger ..."

„Oh, Mist! Also, was ist denn genau passiert?"

„Na ja, ich bin schwanger, aber die Schwangerschaft ist nicht mehr in Ordnung! Ich habe heute beim Einkaufen eine ganz starke Blutung und dann einen Kreislaufkollaps bekommen. Da haben die vom Supermarkt den Krankenwagen bestellt und so bin ich hier gelandet. Ja, mit Ultraschall haben die Ärzte hier dann festgestellt, dass ich schon in der achten Woche schwanger bin ..."

„Ach du Schande!"

„Na ja, jedenfalls ist die nicht mehr intakte Schwangerschaft durch die Blutung auch schon teilweise abgestoßen worden. Aber ich muss jetzt noch eine OP haben. Das nennt sich Ausschabung. Aber ich wollte dich vorher noch mal sehen!" Ihre sonst so strahlenden Augen wurden vor Tränen trüb.

„Aber warum ...?", sprach er halblaut und eigentlich eher zu sich.

„Dazu können die Ärzte jetzt noch nichts sagen. Ich soll aber besser ein, zwei Tage nach der OP noch hierbleiben."

„Ja, deshalb habe ich dir auch deine Sachen mitgebracht, schau hier", bemerkte Martin und mit einer eher hilflosen Geste hob er die Tasche vom Boden, wie um zu beweisen, dass sie auch wirklich vorhanden war.

„Jetzt werden nur noch die Blutergebnisse abgewartet und –"

Die Zimmertür ging abrupt auf und zwei junge Frauen in Krankenhauskleidung kamen in das Zimmer.

„Frau Numquam?"

„Ja, das bin ich", seufzte Katie.

„Es geht los! Haben Sie alles unterschrieben? Nix gegessen oder getrunken?"

„Ja, ich meine: nein! Alles okay!"

Beim Herausrangieren des Bettes konnte Martin Katie noch einen flüchtigen Kuss geben und im Wegfahren flüsterte er ihr zu: „Ich warte hier auf dich!"

„Ach, warten Sie doch lieber vor dem OP. Da kommen wir später wieder vorbei, wenn wir Ihre Partnerin dann ins Aufwachzimmer bringen."

Martin ging erst einmal vor den Eingang des Krankenhauses, um seine Eltern über die Ereignisse zu informieren. Sein Handy hatte er von zu Hause mitgebracht, und obwohl er sich mit einigen Telefonaten die Wartezeit verkürzte, empfand er die Zeit vor der geschlossenen OP-Türe als besonders lange, bohrend und nervenzehrend. Das Warten wurde zur Qual für ihn (Geduld war nicht seine Stärke!) und obwohl es doch nur eine knappe Stunde dauerte, bis sich die Glastür mit der Aufschrift „OP, kein Zutritt" wieder öffnete, war er geschwitzt und schon leicht entnervt. Eine junge Ärztin sprach ihn an.

„Sie müssen der Partner von Frau Numquam sein?"

„Ja, bin ich. Hat denn alles gut geklappt?", fragte er aufgeregt.

„Ja, es ist alles gut gegangen. Keine Komplikationen."

„Und *warum* ist das jetzt alles so passiert? Kann sie denn überhaupt noch Kinder bekommen?"

Die junge Ärztin lächelte. „Über das Warum kann ich Ihnen jetzt noch nichts sagen, aber Ihre Partnerin wird bestimmt noch gesunde Kinder bekommen, wenn sie es denn will." Dieser kleine Nebensatz hallte in ihm nach: „Wenn sie es denn will ..." Konnte *das* eine Frage sein? „Und übrigens", unterbrach sie seine Gedanken, „wenn alle Frauen, die mal eine Fehlgeburt hatten, danach keine Kinder mehr bekommen hätten, wäre die Menschheit ausgestorben. Frau Numquam wird bei der Nachuntersuchung von ihrer Frauenärztin über die Ergebnisse unserer Untersuchungen informiert werden. Übrigens: Diese Nachuntersuchung sollte unbedingt in zehn bis vierzehn Tagen sein! Dabei kann man dann bleibende Schäden ausschließen. Alles Gute Ihnen beiden."

Er konnte gerade noch ein „Ja, danke", stammeln, da war die forsche Jungärztin auch schon wieder in Richtung OP verschwunden.

Fünf Minuten später durfte er seiner noch schlafenden Katie in den Aufwachraum folgen und neben ihrem Bett auf einem Hocker Platz nehmen. Viele Gedanken gingen ihm durch den Kopf. „Wenn sie es denn will ..." Ja, was würde sie eigentlich wollen und *wann*? Und was wollte er? Über vieles, was er noch vor der OP dogmatisch verkündet hätte, legten sich nun zunehmende Schleier des Zweifels.

Als Katie später erwachte und ihn im Halbschlaf erkannte, konnte er nicht anders als sie, einer inneren Eingebung folgend, erneut zu fragen. Er kam ganz nah an ihr Ohr. „Katie, mein Augensternchen, wollen wir heiraten?" Er war sich nicht sicher, ob sie ihn überhaupt gehört, geschweige denn verstanden hatte.

Nach langer Pause – er rechnete schon gar nicht mehr mit einer Antwort – brummte sie plötzlich mit noch narkoseheiserer Stimme: „Ich bin zwar noch unter Droge, aber so klar bin ich schon wieder: Ich liebe dich und über den Rest können wir später noch diskutieren."

* * *

In den Wochen nach der Fehlgeburt fiel Katies Veränderung auf. Sie wirkte wesentlich ruhiger als sonst, nachdenklich, und der Glanz ihrer Augen wich einem zunehmend schattigen Blaugrau. Martin hatte den Eindruck, dass sich Wolken über die Iris ihrer sonst so funkelnden Augen gelegt hatten. Warum nur war ihr Strahlen vergangen?

Die Nachuntersuchung bei der Gynäkologin gestaltete sich unauffällig. Zweimal hatte Katie den Termin verschoben, doch zum dritten Termin hatte Martin sich im Büro freinehmen können und sie in die Praxis begleitet.

„Der Brief aus dem Krankenhaus liefert uns keine wirklich befriedigende Erklärung für die Ursache der Fehlgeburt", begann die Ärztin ihre Ausführungen. „Und bei Ihnen, Frau Numquam, sind auch keine bleibenden Schäden zu erwarten, wenn ich davon ausgehe, dass unsere heutigen Laboruntersuchungen auch alle in Ordnung sind."

„Ja, aber wieso ist dann diese Fehlgeburt passiert?", fragte Martin zaghaft dazwischen. „Fehlgeburten kommen in der Biologie der Säugetiere leider vor", fuhr die Ärztin in ihrer Erklärung fort. „Wenn das befruchtete Ei in der Gebärmutter keine optimalen Bedingungen vorfindet, dann passiert so was schon mal. Und dazu sind Sie, Katie, ja auch noch Flugbegleiterin; die haben halt auch ein erhöhtes Fehlgeburtenrisiko, wenn sie in der

Frühschwangerschaft noch fliegen. Aber Sie können mit größter Sicherheit später noch ohne Probleme Kinder bekommen, wenn Sie es dann wollen."

Da klang es wieder an, das: „Wenn Sie es wollen …" Als ob das Gelingen einer Schwangerschaft immer vom Wollen abhinge.

In den folgenden Wochen wich Katie, viel introvertierter als sonst, seinen zaghaften Versuchen, über das Erlebte zu reden, stets aus. Und, was ihn eigentlich wunderte: Schon knapp zwei Wochen nach der Fehlgeburt war seine bessere Hälfte (er verwendete den Begriff inzwischen viel seltener) wieder „in ihrer weiten Welt unterwegs".

* * *

„Guten Abend. Hier bei Winterling-Numquam. Wer spricht bitte?" Martin war überrascht. Wer wollte ihn so spät am Abend – die Wanduhr in der Küche zeigte bereits 22.13 Uhr – noch telefonisch erreichen? Auf der anderen Seite hörte er eine Person schwer atmen.

„Hallo? Wer spricht, bitte?"

Weitere drei lange Sekunden später – Martin hatte schon überlegt, das Gespräch zu beenden – war ein Räuspern in der Leitung zu hören. Gefolgt von einem: „Kann ich vielleicht mal mit Katie sprechen?"

„Wer ist denn bitte am Apparat?", fragte Martin zurück.

„Ich bin's doch. Der Jürgen. Der Vater von Katie, also Katie Numquam."

Sofort war Martin hellwach.

„Kann ich sie mal sprechen?", fragte die Stimme nach und klang irgendwie verlangsamt und erschöpft.

„Oh, das tut mir leid, Herr Numquam, Katie kommt erst übermorgen wieder. Gibt es etwas Dringendes?"

„Wer sind Sie denn? Sind Sie ein Kollege meiner Tochter?"

„Nein, nein ich bin kein Kollege. Ich bin Katies Freund, äh, ich meine, ich bin ihr Partner."

Ein trockenes Husten auf der anderen Seite. „Ich wusste gar nicht, dass Katie wieder einen ..." Der Satz wurde vom eigenen Lachen des Mannes auf der anderen Seite der Leitung unterbrochen, welches in einen anfallsartigen, trockenen Husten überging. „Entschuldigung, hallo, sind Sie noch dran?"

„Ja, ich bin noch hier." Martin befiel eine unangenehme Ahnung.

„Wie heißen Sie eigentlich?", hakte sein Gegenüber jetzt nach.

„Ich bin Martin, Martin Winterling."

„Hören Sie, Martin. Ich habe länger nicht mit Katie gesprochen. Weil sie sauer auf mich ist." Eine erneute Hustenattacke unterbrach die Erklärung, wobei er die Sätze verlangsamt und mit gefühlter Anstrengung hervorpresste. „Hallo, noch da?"

„Ja, noch da."

„Entschuldigung. Aber hier ist die Luft so trocken."

Wieder folgte ein heiseres Auflachen, als sei diese Bemerkung ein guter Witz. Martin beschlich zunehmend der Verdacht, nein, eigentlich war es fast schon zur Gewissheit für ihn geworden. Jürgen war entweder betrunken oder stand unter Drogen. Aber normal war nicht, wie er mit ihm ...

„Hallo, Herr Numquam, soll ich Katie etwas ausrichten?"

„Nee, nein, bei der ist es schwer, was auszurichten." Ein unterdrücktes, aber dennoch hörbares Rülpsen befeuerte Martins Abneigung für sein Gegenüber.

„Wissen Sie, ich bin immer der Arsch, weil ich der Einzige bin, der meiner Tochter die Wahrheit sagt." Er schien sich in Rage reden zu wollen.

„Aha?" Mehr fiel Martin dazu so schnell nicht ein.

„Ja, Sie müssen nämlich was wissen über Katie. Also, sie will auf keinen Fall wahrhaben, dass sie unter Pro, äh, Pro-kras-tination leidet." Auf dieses Wort hatte er offenbar seine ganze Konzentration gerichtet. Jetzt musste er erst einmal durchatmen.

„Und was ist das, bitte?", fragte Martin dazwischen.

„Also, Pro", erneutes trockenes Husten. „Also, das ist der Fachausdruck für die Eigenschaft, immer alles zu verschieben. So, nach dem Motto: Morgen, morgen, nur nicht heute."

„Machen wir das nicht alle?"

„Nee, nee, das ist schon eine verschärfte Variante bei Katie. Seit ihrer Kindheit. Und deswegen ruft sie mich nie an. Sie schiebt das, verdammt noch mal!" Da wurde Jürgen, gerade als er drohte, richtig warmzulaufen, von einer grellen Frauenstimme aus dem Hintergrund jäh unterbrochen.

„Mit wem telefonierst du eigentlich um diese Zeit? Oh Mann, du bist doch wieder völlig betrunken. Wie sieht es denn hier –", doch mitten im Satz riss die Verbindung ab und das trennende „Tuut, tuut" ließ Martin aufgewühlt zurück.

Bis tief in die Nacht war er zum Thema Prokrastination im Internet unterwegs.

* * *

Er wollte Katie Zeit geben und akzeptierte daher ihre zunehmende Distanz zu ihm als Zeichen ihrer Trauer. Auch er zog sich zurück und stellte seine Gesprächsversuche ein. Was ihn aber irgendwie mit bohrender Eifersucht erfüllte, war die Tatsache, dass Katie im Umfeld von Freunden und Bekannten wie ausgewechselt erschien. Da war sie lustig, schlagfertig und extrovertiert, wie früher. Dann wirkte Katie zeitweise sogar wieder völlig normal. Er aber fühlte sich zunehmend von dieser Normalität ausgeschlossen. Der Normalität des Lachens und Redens miteinander. Wollte sie ihn bestrafen? Wies sie ihm die Schuld für das Geschehene zu?

Denn zu Hause blieb Katie wortkarg und auffallend desinteressiert an seinen Belangen. „Wenn du meinst", war ihre stereotype Antwort, wenn er sie etwas fragte oder auch nur ein Gespräch in Gang bringen wollte. Gerade im häuslichen Umfeld schien sie sich nur noch für sehr wenig zu interessieren. Die Anschaffung von neuen Wohnzimmermöbeln, die sie seit einem halben Jahr geplant hatten, verschoben sie nun auf unbestimmte Zeit. Auch die Urlaubsplanung für den nahenden Herbst war plötzlich kein Thema mehr. Selbst das Kochen, das Katie noch vor Wochen als ihr Hobby bezeichnet hätte, wurde von ihr zunehmend lustlos ausgeführt. Sogenannte Fertiggerichte hielten Einzug auf dem Speiseplan.

Doch besonders betroffen und abgelehnt fühlte sich Martin durch ihre Art und Weise, seine körperliche Nähe, ja, oft sogar nur seine einfache Anwesenheit, zu meiden.

Wenn er beim Fernsehschauen an sie heranrückte, stand sie auf. Wenn er versuchte, ihr einen Kuss zu geben, tat sie das ab und mit einem „Lass mich halt mal in Ruhe" verließ sie jedes Mal den Raum, in dem er sich befand. Es war wohl seine Nähe, seine Körperlichkeit, die sie nicht mehr ertragen konnte oder wollte.

Wann immer er sie in den Arm zu nehmen versuchte, brachte sie ihn jeweils sachte, aber bestimmt auf Distanz. Martin wunderte sich manchmal, dass er überhaupt noch in einem Bett mit ihr schlafen durfte. Er fühlte sich zunehmend zurückgewiesen und verletzt. Bei allem Mitgefühl für Katie fraß sich doch das Gefühl der persönlichen Kränkung immer tiefer in ihn hinein und hinterließ von Tag zu Tag deutlichere Spuren.

Knapp zwei Wochen nach dem Telefonat mit Katies Vater, von dem er Katie nichts erzählt hatte, brach es dann aus ihm heraus. Katie war von ihrem Langstreckenflug aus San Francisco zurück und kam gerade aus der Dusche. Schon die letzten Tage hatte er sich vorgenommen, mit ihr ein klärendes Gespräch zu erzwingen.

„Katie, es kann einfach nicht so weitergehen mit uns! Wir kennen uns doch inzwischen wirklich gut. Und wir lieben uns doch, oder? Da ist es einfach Scheiße, dass wir nicht miteinander reden! Was habe ich dir eigentlich getan, dass du so mit mir umgehst?"

„Muss das wirklich *jetzt* sein?" Sie rieb sich mit dem um den Hals hängenden Handtuch noch die noch nassen Haare.

„Ja", antwortete er frustriert. „Wenn nicht jetzt, wann dann? Ich will jetzt wissen, was dich an mir stört, dass wir einander so fremd geworden sind."

Sie drehte sich ab und trat, die Haare weiter mit Handtuch reibend, an das Fenster zum Garten.

„Na gut", fing sie langsam an. „Vielleicht ist es, weil du immer so ungeduldig mit mir bist und Entscheidungen sofort und gleich verlangst."

„Ja, aber das Leben verlangt doch nach –"

„Quatsch! Jetzt lass mich doch mal ausreden." Bei diesen Worten sah sie ihm seit Langem einmal wieder direkt in die Augen. „Nicht das Leben verlangt, sondern *du* verlangst nach Antworten und Entscheidungen, die ich aber oft so schnell nicht geben kann. Es ist schon komisch, aber mit meinen Arbeitskollegen und den meisten Freunden habe ich, was das angeht, überhaupt kein Problem. Die nehmen mich so, wie ich bin!" Sie drehte sich wieder zum Fenster. „Ein wenig bist du leider wie mein Vater", sagte sie halblaut und seufzte dabei.

„Da hatte ich ja noch nicht die Ehre, den kennenlernen zu dürfen!", konterte Martin schlagfertig.

Die junge Frau drehte sich nicht zu ihm um, aber sprach weiter, fast so, als wollte sie nur zu sich selbst reden. „Da hast du auch nichts verpasst, oder warum glaubst du, haben wir uns noch nie mit ihm getroffen? Er ist ...", und jetzt drehte sie ihren Kopf ganz langsam über ihre rechte Schulter, die Hände beidseits zu Fäusten geballt an den Enden des Handtuchs, das noch um ihren Hals hing, festgekrallt. Martin hatte bei ihr noch nie einen ähnlich verächtlichen Gesichtsausdruck gesehen und erschrak erst recht, als ihm der gedehnt hasserfüllte Satz um die Ohren flog: „Er ist ein besserwisserischer, nörgelnder Alkoholiker, der meiner Mutter das Leben zur Hölle macht!"

„Na, vielen Dank!" Martins Tonfall spiegelte seine Betroffenheit.

Katie hatte sich inzwischen schon wieder abgewandt.

„Da ich noch nicht auf Alk bin, habe ich also das Besserwissen und Nörgeln mit ihm gemeinsam, was?", antwortete Martin gekränkt. „Oder wie meinst du das?"

Katie ließ die Hände an ihrem Körper nach unten gleiten und drehte sich wieder zu Martin um. Ihre kurzen, blonden Haare standen halb nass in alle Richtungen ab, das Handtuch noch um den Hals. So stand sie im Gegenlicht der Sonne vor dem Wohnzimmerfenster. „Wie ein Boxer", dachte Martin für einen Moment. „Eine Boxerin nach einem schweren Kampf."

„Na, vor meiner Fehlgeburt hast du doch auch schon alles besser gewusst", kam es schneidend und riss Martin aus seinen Gedanken. „Und wie leicht es ist, sicher zu verhüten, wusstest du natürlich auch besser", stellte sie provokant in den Raum.

„Das ist aber jetzt unfair", protestierte Martin. „Du weißt doch genau, dass ich da gar nichts habe besser wissen wollen. Ich habe nur zum Ausdruck gebracht, und der Meinung bin ich übrigens heute auch noch, also: Ich wollte nur sagen, dass ich es einfach doof finde, wenn die Verhütung so wie bisher –"

„Aha, das wird ja immer besser: Du meinst also, dass ich zu doof zum Verhüten bin!", fiel sie ihm aggressiv ins Wort. „Da komme ich müde von der Langstrecke und mein Partner hat nichts Wichtigeres im Kopf, als mir zu sagen, ich sei zu doof zum Verhüten! Wäre ich doch bloß noch unterwegs! Auf der Arbeit, weißt du, *da* geht es mir gut! Da werde ich geachtet und da will mich keiner herabsetzen."

„Dreh mir doch bitte nicht die Worte im Mund um. Ich will doch nur, dass unser Verhältnis wieder besser wird", versuchte er einzuwenden.

„Was *du* willst, ist Sex! Und dass *ich* gefälligst wieder so funktioniere, wie *du* dir das vorstellst!", fertigte sie ihn ab, drehte sich um und ließ ihn wieder einmal allein und ratlos stehen.

„Verdammt, die boxt hier nicht, die keilt ohne Rücksicht auf Verluste", ging es Martin durch den Kopf.

„Dann lass dir halt von deiner Crew weiterhelfen! *Die* sind ja sicher in diesen Dingen kompetent!", rief er noch durch die bereits geschlossene Tür, womit ihre Sprachlosigkeit das nächste Stadium erreichte.

* * *

Der Sommer war vorbei. Es begann die Zeit der Herbststürme. Und mit ihnen eine schmerzende, geradezu aggressive Funkstille zwischen den beiden. Eine Zeit ohne echten aktuellen Konflikt, aber auch ohne Brückenbau von beiden Seiten. Eine Phase zunehmender Entfremdung.

Die Wochen kamen und die Wochen vergingen.

Beruflich lief es gut für Martin. Er hatte Erfolg. Auch Katie schien mit sich zufrieden. Sie bewegte sich scheinbar entspannt in ihrer, der „weiten Welt", die zunehmend drohte, eine Parallelwelt zum gemeinsamen „Zuhause" zu werden.

Ja, ihren Beruf hatte Katie im Griff (und er sie). Sie agierte weltgewandt. Ihre Uniform konnte sie offenbar vor Angriffen schützen und ihr Sicherheit geben. Dazu liebte sie die meist luxuriösen Unterkünfte mit ihrem weltoffenen Ambiente. Das Entspannen an den Pools dieser Welt. Die Achtung, die ihr Passagiere und Crew gleichermaßen entgegenbrachten; den höflichen, geradezu künstlichen Umgangston in den Unterkünften, das fröhliche Zusammensein auf oft interessanten Ausflügen, das Umsorgtsein von den Kollegen über die Taxi- und Busfahrer bis hin zum Pagen und dem allerletzten Liftboy. Ja, mal ehrlich: Was hatte Martin zu Hause mit seinem Biedermannalltag diesem Leben im Jet-Set entgegenzusetzen?

Martin würde Katie verlassen. Nicht, dass er sich diese Entscheidung gewünscht hätte, aber wie er sich auch drehte und wendete: Es gab für ihn keine andere Möglichkeit! Die Entscheidung reifte zunächst in seinem Unterbewusstsein. Aber Schritt für Schritt, Tag für Tag nährte sich diese kleine Gewitterzelle. Zunächst war es nur ein erster, leichter Zweifel am gemeinsamen Weg gewesen; eine vage Ahnung vom Unwetter am Horizont, die er auch gleich wieder verworfen hatte. Aber schon zwei Wochen später hatten diese geringen Zweifel plötzlich Konturen von wachsenden Kumulonimbussen bekommen. Die von ihm gefühlte Vernachlässigung schnitt gefährlich scharf in den Horizont und drohte, den Himmel von der Erde zu trennen. „Sprachlosigkeit kann Erdbeben verursachen", dachte er. „Aber will ich das so aushalten?", waren seine Gedanken in einer Quasi-Endlosschleife. Drückend und gefährlich schnell wachsend staute sich in einer riesigen Gewitterwolke zunehmend ein explosives Gemisch aus Frust, gekränktem Stolz und Hilflosigkeit bei ihm auf.

Inzwischen *wusste* er um die Gefahr eines gefährlichen Blitzes, der es beim noch so kleinen Anlass schaffen würde, die Bindung ihrer Partnerschaft zu zerfetzen.

Amar es combatir! Doch sie kämpften ja nicht einmal mehr. Er würde so nicht weitermachen wollen. Eher würde er gehen! Sie waren vielleicht einfach zu verschieden.

Seit nunmehr vier Monaten hatten sie sich jetzt schon nicht mehr aufeinander zubewegt. Sie schienen im Winter ihrer Beziehung angekommen. Ein Winter, den Martin rückblickend auch schon mal als Eiszeit bezeichnet hatte.

Sie fassten sich nicht mehr an. Keiner von beiden konnte behaupten, er sei noch vom Gegenüber berührt. Sexualität war zum Tabuthema zwischen ihnen gereift. Dabei war doch gerade der Sex das, was Martin ausschließlich mit Katie ausleben wollte. Für ihn das Merkmal schlechthin für die Intimität einer Beziehung. Alles andere konnte er auch mit anderen Personen unternehmen. Aber Sex? Noch wollte er ihn ausschließlich mit Katie!

Wenn sie manchmal abends noch wach nebeneinander im Bett lagen, hatte Martin auch bei geschlossenen Augen das Gefühl, die von Spannung und ablehnender Stimmung geladene Luft zwischen ihm und Katie mit Händen greifen zu können. Aber er war zu stolz, um seine Hände als Blitzableiter zu gebrauchen. Er würde auch ohne Sex mit ihr überleben!

Auch Katie machte keine Anstalten, den unsichtbaren Graben, der durch die Mitte ihres Bettes zu verlaufen schien, überwinden zu wollen. Obwohl eine einhundertachtzig Zentimeter breite Schlafstelle zwei Personen genug Raum für Entspannung geben können sollte, rückte

Martin im Schlaf unbewusst oft so weit an die Bettkante, dass er mehrfach aufpassen musste, nicht aus dem Bett zu fallen. Wenn Katie zu ihren Langstreckenflügen unterwegs war, schlief er entspannter, tiefer und besser. In einer dieser Nächte, in denen seine Neuronen versuchten, erregt auf die Frage zu antworten, wie er diese schwierige Situation meistern könnte, wurde es ihm plötzlich und überfallartig klar: Wenn sie beide ihre Probleme weiter vor sich herschieben würden, dann würde er gehen müssen! Er würde mit Katie die wichtigen Fragen zeitnah klären müssen, sonst wären sie mit ihrer Liebe endgültig am Ende.

Wie oft hatte er idiotischerweise schon von Hochzeit geredet! „Wenn sie es denn will ...", fielen ihm die Worte der Ärztinnen wieder ein. Katie würde diesen „endgültigen Moment", wie sie die Hochzeit einmal genannt hatte, eigentlich niemals wollen! Wieso war ihm das vorher noch nie aufgefallen? Hätte er nicht schon viel eher merken müssen, dass er der Falsche für Katie war?

Er fühlte sich schlecht und hatte mitten in der Nacht eine Übelkeitsattacke.

* * *

Eine Woche später saß er mit Katie am Frühstückstisch. Nicht mehr nebeneinander – wie früher –, sondern beide hatten sich inzwischen einander gegenüber positioniert. Martin noch im Schlafanzug, Katie schon perfekt gestylt für „ihre Welt".

„Wir sollten am Wochenende mal reden", begann er das Gespräch und suchte dabei Augenkontakt. „Da haben wir sicher mal Zeit für uns ..."

„Ja, stimmt, das sollte klappen, wenn ich am Freitag aus Rio zurück bin." Ihr Blick blieb gesenkt und scheinbar auf ihren Kaffee konzentriert. „Kannst du mich eigentlich abholen, wenn ich wieder da bin? Wir telefonieren dann noch mal, oder: Äh, nein, es ist besser, wenn ich dir nach der Landung eine WhatsApp schicke!" Sie leerte ihre Tasse mit einem tiefen Schluck, rollte ihre Zeitung zusammen und griff ihren Rollkoffer.

Für eine Zehntelsekunde begegneten sich ihre Blicke. Martin fand ihren Blick abweisend, aber doch unsicher. Hatten sie beide die Kündigung ihrer Partnerschaft schon in den Taschen und waren sie nur noch zu feige, sie endgültig auszusprechen? Mit einem fast emotionslosen „Mach's gut!" war Katie auch schon durch die Tür.

Am Freitagmorgen landete Katie pünktlich aus Rio, fiel aber zu Hause zunächst todmüde in ihr Bett. Der WhatsApp folgend hatte Martin sie vom Flughafen abgeholt. Den kompletten Rest des Tages hatte Katie verschlafen und Martin hatte die Zeit für Schreibarbeiten genutzt.

Abends gingen sie gemeinsam in ihr Programmkino um die Ecke und konnten zumindest einmal wieder zusammen lachen. „Wenn Liebe so einfach wäre" war der deutsche Titel der Hollywoodkomödie, die wenigstens für knapp eineinhalb Stunden von den eigenen Problemen ablenkte.

Am Samstag zog sie dann herauf, die überreife Wolke des wahren Gewitters.

Direkt zum Frühstück.

Martin hatte kaum Gelegenheit, die Zeitung wegzulegen, in der er sich an einem interessanten Artikel über den FC Bayern München festgelesen hatte.

Katie stellte ihre Tasse Kaffee betont laut auf den Tisch. „Wolltest du nicht heute mit mir reden?", fragte sie mit gereiztem Unterton. „Dann leg doch bitte mal die Zeitung weg." Es entstand eine winzige Pause. „Also, was dich am meisten zu stören scheint, ist ja wohl die Tatsache, dass unser Sexleben –"

„Das ist Quatsch!", fiel er ihr ins Wort. „Eigentlich will ich nur verstehen, was ich dir getan habe, dass du so lieblos mit mir umgehst?"

„Ich habe es dir schon mal gesagt: Es ist deine Ungeduld, die *du* im Umgang mit *mir* an den Tag legst. Immer verlangst du sofort eine Entscheidung. Manchmal brauche ich halt etwas länger! Und noch einmal: Wegen unseres Sexuallebens brauchst du dich nicht zu beschweren! Solange *dir* keine gescheite Verhütungsmaßnahme einfällt, habe auch ich keine Lust mehr auf Sex mit dir! Nach deiner eigenen Aussage bin *ich* ja zu doof zum Verhüten!", wiederholte Katie schon wieder ihre Meinung zu diesem heiklen Thema.

„Das habe ich so doch gar nicht gesagt. Wollen wir jetzt wieder jedes Wort auf die Goldwaage legen? So kommen wir nicht weiter. Wir könnten ja mal mit Kondomen –"

„Das Gummigefummel kommt gar nicht infrage, das habe ich dir auch schon mehrfach gesagt", unterbrach sie ihn barsch. „Und überhaupt: Auf das Thema bin ich schon richtig allergisch!", bemerkte sie mit spitzer Stimme.

„Ja, vielleicht solltest du dann mal mit deiner Frauenärztin über diese Allergie reden und die Termine nicht immer wieder verschieben?", konterte er spöttisch.

„Mein lieber Martin: Im Moment habe ich so viel zu tun, dass ich *dafür* wirklich keine Zeit habe. Und sicher bin ich noch in der späthormonellen Umstellung nach der Fehlgeburt ... Da hat Frau eben auch mal *keine* Lust!", spottete sie mit übertrieben ironischem Unterton.

„Ja, und sicher auch *keine* Lust auf Wohnzimmereinrichtung, ganz zu schweigen von Urlaubsplanung oder Kochen am Wochenende oder der Lust, mich mal wenigstens deinen Eltern vorzustellen, was?", blaffte er sie an. „Hast du eigentlich mit deinem Vater über einen neuen Termin zum Kennenlernen gesprochen?", legte er aggressiv lauernd nach.

Er kannte die Antwort.

Er erhob sich und ging neben dem Tisch auf und ab. Sein ganzer Körper nahm zunehmend Spannung an.

„Nein, habe ich noch *nicht*! Wann denn auch, bitte?", fragte sie gereizt zurück. „Und außerdem: In Krisenzeiten sollte man nun wirklich nicht einen auf Familie machen. Lass uns doch noch mal nächstes Jahr darüber reden!"

„Okay, okay, ich habe verstanden!", unterbrach er sie. Er atmete tief durch und versuchte bewusst seine geballten Fäuste zu öffnen. „Im Gegensatz zu dir habe ich mit deinem Vater gesprochen!"

„Du hast bitte was?"

Martin sah ihr die Überraschung an. „Ja, *er* hat mich angerufen und mir ein wenig von dir erzählt." Er genoss seinen Coup. Und er setzte noch einen darauf. „Er hat übrigens auch gemeint, dass du wohl unter Prokrastination leidest."

„Unter Pro... dieser Arsch!", rief Katie aufgebracht. Ihr Gesicht spiegelte puren Zorn.

„Ja, Pro-kras-ti-na-tion, der Ausdruck sollte dir doch geläufig sein, obwohl du ihn mir gegenüber noch nie erwähnt hast!", fügte Martin mit höhnischem Unterton hinzu. „Es ist der Fachausdruck für das, was ich Scheiß-Verschieberitis nenne. Ich sage es noch einmal: Scheiß-Verschieberitis!" Er war inzwischen richtig laut geworden. Sie sollte seine Abrechnung ertragen müssen. „Alle Angelegenheiten werden von dir *irgendwann*, aber *nur nicht heute* angegangen! Du packst deine Probleme überhaupt nicht an! Du schiebst sie nur vor dir her! Aufgeschoben – aufgehoben!" Die Lautstärke und Schärfe in seiner Stimme konnten inzwischen mit einer Kreissäge mithalten.

„Schrei doch nicht so. Ich höre noch gut!" Sie schien sich gefangen zu haben. Äußerlich wirkte sie überraschend ruhig, aber ihre Stimme klang plötzlich ebenfalls schneidend und metallisch scharf. „Jetzt hörst du mir bitte einmal zu. Dieses Wort von der Pro..., also diese krasse Beleidigung von euch, die trifft leider so gar nicht zu. Und das kann ich dir sogar beweisen! Meine Lust auf Sex zum Beispiel: Die habe ich jedenfalls nicht verschoben. Ich wollte es dir eigentlich gar nicht erzählen, aber – bitte schön", sie machte mit beiden Händen eine pseudoentschuldigende Handbewegung. „Du willst es ja nicht anders. Also: Ich hatte in Rio einen One-Night-Stand mit unserem Copiloten."

„Du hattest was?" Martins Stimme klang ungläubig.

„Ja, du hast richtig gehört. Ich hatte Sex mit einem anderen Mann und, was soll ich dir sagen: Es hat sogar mächtig Spaß gemacht." Jetzt war sie es, die ihren Triumph auszukosten schien.

Martin schaute sie entsetzt an.

„Und du hast damit geprahlt, dass dein Beruf dich prädestiniert, Himmel und Erde zusammenzubringen.

Und was hast du getan? Du hast ihn durchtrennt, unseren gemeinsamen Horizont, hast ihn zerrissen und alles zerstört. Verdammt! Warum nur hast du das gemacht?"

„Martin, ich habe das nicht getan, um dir eins auszuwischen oder dich zu kränken. Nein, das war etwas, was ich ausschließlich für mich getan habe. Diese Nacht in Rio habe ich nur für mich gelebt. Ich habe mir gesagt: Wenn nicht jetzt, wann dann?"

„Verdammt! Ich Depp habe viel zu lange an eine gemeinsame Zukunft geglaubt! Was ist davon übrig geblieben? Du hast unsere Träume wie Seifenblasen platzen lassen! Und letztendlich frage ich mich, warum du mir das gerade jetzt so erzählst?"

Er nickte zu den eigenen Worten, ohne Katie anzusehen. Ohne eine Reaktion abzuwarten gab er sich die Antwort gleich selbst. „Du hast es mir gesagt, damit ich gehe! Oh Mann! – , Ja, das ist es, was du willst! Am besten ist es, wenn ich noch heute meine Sachen packe. Und, glaube mir: Das ist dann für uns beide wirklich schlimm!"

Ihre Reaktion war lediglich ein kurzes Achselzucken. Katie wollte nicht lügen. Daher brachte sie nicht einmal ein „Bleib doch" über die Lippen.

DIE BOLONGAROPRINZESSIN

„Meine sehr geehrten Damen und Herren! Es ist mir eine besondere Ehre, Sie heute zum *Tag der offenen Tür* hier in unserer Residenz FUTURA, mitten im schönen Frankfurt Höchst, begrüßen zu dürfen. Ich freue mich, dass Sie so zahlreich erschienen sind!"

Im überfüllten Speisesaal, der zum besonderen Anlass in einen Tagungsraum umdekoriert worden war, konnte Herr Dr. Meinhoff, der Verwaltungsleiter, nur mithilfe des Saalmikrofons den erheblichen Geräuschpegel übertönen, den das Stimmengewirr der Anwesenden verursachte. Eine gewisse neugierige Aufgeregtheit vibrierte in der vollklimatisierten Luft.

„Ruhe bitte! Darf ich einen kleinen Moment um Ihre Aufmerksamkeit bitten?" Das schnelle Abschwellen des Lärmpegels quittierte der Redner mit einem dankbaren Lächeln sowie mit einem wohlwollenden an das Auditorium gerichteten Kopfnicken.

„Ja, meine sehr verehrten Damen und Herren, ich freue mich wirklich außerordentlich, Ihnen heute die revolutionären technischen Innovationen und den Spirit unseres Hauses erläutern zu dürfen."

Als jüngster Verwaltungsleiter aller Altersheime in der Region Hessen hatte Herr Dr. Meinhoff vor gut zwei Jahren als damals erst 32-Jähriger den Posten übernommen, zu einem Zeitpunkt, als nur der Rohbau des Hauses errichtet war. Dem jungen promovierten Betriebswirt waren große Kompetenzen für die Ideologie und Ausgestaltung des Projekts FUTURA eingeräumt worden; galt er doch als Mitbegründer des Schlagwortes „Illusionäres Cocooning".

„Sie alle haben sicher der Presse entnommen, dass wir heute, genau sechs Monate nach der Eröffnung *unseres* Modells vom zukunftsfähigen Seniorenstift erklären möchten, *ob* und vor allem *wie* sich unsere Visionen im Alltag der uns anvertrauten Menschen bewähren."

Die kurze Pause des Redners, in der er zum Wasserglas am Rednerpult griff, nutzte ein Mann in der zweiten Reihe für einen Zwischenruf.

„Könnten Sie für uns bitte erläutern, was sich hinter dem Begriff des ‚Illusionären Cocooning' verbirgt?"

Ein unmerkliches Lächeln huschte über das Gesicht des Verwaltungsleiters. Die schreibende Zunft hatte wieder einmal ganze Arbeit geleistet. Er hatte den viel diskutierten Begriff noch nicht erwähnt und wurde doch schon danach gefragt.

„Danke für Ihren Zwischenruf, aber lassen Sie mir doch bitte noch etwas Zeit. Ich möchte auf diese Frage erst etwas später eingehen. Denn zunächst möchte ich Ihnen noch einige Fakten zu unserem Haus erläutern, damit Sie danach die ganze Bedeutung des eben genannten Begriffs besser erfassen können."

Das war ihm wieder einmal gut gelungen. Er wollte diesen Begriff nicht am Anfang seines Vortrags erläutern. Aber das Herzstück seiner Arbeit hier in der von ihm geformten, modernen Residenz war somit schon einmal angekündigt. Das würde die Aufmerksamkeit der Zuhörer noch einmal deutlich erhöhen. Dr. Meinhoff erinnerte sich an seinen Rhetorikkurs.

„Wir betreuen hier bei uns alte Menschen, die vielfältig umsorgt werden müssen. Zum Beispiel müssen wir sie vor Krankheiten schützen. Sie sehen zu diesem Thema nachher noch unsere Krankenabteilung mit den modernsten Diagnostik- und Therapiemöglichkeiten. In den letzten sechs Monaten sind nur fünf Verlegungen an größere Krankenhäuser notwendig geworden, worauf wir sehr stolz sein können. Denn im Vergleich zu anderen Häusern unserer Größe bedeutet dies ein Minus der Verlegungszahlen von zweiundachtzig Prozent."

Zustimmendes Nicken und Raunen im Publikum.

„Fast alle Bewohnerinnen und Bewohner unseres Hauses tragen ihren Chip unter der Haut des rechten Handgelenks, in dem alle wichtigen Diagnosen sowie die benötigten Medikamente und so weiter einprogrammiert sind. So kann nichts mehr übersehen oder verwechselt werden!"

Aufkommende Unruhe im Publikum.

„Frau Dr. Bader, unsere Oberärztin, wird Ihnen nachher auf der Krankenstation gerne alle Fragen zum Patientenchip beantworten!"

Der Verwaltungsleiter hatte plötzlich das Gefühl, dass ihm die Aufmerksamkeit der Zuhörer entglitt. Er erhöhte seine Lautstärke.

„Schauen Sie, wenn unsere Schutzbefohlenen anfangen, in Sprachen zu sprechen, die ihr Umfeld nicht mehr verstehen kann – gerade dann ist unsere Hilfe gefragt. Wir schützen die uns Anvertrauten vor einer Umwelt, die sie missversteht. Wir sind eine Art Dolmetscher, besonders für *die* Bewohner unseres Hauses, die an Demenz erkrankt sind. Wir sorgen mit *unserer Technik,* aber auch mit *unserem persönlichen Einsatz,* zusammen mit *Ihnen,* den Angehörigen, dafür, dass diese Menschen sich bei uns geborgen fühlen. Ja, wir schützen diese Menschen letztendlich vor Isolation und Vereinsamung."

Die Stimme des Verwaltungsleiters hatte inzwischen einen pathetischen Grundton angenommen.

„Deshalb ist es mir auch so wichtig, dass wir, von diesem Spirit der Fürsorge getragen, ein allgemeines Chippen unserer Bewohner durchführen. Denn dieser kleine, nur fünf Millimeter große Chip am rechten Handgelenk unter die Haut geimpft, hat sich in unserem Haus schon sehr bewährt."

Dr. Meinhoff wurde vom plötzlich aufkommenden Stimmengewirr des Auditoriums unterbrochen.

„Darf ich noch einen Moment um Ruhe bitten! Bitte! Seitdem unsere Frau Dr. Bader diese Chips verimpft, ist *kein* Mitbewohner unseres Hauses je verloren gegangen! Wie oft müssen wir sonst im Radio hören, dass schon wieder eine hilflose Person öffentlich zur Fahndung ausgerufen wird? Nein, *das* wird dank unserer GPS-ortungsfähigen Chips niemals passieren!"

Es entstand ein kaum zu beruhigendes, aufgeregtes Stimmengewirr im Raum. Irgendeiner rief: „Big-Brother-Mentalität!", und provozierte damit sogar noch einen „Baader-Meinhof-Bande"-Ruf aus der Mitte des Publikums.

„Bitte ... also bitte, Herrschaften ... Darf ich? – Ruhe bitte!"

Jetzt musste er den Joker ausspielen, um die Ohren seines Publikums wieder zurückzugewinnen.

„Ich will nun zum Herzstück unseres Hauses kommen. Sprechen wir über das von mir mitentwickelte ‚Illusionäre Cocooning'.

Wie Sie sicher wissen, verstehen wir unter dem Begriff Cocooning ein Sich-Zurückziehen aus der Öffentlichkeit. Trendforscher haben diesen Begriff geprägt in Anlehnung an das Verpuppen von Insekten in einem Kokon. Wenn dieser Rückzug aus der Gesellschaft freiwillig oder letztendlich sogar unfreiwillig geschieht, dann hilft uns ein Kokon dabei, diese Situation besser auszuhalten. Der Rückzug wird sozusagen ‚illusionär erleichtert'.

Wir möchten bei unseren Bewohnerinnen und Bewohnern den Eindruck erwecken, dass sie in vertrauter Umgebung, quasi noch zu Hause wohnen. Die Türen der Einbauschränke – also jeweils die gesamte Wand, die dem Bett gegenüberliegt, eine Fläche von drei mal zwei Meter fünfzig, Sie werden ganz sicher davon gehört haben – sind eigentlich raffinierte Bildschirme. Dorthin können wir so ziemlich alles wandfüllend projizieren, was dazu angetan ist, das Wohngefühl dieser uns anvertrauten Menschen positiv zu beeinflussen."

Zustimmendes Gemurmel im Raum. Jetzt hatte der Verwaltungschef sein Publikum wieder im Griff.

„Das können zum Beispiel Ansichten aus den früheren Wohnungen der Bewohner sein. Oder schöne Landschaftsbilder oder, oder. Der Fantasie sind dabei fast keine Grenzen gesetzt. Bisher nutzen wir aber nur die Möglichkeit, *stehende* Bilder zu projizieren. Ein in dieser Größe gezeigter Spielfilm hat bei Testpersonen leider zu unerwünschten Reaktionen geführt, weswegen wir diese Möglichkeit zurzeit nicht mehr nutzen."

„Das interessiert uns aber!" Eine dralle Mitfünfzigerin in teurem Kostüm meldete sich aus der dritten Reihe. „Was ist denn da passiert? Wie müssen wir uns das vorstellen?"

Zustimmendes, neugieriges Gemurmel ringsum.

„Eigentlich wollte ich ...“ Ja, so konnte er die Spannung seines kritischen Auditoriums noch einmal erhöhen. „Eigentlich wollte ich das nicht weiter ausführen, aber wenn Sie darauf bestehen, so kann ich Ihnen so viel dazu sagen, dass der Versuch unseres Herrn K., dem filmisch bedrängten Tatortkommissar mithilfe eines Hammers ‚live‘ zur Seite zu stehen, leider zum Totalverlust der Videowand seines Zimmers führte.“

Vereinzeltes Gelächter im Publikum.

„Nun ja, so lustig war das dann am Ende doch nicht, denn Herr K. war nach der ersten Attacke auf die Videowand *selbst* durch Scherben und Holzsplitter so in Bedrängnis geraten, dass leider der kleine Yorkshire Terrier Quax den weiteren Kampfhandlungen seines Herrchens zum Opfer fiel. Und dazu kam noch der Sachschaden von über sechzigtausend Euro!“

Aufkommende Unruhe und eine Spur Ratlosigkeit in den Gesichtern der Zuhörer.

„Sie sehen also, warum wir nur *Bilder* nach Wunsch verwenden. Aber auch Informationen der Verwaltung jeglicher Art werden auf diesen Flächen angezeigt. Aber genug jetzt von der Theorie!“ Herr Dr. Meinhoff klatschte in die Hände. „Jetzt wollen Sie sich ja schließlich selbst einmal ein Bild von den Verhältnissen in unserem Haus FUTURA machen. Wir sollten uns bei so vielen Besuchern in zwei Gruppen aufteilen. Und bitte genau zuhören: *Nach* dem Gang durch unser Haus treffen wir uns wieder zu einem kleinen Imbiss hier in *diesem Raum*.

Die Damen und Herren hier links von mir besuchen zunächst die Krankenstation, wo Frau Dr. Bader Ihnen zeigen wird, wie unkompliziert und schnell der Chip am Handgelenk implantiert und gewechselt werden kann."

Wie Moses einst die Wasser des Meeres mit einem Holzstab teilte – so teilte nun der Verwaltungsleiter mit dem Mikrofon und rudernden Armbewegungen bei vollem Körpereinsatz die vor ihm stehende Zuhörermenge in zwei Gruppen.

„Die zweite Gruppe folgt mir bitte in ein besonders schönes Zimmer. Wir schauen mal kurz bei unserer Bolongaroprinzessin vorbei! Und bitte schön, denken Sie daran: In den Privaträumen sind keine Fotos oder Filmaufnahmen erlaubt! Wir möchten die Privatsphäre unserer Bewohnerinnen und Bewohner schützen!" Mit dem Mikrofon über dem Kopf winkend, bewegte sich Herr Dr. Meinhoff nun den Gang hinunter, gefolgt von einer ihm langsam folgenden Gruppe von circa dreißig Besuchern.

„Wieso nennen Sie diese Person eigentlich Bolongaroprinzessin?", fragte ein schmächtiger Mann, den der Zufall direkt als ersten Verfolger hinter den Verwaltungsleiter gespült hatte. Der Angesprochene ging ungerührt weiter, bis er sich am Ende des langen Flurs vor einer Zimmertür abwartend umdrehte und zusah, wie ihn die Menge der Nachfolgenden langsam umflutete.

„Frau Dorothea Dorweiler ist siebenundachtzig Jahre alt und im Hunsrück geboren. Als 17-Jährige kam sie nach dem Kriegsende 1945 nach Frankfurt Höchst, um im Wollgeschäft ihres Bruders zu helfen. Seitdem wohnt sie hier in unserer schönen Stadt am Main. Sie hat sich als ihr spezielles Cocooning-Bild die Westseite des Hochzeitssaales aus dem Standesamt in unserem schönen Bolongaropalast ausgesucht. Das hat ihr hier im Haus

ganz schnell den Spitznamen ‚Bolongaroprinzessin‘ ein-
gebracht. Aber, meine Damen und Herren, Sie werden
sehen: So ungewöhnlich wie das von ihr ausgesuchte
Bildmotiv – so ungewöhnlich jung geblieben ist auch
unsere Frau Dorweiler.“

Nach kurzem Klopfen und ohne eine Antwort abzu-
warten, betrat der Verwaltungsleiter das Zimmer. „Hallo,
liebe Frau Dorweiler. Ich hoffe, es geht Ihnen gut?“

Zögerlich tröpfelten die Besucher in das Zimmer.
„Wie angekündigt, will ich heute gerade *Ihr Zimmer* ein-
mal unseren Gästen vorstellen, damit diese sich ein Bild
davon machen können, wie *gut* es uns und unseren Mit-
bewohnern hier geht.“ Die Stimme des Verwaltungslei-
ters klang pathetisch.

Die alte Dame, die im geblümt bezogenem Korbstuhl
an einem überraschend modernen Glastisch saß, wandte
sich dem Besucherpulk zu und blickte den Verwaltungs-
leiter mit wachen Augen an. Neben ihr erhob sich ein
junger Mann von seinem Hocker, der, wie auch die alte
Dame, gerade über eine Landkarte auf dem Tisch gebeugt
gewesen war.

„Ich begrüße Sie alle hier in meinem Reich. Sind noch
weitere Mitbewohner hier in der Gruppe?“

Die Besucher schauten sich ein wenig ratlos an. Was
sollte diese Frage?

Als hätte sie die Gedanken auf den Gesichtern der
Besucher abgelesen, sprach die alte Dame weiter. „Ja, mit
den gechippten Mitbewohnern könnte ich dann über den
sogenannten QR-Code kommunizieren, der sicher die
meisten Ihrer Fragen beantworten würde. Mitbewohner?
Das klingt gut, nicht? – Aber ich glaube, Sie, Herr Dr.

Meinhoff, wohnen noch nicht hier im Haus? Oder gehe ich falsch in dieser Annahme?"

„Nein, nein – das heißt: ja! Sie haben natürlich recht. Ich wohne noch nicht hier im Haus! Ja, so schlagfertig ist sie, unsere Frau Dorweiler."

„Nach meiner Information sind Sie ja noch nicht einmal gechippt?"

„Auch das stimmt, liebe Frau Dorweiler, *ich* brauche den Chip im Moment noch nicht ... Aber, bitte erzählen Sie doch einmal unseren Besuchern, wieso Sie sich das Bild vom Bolongaropalast hier haben auf die Wand spiegeln lassen."

Den Verwaltungsleiter beschlich das unbestimmte Gefühl, dass er seine Souveränität verlieren könnte.

„Herr Dr. Meinhoff hat Ihnen sicher erklärt, dass wir hier auf der großen Schrankwand jederzeit von uns ausgesuchte Bilder einschalten können."

Die alte Dame erhob sich, ging zum Schrank und schaltete das Bild an.

Raunen der Besucher! Hüsteln und Gemurmel.

„Ja also, diese Spiegelungen sind wirklich gut für unser Wohlbefinden. Und ich habe mir schon als Kind immer einmal gewünscht, in solch einem schicken Ambiente zu leben. Ja und *jetzt* kann ich es mir eben leisten! Mein Enkel Julian hier – er ist übrigens Medizinstudent und kurz vor Ende seiner Ausbildung – hat extra für mich dieses tolle Bild fotografiert."

Der junge Mann machte ein erstauntes Gesicht, aber noch bevor er etwas sagen konnte, fing die alte Dame schon mit der Erläuterung der Bildwand an.

„Achten Sie doch einmal auf Folgendes", sie erklärte das Bild mit ausgestrecktem rechten Arm. „Hier, der Blick durch das Fenster des Saales in den Innenhof. Schauen Sie doch einmal, wie schön die Rosen blühen. Und sehen Sie die Figuren auf dem Geländer im Hintergrund? Wenn Sie den Bolongaropalast in Höchst kennen, werden Sie wissen, dass diese Figuren Teile einer Musikkapelle darstellen. Trommler, Flötisten und so ... Ja, ich kann die Musik manchmal sogar hören. Deswegen nennen mich einige Personen hier im Haus übrigens Bolongaroprinzessin."

Die Besucher waren beeindruckt. Der ganze Raum war inzwischen eng und vollständig angefüllt.

„Na, habe ich zu viel versprochen?", schnitt die Stimme des Verwaltungsleiters in die kurze Stille.

„Aber wie ist denn das Essen hier, Frau Dorweiler?", fragte die kräftige Dame im etwas zu eng geschneiderten Kostüm nach, die schon während des Vortrags des Verwaltungsleiters interessiert nachgefragt hatte.

„Das Essen wird hier maßgeblich vom Chip mitbestimmt. Hier an meinem rechten Handgelenk sind nämlich alle Gesundheitsdaten von mir eingescannt. Allergien, Medikamente, Unverträglichkeiten und so. Weil ich auch an Leukämie erkrankt bin, bin ich zurzeit auf den Diabetiker-Onko-Mix 1 programmiert. Da ist leider nix mit Zucker und so. Zum Nachtisch bestenfalls mal Obst."

„Ohh, sind nicht mal ein paar kleine Sünden wie Kekse, Schokolade oder Eis zugelassen?", fragte die Besucherin nach.

„Na ja,– so viel, wie es in der Kost des Diabetiker-Onko-Mix 1 eben erlaubt ist; ist ja auch nicht so, dass die echten Diabetiker *kein* Eis oder Kuchen bekommen ... aber, wie fast alles hier im Haus FUTURA: Sämtliche

Daten sind erfasst, programmiert, kontrolliert und überwacht. Alles nur zu unserem *Besten* geregelt."

„So, das sollte hier reichen", versuchte der Verwaltungschef die Moderation wieder an sich zu ziehen. „Wenn Sie keine Fragen mehr haben, dann folgen Sie mir doch bitte noch auf die Krankenstation. Vielen Dank, Frau Dorweiler."

In einem Singsang des Bedankens begab sich nun einer nach dem anderen auf den Flur, wobei als Letzter Herr Dr. Meinhoff den Raum verließ. Er streckte, nachdem er schon durch die Tür war, noch einmal seinen Kopf zurück in das Zimmer: „Vielen Dank noch mal, toll, dass wir Ihnen so nahe kommen durften. Danke", und schloss die Tür von außen.

„Sag mal, Omi!" Julian hatte inzwischen wieder am Tisch Platz genommen. „Ich kann das gar nicht glauben, was du da eben erzählt hast. *Mir* hast du eine ganz *andere* Begründung für das Bild an deiner Wand hier gegeben ..."

„Müssen diese Fremden denn *meine* Wahrheit wirklich erfahren, oder gibt es nicht auch noch ein ganz kleines bisschen Privatsphäre? Vielleicht existieren ja mehrere Wahrheiten ... und sie haben eben *ihre* Wahrheit bekommen."

„He he, und was ist mit der Wahrheit, die du *mir* erzählt hast? Dass du deine große Liebe, den Theo, der damals Trommler in einer Blaskapelle war, beim Sommerkonzert 1952 im Bolongarogarten kennengelernt hast?"

„Die stimmt, und das ganz Besondere daran war ja, dass wir uns Hals über Kopf ineinander verliebten, oh ja ... Dann haben wir uns nachts heimlich im Bolongarogarten getroffen und uns versprochen: Dort hinter dem Fenster im Saal des Standesamtes werden wir uns einmal das Jawort geben. Aber, wie du weißt, wurde daraus ja leider nichts! Es war nur ein ganz, ganz kurzes Glück von drei Wochen!" Ein tiefer Seufzer zeigte die aufkommende Rührung der alten Dame.

„Ja, ja! Du hast es mir erzählt. Theo ist vierzehn Tage nach eurem letzten Treffen tödlich verunglückt, und du hast erst davon erfahren, als er schon beerdigt war. Du hast es von seiner damaligen Verlobten erfahren. Deine Tränen hat damals keiner verstanden."

„Ja, wirklich! Und so bin ich halt auch bei meinem Arthur geblieben. Und mit ihm bin ich ja dann auch glücklich geworden ... sonst gäbe es dich heute nicht. Aber bitte: Du darfst diese Geschichte erst nach meinem Tod deiner Mutter erzählen! Und merk dir eins: Die große Liebe im Leben ist immer die, die sich nicht erfüllt!"

Julian stand auf, ging zu seiner Oma und streichelte ihr liebevoll mit dem Handrücken über die so schmal gewordene Wange.

„Das hätte ich den Besuchern erzählen sollen? Nein! Die Wahrheit ist fast immer zu kompliziert für schnelle Schilderungen! Oje, jetzt musst du aber wirklich los! Heute bist du der wichtigste Besucher in der Krankenabteilung. Und bring bitte alles mit, was du später brauchst!"

„Oh ja, du hast recht! Bin schon unterwegs ..." Julian zog seine Jacke vom Bett, und nur einen Augenblick später war er schon durch die Türe.

Die alte Dame ging zu ihrem Bett, setzte sich auf die Kante und griff sich ihr Telefon vom Nachttisch.

Sie wählte eine Nummer. Schon beim zweiten Läuten war das Gegenüber in der Leitung. „Hallo, Rosa, bist du es?", fragte sie, obwohl sie ihre Freundin natürlich sofort an der Stimme erkannt hatte.

„Ja, jetzt ist es so weit. Die Ärzte haben es mir gesagt. Für mich geht es so langsam auf die Zielgerade." Die alte Dame atmete hörbar durch.

„Nur ein Wunder könnte da noch helfen, aber meinen Glauben an Wunder kennst du ja." Sie lachte kurz auf, aber ihr Gesicht zeigte keine Anzeichen von Verbitterung.

„Ja, Julian und ich haben uns auf der Landkarte orientiert. Ist ja schon einige Zeit her, dass ich zuletzt bei dir im Hunsrück war. Außerdem bist du ja vor zwei Jahren nochmals umgezogen."

Mit beruhigendem Unterton kam ihre nächste Antwort. „Nein, nein, das finden wir schon; und es gibt ja schließlich auch das Navi …". Es entstand eine kleine Pause.

„Das hast du ja wirklich toll vorbereitet, danke schon mal.".

Ihr Gegenüber schien lustig zu erzählen, denn Dorothea Dorweiler musste an zwei Stellen herzlich lachen.

„Alle weiteren notwendigen Infos gebe ich dir im QR-Code, der zum Chip gehört.

Wie gut, dass wir uns so ähnlich sind … Ja, es fällt mir wirklich leicht. Wir sind eben Schwestern im Geiste …" .

„Seit letzter Woche bin ich mir ganz sicher! Ich habe miterleben müssen, wie Gerhard aus dem dritten Stock …" Sie wurde kurz unterbrochen.

„Ja, ja, genau! Der Gerhard, der aus Freiburg, der ist leider gestorben! Also: Auf der Krankenstation war alles wieder wie immer für solche Fälle vorbereitet. Als Spiegelung hatten sie auch wie immer diese Bergkapelle gewählt und dazu leider dieses viel zu massive Geläute wie vom Frankfurter Kaiserdom, ja, wirklich viel zu laut und zu wuchtig. Für eine Bergkapelle ...“

„Ja, Gerhard hatte um meinen Beistand gebeten.

Ich saß also hinter der obligatorischen Glasscheibe und er konnte mich auf Laptop 3 sehen. Sprechen konnte er schon nicht mehr. Auch sein krampfendes Atmen haben sie dann vom Mikro genommen. Auf Laptop 2 war seine Familie und ich konnte sehen und mithören, wie sie auf ihn einredeten. Sie haben ihm immer nur erklärt, wie enorm gut die Technik heute sei und dass sie ihn so ganz toll von zu Hause aus begleiten könnten.“

Die alte Dame musste kurz pausieren, um Luft zu holen.

„Ich war mehrfach drauf und dran, diese Trauerkonferenzschaltung abzubrechen! Gerhard konnte ja auch nichts mehr sagen ...“

„Ja, das war wirklich das Tollste: Auf Laptop 1 war der Verwaltungsleiter zugeschaltet und hat betont, wie traurig er sei, in Gerhard einen so kompetenten Fußballkenner zu verlieren. Und als er vom Abstieg des FC Freiburg aus der ersten Fußballliga erzählte, da spätestens, hätte ich am liebsten abgeschaltet.“ Pause.

„Ja, genau, da habe ich gewusst, dass ich es richtig mache. Ich hatte übrigens mit Gerhard ein Zeichen des Abschieds verabredet.“

Ihre Stimme klang inzwischen erschöpft.

„Ich habe meine Hände gefaltet und mitten vor mein Gesicht gehalten; weißt du, so, wie die Japaner das beim Abschied machen, und ich bilde mir ein, dass Gerhard tatsächlich ein ganz klein wenig gelächelt hat. Und dann hat er für immer die Augen geschlossen. ...

Ja, früher haben Gerhard und ich manchmal über den Tod gesprochen. Wir haben uns dabei ausgemalt, wie der Übergang dorthin wohl sein würde, und wenn wir dann zu sentimental wurden, dann haben wir uns in Witzchen geflüchtet. Ich habe ihm dann oft geraten, dass er als Atheist nicht vergessen sollte, die Hände gut zu falten, wenn er schon in den Himmel käme! Und da hat er damals *diese Geste* gemacht, mit beiden Händen vor dem Gesicht und so. Wir haben sehr darüber gelacht." Pause.

„Er hat nun *das* schon hinter sich, was *mir* bald bevorsteht. Was ich aber auf keinen Fall *hier* erleben will. Vor lauter Weihrauchqualm habe ich gar nicht genau sehen können, wann er nicht mehr geatmet hat. Auf dem Monitor wurde 20.15 Uhr angegeben und die übliche Orgelmusik eingespielt." Kurze Pause.

„Apropos Zeit: Wir sind heute Abend circa um die gleiche Zeit bei dir. Meine Haare sind im Moment übrigens in Eternal Fox gefärbt und kurz geschnitten. Ich bin froh, dass wir uns auch äußerlich so ähnlich sind. Es wird niemandem auffallen. Schließlich kann der Chip nicht irren. Du wirst es erleben."

„Also, Rosa – dann bis heute Abend. Mein neuer Korbstuhl wird dir gefallen. *Deinen* wirfst du weg … schließlich bist du ja jetzt finanziell viel besser …"

„Ja, ehrlich, ich habe ein wenig Respekt, oder soll ich sagen: Angst?" Pause.

„Nein, nein. Ich freue mich auf dich. Und ich weiß: Wir machen es richtig so! Tschüss, meine Liebe, bis heute Abend."

Mit einem Seufzer und etwas geschwächt beendete sie das Telefonat. Nur zwei Minuten später ging die Tür auf und Julian betrat das Zimmer, eine kleine Tüte triumphierend mit der linken Hand schwenkend.

„Ich habe alles, was wir brauchen, Omi! Mein informativer Besuch in der Krankenabteilung war ein voller Erfolg! Und du, Doro? Hast *du* deinen Mut und alles andere zusammengepackt?"

Die alte Dame hatte sich seit Wochen auf diesen Tag, den Tag der offenen Tür, vorbereitet. So war alles gerichtet.

Am Ausgang des modernen Hauptgebäudes mit der goldenen Aufschrift FUTURA trafen sie auf den Verwaltungsleiter, der immer noch dabei war, Fragen der Presse zu beantworten.

„Ich wünsche Ihnen einen schönen Urlaub bei Ihrem Enkel!", rief er ihr zu.

„Vielen Dank", gab sie betont höflich zurück, aber ein „auf Wiedersehen" ließ sie bewusst weg.

* * *

Im Haus FUTURA war man nach der Rückkehr von Dorothea Dorweiler wirklich überrascht.

Zum einen hatte der sechswöchige Urlaub der alten Dame ganz offensichtlich gutgetan. Sie erschien um Jahre jünger. Ihr Gesundheitszustand: zu hundert Prozent verbessert. Sie wirkte deutlich vitaler als vor ihrer Abreise. Ihr ausgezehrtes Gesicht war spürbar voller geworden, und die irgendwie veränderten Augen verströmten jetzt einen Optimismus und Lebenswillen, den man bei ihr schon verloren geglaubt hatte. Nur in Haarfarbe und Schnitt war sich Frau Dorweiler treu geblieben.

Frau Dr. Bader sprach hinter vorgehaltener Hand von einem medizinischen Wunder. Dass die Medikation die Leukämie so rasch und radikal eindämmen würde, hatte sie eigentlich nicht einmal zu hoffen gewagt. Sie hatte die Werte des Chips zwei Mal überprüft, um wirklich sicherzugehen …

Auch psychisch erschien Frau Dorweiler vielen Mitbewohnern nach ihrem Urlaub verändert. Hatte sie doch angefangen, viele alte Erinnerungen hartnäckig nicht mehr teilen zu wollen. „Lasst uns doch lieber nach vorne schauen", lautete dann ihre überraschende wie stereotype Redewendung.

Nur ihr Chip sprach eine eindeutige Sprache.

Des Weiteren war die Überraschung groß, als Frau Dorweiler ein anderes Bild in ihrem Zimmer einspiegeln ließ und verkündete, sie würde sich jetzt in der Abbildung eines Waldstückes aus dem Hunsrück doch deutlich wohler fühlen.

Das Besondere an diesem Bild – man musste aber schon genau hinschauen –war ein kleiner Nistkasten an einem der Bäume, dessen Eingang fast wie ein kleines schwarzes Kreuz aussah. Ihr Enkel Julian hatte dieses Bild speziell für sie gemacht.

Doch sie würde sich darüber freuen, auch weiterhin als Bolongaroprinzessin angesprochen zu werden.

Epilog

Meine Erinnerungen an das Lied „Die Gedanken sind frei" wurden zuletzt angestoßen durch eine kurze Zeitungsnotiz im Jahr 2015. Darin wurde berichtet, dass genau dieses Lied von über dreihundert elsässischen Künstler/innen als Reaktion auf den Anschlag gegen das Satiremagazin Charlie Hebdo (mit der Ermordung von zwölf Menschen!) bei Auftritten in elf verschiedenen Städten Europas gesungen wurde.

„Das hätte ich nicht erwartet", kam es mir in den Sinn als jemand, der dieses Lied schon vor fünfzig Jahren während seiner Schulzeit für veraltet hielt.

Ich wurde neugierig und befasste mich ein wenig mehr mit der Geschichte dieses fast 240 Jahre alten Liedes. Dabei brachte ich Erstaunliches in Erfahrung.

Für mich änderte sich dadurch der Stellenwert des Liedes, obwohl es mich bis heute unverändert an eine ganz bestimmte Phase in meinem Leben erinnert.

Meine privaten, eher undramatischen Gedanken zu diesem Lied habe ich danach aufgeschrieben.

Gedanken

Die Gedanken sind frei.

Ich bin unterwegs zur Schule.
Ich bin fünfzehn Jahre alt.
An einem dieser eiskalten Wintermorgen,
die den herannahenden Frühling noch nicht ahnen lassen.

Mein blaues Göricke-Rad
mit Tachometer, Licht und Freilauf
schnurrt unter meinen Tritten.

Die Gedanken sind frei, wer kann sie erraten?

Zum ersten Mal verliebt,
in sie, die Schönste der Klasse!
Ich empfinde, ja ich lebe in Teilen für sie.
Rosarote Projektionen im Alltag.
Nach genau vier Komma vier Kilometern
komme ich mit schleifenden Füßen zum Stand,
mit gefühllos kalten Händen.

Die Gedanken sind frei, wer kann sie erraten?
Sie fliehen vorbei wie nächtliche Schatten.

Drängeln in den warmen Klassenraum,
kribbelnde Finger, wiederkehrend gemischte Gefühle.
Deutsch zur ersten Stunde,
Oberstudienrätin Frau Dr. Effel
weckt uns zum zweiten Mal,
Aufstehen, Querlüften, tief Durchatmen.
Und dann singen wir genau dieses Lied.

Die Gedanken sind frei, wer kann sie erraten?
Sie fliehen vorbei wie nächtliche Schatten.
Kein Mensch kann sie wissen, kein Jäger erschießen.

Wir sollen sie frei äußern.
Es sind die späten Sechzigerjahre!
Wir müssen sie aber auch zu Papier bringen.
Verraten dabei hoffentlich nicht zu viel von uns selbst,
lassen Frau Dr. Effel bei ihrer Suche
allein über die Seiten jagen.
Ich bin glücklich, wenn die Angebetete mit mir redet,
lasse mir das aber nicht anmerken
und schimpfe stattdessen
großmäulig über den verzagten Werther.

Die Gedanken sind frei, wer kann sie erraten?
Sie fliehen vorbei wie nächtliche Schatten.
Kein Mensch kann sie wissen, kein Jäger erschießen.
Es bleibet dabei: Die Gedanken sind frei.

Gut fünfzig Jahre später erinnere ich mich immer noch.
An gefühlte Kälte,
an erlebte Wärme,
an frischen Wind im Klassenzimmer,
an Freunde,
natürlich an sie
und an Frau Dr. Effel mit ihrem Lied.